용 서

용서

초판 1쇄 · 2018년 9월 28일
초판 2쇄 · 2019년 3월 8일

지은이 · 박 도
펴낸이 · 한봉숙
펴낸곳 · 푸른사상사

주간 · 맹문재 | 편집 · 지순이 | 교정 · 김수란
등록 · 1999년 7월 8일 제2-2876호
주소 · 경기도 파주시 회동길 337-16 푸른사상사
대표전화 · 031) 955-9111(2) | 팩시밀리 · 031) 955-9114
이메일 · prun21c@hanmail.net
홈페이지 · http://www.prun21c.com

ISBN 979-11-308-1371-4   03810
값 15,500원

이 도서의 국립중앙도서관 출판예정도서목록(CIP)은 서지정보유통지원시스
템 홈페이지(http://seoji.nl.go.kr)와 국가자료공동목록시스템(http://www.nl.go.
kr/kolisnet)에서 이용하실 수 있습니다. (CIP제어번호: CIP2018030196)

21 푸른사상 소설선

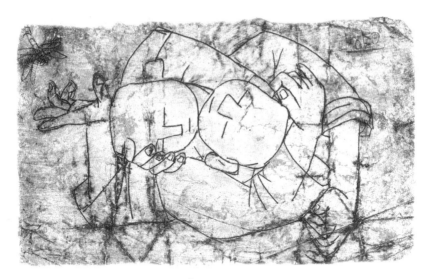

용서

박 도 장편소설

푸른사상
PRUNSASANG

용서는
사람의 덕성 가운데 가장
아름답다.

용서······ 라는 씨앗

목마른

가여운 염천의 날에

우리 손 시린

삼동 북풍한설의 시절에도

삼가 무릎 꿇어 아픈 붓으로

희디흰 광목에 쓴

사람을 찾는다는

잃어버린 시간을 찾는다는

애달픈 글귀

그것 씨앗이었으리

그것 용서라는 귀한 씨앗이었으리

그가 찾는 이름들 아주 간곡하였으니

독립운동지혈사 박은식 선생인가 했더니

좌절한 김구 주석인가 했더니

도둑처럼 몰래 온 슬픈 해방이고

무참한 제주 4·3 백조일손이고
비극의 6·25 동족상잔이고
기어이 5·16 군사쿠데타였나니
오호라 역사여
이 나라 비루한 역사여

빛 없는 어둠 속에서
오랜 날 증오하며 살아야 했던 사람들이여
그대들이었구나
어머니 첫 마음의 언어
용서라는 씨앗
용서…… 라는 귀한 꽃말
잊어버리고 살아야만 했던
용서라는 말씀 찾아 일생 헤맸던
우리 장지수들 장지철들 강숙자들 이도영들 조현들
그대들 그대들이었구나
별 없는 캄캄한 밤
숨찬 발자국 소리도 그대들 것이었구나

사랑했으나 사랑을 몰랐던
자비를 나누고 싶었으나
자비가 어디 있는 줄 몰랐던

이 땅 미움의 시간들이여
불화의 모진 말들이여
반목의 강 너무나도 깊어
이제 우리가 서로 사랑을 나눌 시간
그리 많이 남아 있지 않았나니
오늘 무릎 꿇어 받으시게나
용서…… 라는 온유한 법문
용서…… 라는 씨앗

홍일선 | 농부시인

차례

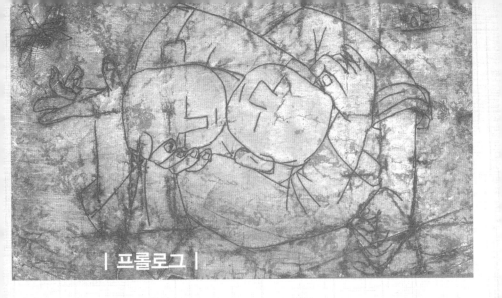

남대문시장

남대문시장

한국전쟁 후 서울 남대문시장은 각종 군수품들이 흔전만전 넘쳤다. 대부분 미군부대나 한국군 부대 철조망을 뚫고 흘러나온 것들이었다. 그곳 장바닥 군수품은 국군 1개 사단 장비보다 더 많을 거라고 호사가들은 입방아를 찧곤 했다. 특히 남대문시장 안의 별칭 '도깨비시장'에는 미군 피엑스에서 흘러나온 외제 물건이 없는 게 없었다. 그래서 시장 이름조차도 '도깨비'라는 말이 붙었다.

남대문시장 일대는 언제나 문전성시로 사람들이 바글바글 붐볐다. 남대문시장 지하도 어귀에는 허리에 전대를 찬 50대 전후의 여인네들이 가로등에 몰려든 하루살이처럼 바글거렸다. 그들은 해방과 한국전쟁 공간에서 산전수전을 다 겪은 여인들로 지하도 어귀에서 지나가는 행인들에게 "달러 팔아요" "달러 사요"란 말로 고객을 유인하는 속칭 '달러 아줌마'들이었다.

1972년 초겨울 어느 날 해거름 때였다. 남대문 일대는 미처 가로등이 점등되지 않아 일대가 어둑했다. 그 시각 지철은 남산공원 쪽에서 뱀처럼 어슬렁거리며 남대문 지하도 쪽으로 슬금슬금 내려왔다. 그는 검은색으로 염색한 허름한 군복에 작업모를 푹 눌러 쓰고 있었다. 지철은 회현동 육교를 지나면서부터 포로수용소의 서치라이트처럼 시선을 좌우로 두리번거리면서 어머니 이강숙을 찾았다.

그 시간 이강숙은 몇 끼 굶은 솔개 눈으로 고객을 찾고 있었다. 그즈음 고객은 날로 줄어들고 있었다. 암달러 시세와 은행 시세가 별차이 없어지자 고객들이 환전하기에 안전한 은행으로 몰렸기 때문이다. 그래도 이따금 큰손들을 만날 수 있었다. 그들 대부분은 외화 밀반출자나 밀수업자, 또는 대기업 지하자금 관리인이었다. 이강숙은 그 바닥의 베테랑으로, 행인들의 주머니 속 달러 냄새를 귀신같이 맡았다. 그는 고객을 용케 포착한 뒤 곧장 시장 뒷골목으로 유인하고는 번갯불에 콩 구워 먹듯 거래를 성사시키곤 했다.

이강숙은 남산 쪽에서 지철이 어슬렁거리며 다가오는 것을 보았다. 그 순간 그는 개구리가 뱀을 본 듯이 흠칫 놀라면서 후딱 허리에 찬 전대를 치마 속으로 감춘 뒤 남대문 지하도로 살금살금 도망쳤다. 지철은 그런 어머니의 행동을 멀찍이서 포착하고는 회심의 미소를 지었다. 거기서 도망가봤자 자기에게는 부처님 손 안이라는 듯. 그때부터 지철은 고양이가 쥐를 뒤쫓듯 그의 어머니를 잽싸게 쫓았다. 이 강숙도 그 낌새를 알아차리고 남대문 지하도에서 으슥한 남산 쪽으로 방향을 틀고 냅다 뛰었다. 하지만 허겁지겁 너무 당황한 나머지 지하도 계단에서 그만 자기 발로 치마를 밟고 그 자리에서 쓰러졌다. 그러자 마침내 지철은 어머니 소매를 솔개 병아리 낚아채듯 부여잡았다. 그리곤 뱀 개구리를 잡은 그런 흐뭇한 표정을 지었다. 그 시각 그곳 지하도에는 그들 두 사람뿐이었다.

"오마니, 나도 지수 형처럼 용돈 좀 듬뿍 달라요?"

이강숙은 쓰러진 자리에서 일어나 조금 전 도망할 때와는 달리 정색을 하며 말했다.

"갠 아직도 공부하는 학생이야. 넌 이제 네 밥벌이를 할 나이잖니?"

"알갔습니다. 내레 오마니가 배 아프게 낳은 자식이 아니란 말이지요."

"무슨 애가 염치도 없니? 그동안 뜯어간 돈이 얼마니?"

그 순간 지철은 매우 익숙한 솜씨로 어머니 치마 속의 전대를 후딱 낚아채고는 막 도망갈 태세였다. 이강숙은 있는 힘을 다해 그 전대를 부여잡았지만 역부족이었다. 이강숙은 목청껏 "도둑이야!" 고함을 지르면서 막 달아나는 지철의 한 다리를 끌어안았다. 그러자 지철은 계단에 폭 쓰러졌다. 그 바람에 지철의 이마는 계단 모서리에 찍혔다. 지철은 손으로 이마를 짚는 순간 전대를 그만 떨어뜨렸다. 그 순간

이강숙은 그 전대를 재빨리 낚아챘다. 지철의 이마에서는 피가 솟아났다. 지철은 한 손으로 이마의 피를 막으면서 벌떡 일어났다. 그는 그때부터 어머니에게 발길질을 하기 시작했다. 이강숙은 지철을 향해 고함질렀다.

"천하에 고약한 놈, 이 날강도! 웬수 놈!"

"이젠 자식을 도둑으로 만드는군요."

지철은 식식거리며 더욱 발길질을 세차게 했다. 이강숙도 지지 않고 전대로 지철을 후려쳤다. 그 순간 전대 속 한화와 달러가 쏟아졌다. 그러자 이강숙은 아들 패는 짓을 중단하고 지하도 바닥에 떨어진 돈들을 정신없이 주워 스웨터 주머니에 마구 쑤셔 넣었다. 그러면서 계속 구시렁거렸다.

"이 웬수 놈! 어디 가서 뒈지지도 않고…… 이 육시를 할 놈!"

그 말에 지철은 대뜸 안주머니에서 잭나이프를 빼들었다.

"알갔습니다. 오마니 소원대로 죽어주지요. 하지만 내레 혼자 죽지는 않갔시오."

지철은 잭나이프를 오른손에 쥐고 이강숙에게 달려들어 가슴과 배를 마구 찔렀다. 이강숙은 멱따는 소리로 고래고래 비명을 지르며 피투성이가 된 채 바닥에 쓰러졌다. 그러자 지철은 피 묻은 잭나이프로 자기 목을 그대로 찌른 뒤 그 옆 자리에서 쓰러졌다. 그 언저리에는 이강숙이 미처 줍지 못한 한화와 달러가 늦가을 낙엽처럼 지하도 일대에 흩날렸다.

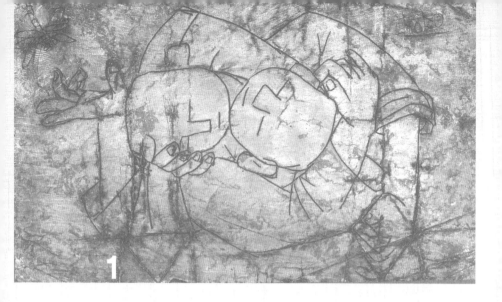

브로드웨이 32번가

브로드웨이 32번가

　　　　　　조현(趙鉉)은 워싱턴 D.C. 터미널에서 낮 12시 30분에 출발하는 뉴욕행 버스에 올랐다. 그 버스는 볼티모어에서 손님을 몇 명 더 태운 뒤 곧장 95번 고속도로를 탔다. 미국 동부 지방을 남북으로 관통하는 이 고속도로는 캐나다와 국경을 맞댄 메인주에서 시발하여 보스턴, 뉴욕, 워싱턴 D.C., 리치먼드, 사우스캐롤라이나 플로렌스를 거쳐 멀리 남부 플로리다주 마이애미까지 연결돼 있다.

　현은 두 주 전 그 길을 따라 뉴욕에서 워싱턴 D.C.로 내려왔다. 그때는 95번 고속도로 언저리 활엽수들은 잎이 죄다 떨어진 채 썰렁했다. 그런데 그날은 날씨도 쾌청한 데다가 그새 함박눈이 흠뻑 내려 앙상했던 나뭇가지에는 온통 눈꽃으로 햇볕에 눈이 부셨다.

현은 승차 후 곧 깊이 잠들었다. 지난 두 주간 메릴랜드 칼리지파크 내셔널아카이브(국립문서기록관리청, 이하 '아카이브')에서 한국전쟁 사진 자료를 검색 수집했던 피로가 한꺼번에 밀려든 탓이었다. 그는 달리던 버스가 멈칫 서는 순간 잠에서 깼다. 그새 버스는 뉴욕 맨해튼 어귀에 도착한 뒤 신호등 앞에서 멈추고 있었다. 세 시간 남짓 눈을 붙인 셈이다. 한결 정신이 맑았다. 현은 단잠을 잔 게 횡재한 기분으로 피식 웃었다. 장거리 여행에서 차내 잠은 피로를 회복시켜주고 무료한 시간을 후딱 보내는 등, 여러 면으로 좋았기 때문이다. 그 시각 뉴욕 맨해튼 시가지는 어두컴컴했다. 흑인 기사는 우람한 버스를 자유자재로 몰면서 차들로 복잡한 맨해튼의 시가지를 미꾸라지처럼 잘도 헤집고 들어갔다.

마침내 기사는 브로드웨이 32번가 신문 가판대 옆에다 버스를 세웠다. 현은 그에게 손짓으로 감사를 표한 뒤 버스에서 내려 짐칸에서 여행용 가방을 꺼냈다. 그러자 흑인 기사는 백미러로 이를 확인하고는 곧장 맨해튼의 차량 물결 속으로 사라졌다.

현은 가방을 신문 가판대 옆 보도블록에 세워둔 채 손목시계를 봤다. 5시 50분이었다. 워싱턴 D.C. 터미널에서 미리 전화로 예약한 뉴욕 택시기사 토머스 정과 약속 시간은 10분 남았다. 현은 그에게 전화를 걸려다가 얼마 남지 않은 시간이기에 그 자리에 선 채 기다리기로 했다.

현은 가방 때문에 꼼짝달싹 못 하고 신문 가판대 옆 보도에서 멀뚱히 브로드웨이 32번가 일대를 두리번거렸다. 초저녁의 맨해튼 도심지를 아주 여유롭게 바라보았다. 언저리 도로변에는 뜻밖에도 한글 간판들이 심심찮게 보였다. 코스모스백화점도, 서울부동산도, 심지어 서울점집 간판까지도 눈에 띄었다.

현이 지나가는 사람들을 유심히 살펴보니까 피부색도, 옷차림도 천차만별이었다. 그런데 그 많은 사람들은 시계 초침처럼 째깍째깍 저마다 바쁘게 움직였다. 거대한 인파가 마치 장마철 시뻘건 강물처럼 흘러갔다. 그때 조현 앞에 옐로 캡 택시 한 대가 멎었다.

"조현 씨죠?"

"네, 그렇습니다."

"토머스 정입니다. 얼른 타세요. 여긴 주차금지 구역입니다."

그는 택시에서 잽싸게 내려 현의 가방을 트렁크에 후딱 넣으면서 말했다. 현은 재빠르게 택시에 올랐다. 그도 급히 운전석에 올라 앉았다.

"어디로 모실까요?"

"케네디 공항으로 갑시다."

그는 핸들을 잡은 채 말했다.

"조금 전, 이도영 박사한테 전화가 왔습니다. 자기는 로스앤젤레스에 있다고 하면서 한국에서 온 손님 잘 모시라고."

그 말에 현은 다소 놀라면서 반문했다.

"이 박사와 어떤 사이입니까?"

"한때 동지였습니다."

그는 뉴욕에서 한국 군정 종식 촉구나 반독재 규탄 시위가 있을 때마다 늘 이도영과 함께 참여했다. 그러다가 한국에 문민정부가 들어선 뒤부터는 그런 시위가 줄어들자 자연 그들의 만남도 뜸해졌다는 말을 했다.

"이곳에도 한국에 있을 건 다 있습니다. 심지어 38선까지도."

"네? 38선이라니요."

그는 한국의 휴전선처럼 눈에 보이는 철책은 없지만, 아직도 동포들 마음속에는 38선이 뚜렷이 남아 있다. 1950년대 미국에 건너온 동포는 50년대 의식대로, 1970년대 건너온 동포는 여태 70년대 사고로 살고 있다. 고국 사람들은 한국의 민주화로 많이 변했지만, 이곳 미주 동포들 중에는 이민 온 이후 조금도 변치 않은 사람들이 있다. 그들의 의식은 여태 자신이 미국으로 건너온 그때에 머물고 있다고 말했다.

그 말에 현은 고개를 끄덕였다. 현은 그 몇 해 전 중국 헤이룽장성 취원장 일대의 항일 유적지를 찾아간 적이 있었다. 거기 동포들은 대부분 경상도 출신으로 여태 경상도 방언을 그대로 쓰고 있었다. 그뿐 아니라 우리 고유의 민속도 그대로 전승하고 있었다.

"손님은 브이아이피라고 하던데요?"

"무슨, 그저 글줄이나 쓰는 골동품 훈장입니다."

"이곳에서는 작가나 화가가 브이아이피입니다."

"아, 네."

몇 해 전 현이 프랑스에 갔을 때다. 현지 안내인은 모파상이 태어난 집이라든지, 그가 집필한 찻집이라든지, 프루스트가 산책한 공원이라든지, 그런 곳을 보여주며 한껏 자랑하던 게 떠올랐다.

"저도 서울에서 한때 기자였습니다."

그는 현이 묻지도 않는 말을 했다.

"한국 먹물들이 택시기사가 된 이야기는 파리에서만은 아니군요."

현은 얼마 전 한 모임에서 만난 홍세화 씨를 이야기했다.

"그럼요. 뉴욕에도 그런 친구가 더러 있습니다. 사실은 이 박사도 한때 핸들을 잡았지요."

퇴근 시간 탓인지 케네디 공항으로 가는 길이 도중에 밀렸다. 토머스 정은 무료함 탓인지, 그동안 자기가 살아온 이런저런 얘기를 늘어놓았다. 아마도 모처럼 동포 손님을 태운 반가움 탓도 있었나 보다. 그는 1980년 신군부가 정권을 잡던 시절 얘기를 했다. 그때는 계엄령 중으로 일선 기자들이 애써 취재해 만든 연판의 초고본을 시청으로 가져가 창구를 통해 들이밀었다. 그러면 계엄사령부 하사관들이 붉은 사인펜으로 초고본에 줄을 죽죽 그으며 보도 불가 붉은 도장을 쾅 쾅 찍어 내밀었다. 거기에 토를 달 수 없었다. 그런 일이 기자로서는 모욕으로 도무지 맨정신으로 살 수가 없었다. 그렇다고 대학 때처럼 맨주먹을 휘두를 용기도 없었다. 그래서 매일 퇴근 후면 몇 동료들과 함께 종로 피맛골에서 소주에 절어 살았다. 그러자 몸도 마음도 배겨낼 수가 없어 가방 하나 달랑 들고 미국행 비행기를 탔다고 했다. 앞 승용차가 마침 한국산이었다.

"선생님은 아시겠습니다. 왜 1960년대까지만 해도 망치로 드럼통을 두들겨 버스도 만들고, 지프차에 덮개 씌워 시발택시를 만들었지요."

"그럼요. 미군들이 버린 깡통을 주워 그걸 편 뒤 판잣집 지붕을 씌우기도 했지요."

현은 그 시절을 떠올리며 말했다.

"그런데 아직도 한국은 전근대적인 부정부패 비리 정치인의 뉴스가 단골이지요."

그는 남북 분단도 서러운데, 아직도 한국에서는 조그마한 땅덩어리가 두세 조각으로 분열된 데다가 요즘은 가진 자와 갖지 못한 자의 갈등도 몹시 심한 모양이라고 말했다.

"저보다 한국 사정을 더 잘 아시네요."

"핸들을 잡고 있으면 세상 돌아가는 데 빠삭해지지요. 게다가 쉬는 날에는 위성으로 한국 뉴스를 자주 봅니다."

그는 이런저런 이야기보따리를 한껏 풀어놓았다.

"그래, 뉴욕에는 무슨 일로 오셨습니까?"

"고교 동창을 만나러 왔습니다."

"대단한 우정입니다. 뉴욕에까지 오신 걸 보면."

"그랬지요. 술과 친구는 오래될수록 좋다고……. 게다가 그 친구는 내가 가장 어려웠을 때 만났습니다. 일종의 조강지우(糟糠之友)죠."

"그래, 회포는 풀고 가십니까?"

"……"

"왜 약속이 어긋났나요?"

"그는 이 세상 사람이 아닙니다."

"네? 그렇다면 죽은 친구의 영혼을 찾아 뉴욕까지 오셨군요!"

"그런 셈이지요."

현은 친구의 유해가 뿌려진 허드슨강 록펠로 전망대 아래에서 추도 예배 후 돌아가는 길이라고 말했다.

"제가 한국 손님을 숱하게 태웠지만, 죽은 친구의 영혼을 조문하러 온 분은 처음입니다."

어느 새 택시는 뉴욕 케네디 공항 주차장에 멎었다. 토머스 정은 택시에서 잽싸게 내려 트렁크에서 가방을 꺼내 끌면서 출국장으로 앞장섰다.

"돌아가세요."

"아닙니다. 이 박사가 출국 수속까지 돌봐드리라고 신신 당부했습니다. 설사 그런 당부를 받지 않았더라도 제가 그 친구를 대신해서 배웅하고 싶습니다."

그는 매우 익숙하게 탑승 수속을 마쳐주고 현을 탑승 대기장으로 안내한 다음 그제야 손을 흔들며 출국장을 떠났다.

"안녕히 가십시오."

"감사합니다."

현은 탑승 대기장 출구 앞에서 토머스 정이 사라질 때까지 손을 흔들었다. 그날 뉴욕발 인천행 아시아나 OZ 221편 여객기는 밤 11시 50분에 케네디 공항을 이륙했다.

현은 다음 날 새벽에 인천공항에 닿았다. 날씨가 몹시 추웠다. 기온이 갑자기 곤두박질친 모양이었다. 섣달 중순인데도 영하 11도까지 내려가고 바람도 세차게 불었다. 현은 가벼운 춘추복 차림이라 온몸이 오싹하도록 떨었다. 그는 인천공항에서 곧장 아이들이 사는 서울 집으로 돌아와 그대로 쓰러져 잤다.

귀국 이튿날 아침은 바람도 한결 잦았다. 해가 솟자 기온은 영상 4도로 봄날처럼 따뜻했다. 하루 사이에 계절이 바뀐 듯했다. 현은 짙은 밤색 반코트 차림에 잿빛 헌팅캡을 쓰고 강남 도곡동에 있는 숙명여고로 찾아갔다. 친구 장지수(張智洙)의 부탁을 들어주고자 함이었다.

그는 숙명여고 교감을 찾아 인사를 드린 뒤 동창회 명부 열람을 신청했다. 그러자 교감은 개인정보 유출은 곤란하다고 난색을 표했다. 마침 안면이 있는 후배 교사에게 부탁했다. 그러자 그 후배는 교감에게 현은 중동고 출신에다가 전직 중동고 교사라고 소개했다. 그러자 교감은 싱긋 웃으면서 동창회 명부를 건네주었다. 현은 거기서 1964년 졸업생 강숙자의 전화번호를 금세 찾았다. 강릉의 한 대학에 석좌

교수로 출강하고 있었다. 교문을 벗어나면서 손전화 다이얼을 눌렀다. 곧 전화기에서 음악이 흘러나왔다. 귀에 익은 돈 맥클린의 〈빈센트〉였다.

"네, 강숙자입니다."

"음악이 좋습니다."

"감사합니다. ……근데 누구시죠?"

"저…… 조현이라고 합니다."

"네……?"

상대가 화들짝 놀랐다. 곧장 통화 종료 버튼을 누를 것 같아 큰 소리로 말했다.

"장지수 친구 조현입니다."

"……."

"죄송합니다, 뜬금없이 전화를 해서."

"……."

강숙자는 계속 아무런 대꾸가 없었다. 현은 다시 조금 더 큰 목소리로 말했다.

"장지수의 고1 때 짝이었던 조현입니다."

"……."

"……언젠가 한 번 뵌 적이 있었지요?"

조현은 대학 1학년 때 어느 가을날, 강숙자를 연세대 앞 독수리다방에서 한 번 만난 적이 있었다.

"……아, 네. 이제야 기억납니다. 안녕하세요?"

그제야 강숙자는 현의 말에 대꾸했다.

"반갑습니다, 강 교수님."

"근데, 갑자기…… 무슨 일로?"

"실은 제가 어제 아침 뉴욕에서 돌아왔습니다. 꼭 전할 말씀이 있기에."

"무슨 말씀인지는 몰라도…… 이미 빛바랜 이야기가 아닐까요?"

그 순간 현은 또 강숙자가 곧 손전화 통화 종료 버튼을 누를 것만 같았다. 그래서 현은 다급하게 말했다.

"하지만 강 교수님! 직접 만나 뵙고 지수의 말을 꼭 전해야 합니다."

"지수 씨의 말이라뇨?"

강숙자의 더욱 화들짝 놀란 음성이 수화기에서 흘러나왔다. 그도 그럴 것이 십수년 전에 죽은 사람의 말이라고 하니 그가 놀랄 수밖에.

"그 친구가 나에게 간곡히 부탁했습니다."

"……그럴 리가? ……제가 사양한다면."

"굳이 그러신다면 할 수 없지만. 하지만 강 교수님은 제 청을 들어주시리라 믿습니다."

"어머머……, 제가 왜 그 부탁을?"

"강 교수님은 지수를 쉬 잊지 않았으리라는 믿음 때문입니다."

"벌써 오래전에 잊었습니다."

"그렇다면 제 이름도 까마득히 잊으셨을 테지요."

강숙자는 허를 찔린 듯 멈칫했다.

"……그런데, 어떻게 제 전화번호를 아셨나요?"

"강 교수님 모교로 찾아갔습니다."

현은 숙명여고에 찾아간 얘기를 했다.

"티브이 무슨 프로 같습니다."

"숙명여고 교감 선생님도 강 교수님을 잘 아시더군요. 매우 유명한 숙명 출신 화백이라고."

"괜히 소쿠리 비행기 태우지 마십시오."

"저도 언젠가 티브이에서 강 교수님을 두어 번 뵌 듯합니다. 화면에 비치신 모습은 여전히 우아하시더군요."

"아무튼 중동 출신들의 짓궂은 점은 세월이 흘러도 변함이 없네요."

그제야 강숙자의 말씨가 한결 부드러워졌다.

"감사합니다."

"아직도 학교에 계시죠?"

"아닙니다. 몇 해 전 퇴직한 뒤 지금은 강원도에 삽니다."

"그럼, 저와 이웃이네요."

"이웃이라고 하기에는…… 강릉과 좀 먼 횡성군 안흥이라는 곳에 삽니다."

강숙자는 안흥을 잘 알고 있었다. 자기도 서울 오가는 길에 이따금 그곳을 들러 찐빵을 한두 상자씩 사다가 아이들에게 갖다 준다는 얘기를 했다.

"아무튼 가까운 날에 강 교수님을 찾아뵙고 싶습니다."

"어떡하나? 저, 요즘 개인전 준비로 무척 바빠요. 그 일 끝나는 대로 전화 드리겠습니다."

현은 그제야 '휴' 한숨을 내쉬었다. 곧 강숙자가 말했다.

"제 핸드폰에 찍힌 번호로 연락하면 되겠지요."

"네, 그럼요. 기다리겠습니다."

조현은 전화 폴더를 닫고, 그날 다음 일정인 출판사로 가고자 3호선 도곡역에서 지하철을 탔다. 현이 이번 방미 기간 동안에 수집한 한국전쟁 자료를 사진집으로 펴내줄 이슬출판사는 마포구 성산동에 있었다. 그래서 현은 을지로3가역에서 2호선으로 갈아타고 홍대입구역에서 내렸다.

사진 전문 이슬출판사는 성산동 주택가 한옥을 빌려 통째로 사무실로 쓰고 있었다. 그래서 그 마당에는 목련, 라일락, 단풍나무 등 정원수도 있었다. 더욱이 그 일대는 주택가라서 매우 조용하고 아늑했다. 현이 대문 옆 초인종을 누르자 쪽문이 열렸다. 현이 현관에 이르자 이호선 대표와 편집실 직원들이 문앞에 일렬로 나란히 서서 반겨 맞았다. 그들은 합창을 하듯이 제비 떼처럼 종알거렸다.

"어서 오세요. 수고 많이 하셨습니다."

이 대표가 활짝 웃으며 말했다.

"아직 여독도 풀리지 않으셨을 텐데."

이 대표는 현의 손을 두 손으로 잡은 뒤 자기 방으로 안내했다. 현은 소파에 앉자마자 곧장 가방에서 CD 다섯 장을 꺼내 이 대표에게 건넸다. 그 CD에는 현이 열하루 동안 미국 아카이브에서 검색 수집한 한국전쟁 사진 770여 장이 담겨 있었다. 이 대표는 그 CD를 곧장 노트북에 넣은 뒤 '슬라이드 쇼 보기'로 사진 파일들을 두루 살펴보았다. 현은 그 곁으로 다가가 화면을 바라보며 말했다.

"이번에는 맥아더기념관 사진도, 방선주 박사를 용케 만나 그분 도움으로 공산군 측 자료도 여러 점을 담아 왔습니다. 방 박사는 아카이브 터줏대감이지요."

"아, 네. 저도 그분 이름은 들은 바 있습니다."

이 대표의 입가에선 잔잔한 미소가 떠나지 않았다. 그러면서 그는 현에게 아카이브에 있는 그 많은 사진 자료 가운데 사료가 될 만한 것만 꼭꼭 찍어 골라 왔다고 말을 했다.

"오늘은 우리 출판사가 갑자기 부자가 된 기분입니다. 빈집에 소 들어온 격으로."

그 말에 현이 화답했다.

"제가 아는 한 시인은 '발표하지 않은 시를 두 편만 가슴에 간직해도 부자 부럽지 않다'고 하더군요."

이 대표는 고개를 끄덕였다.

"참, 제가 사진에만 정신이 팔린 나머지 친구분 방문 일은 여쭤보지 못하였습니다."

"네, 덕분에 두루 만나고 왔습니다. 그들과 함께 지수 친구의 추도 예배도 드렸고요."

"그럼, 이제 조 선생님은 열심히 소설을 쓰십시오. 기왕이면 이번 사진집과 함께 소설도 출판되면 시너지 효과도 있을 테지요."

"그렇게 빨리는 되겠습니까. 한두 번은 된통 앓든지, 어딘가 탈이 난 뒤에야 탈고될 겁니다."

"하긴 소설이 그렇게 쉽게 써지진 않을 테죠."

이호선 대표는 컴퓨터를 끈 뒤 자리에서 일어섰다.

"가시죠."

그는 앞장서서 출판사에서 조금 떨어진 한 매운탕집으로 안내했다. 막 수저를 드는데 현의 손전화가 울렸다. 현은 이 대표에게 눈짓으로 양해를 구한 뒤 자세를 돌려 전화를 받았다.

"저 강숙자예요. 전화 받으실 수 있습니까?"

"네, 괜찮습니다. 말씀하십시오."

"언제까지 서울에 계실 겁니까?"

"주말까지는 있을 겁니다."

"그럼, 잘됐습니다. 토요일 오후에 시간 좀 내주실 수 있습니까?"

"좋습니다. 어디서 뵐까요?"

조현은 반색을 하며 말했다. 강숙자는 토요일 오후 2시 인사동 아무개 화랑에서 오픈하는 한 제자의 전시회에 참석할 예정인데, 거기 잠깐 들렀다가 오후 3시에 조계사 범종루 아래 '산중다원' 찻집으로 오겠다고 말했다. 현은 좋다고 대답한 다음 폴더를 닫고는 이 대표에게 말했다.

"실례했습니다. 친구의 옛 연인입니다."

"아, 네."

"여기로 오기 전에 내가 만나자고 전화하니까, 바쁘다고 날짜를 미루더니……."

"역시 러브스토리에는 나이가 없네요."

"시공을 초월한 베스트셀러지요."

"아무튼 돌아가는 이야기가 재미있겠습니다."

"글쎄요. 두고 봅시다."

토요일 오후, 현은 약속 장소로 가기 위해 3호선 안국역에 내린 후 수송동 골목길로 접어들었다. 서울 어디든 변하지 않는 곳이 거의 없지만 그곳도 예외는 아니었다. 현이 고등학교에 다니던 1960년대 안국동 일대에는 학교들이 숱하게 많았다. 경기, 덕성, 풍문, 창덕, 중동, 숙명, 수송 등의 중고등학교가 안국동 로터리에서 부르면 대답할 거리에 있었다. 등하교 때 그 일대는 온통 학생들로 붐볐다. 특히 동복에서 하복으로 갈아입는 5월 하순 등하굣길에는 흰 목련꽃이 활짝 핀 듯 새하얀 교복 행렬로 눈이 부셨다.

현이 모교인 중동고등학교 교사로 부임했던 1970년대 중반만 해도 예전과 별로 다름이 없었다. 그러나 1970년대 후반부터 그 일대에 큰 지각 변동이 일어났다. 정부의 강남 개발 시책으로 강북의 명문학교들이 강남으로 속속 옮겨갔다. 마치 미국 개척 당시 동부의 사람들이 서부로 몰려갔던 골드러시처럼. 그러자 지난날 학교 터는 그새 신흥 빌딩가로 변해 고층 건물들이 우후죽순처럼 불쑥불쑥 솟아났다.

현은 헤아려보니 그 골목길을 떠난 지 꼭 35년 만에 다시 찾은 셈이었다. 그 일대도 서울의 다른 곳처럼 상전벽해로 변했지만, 그 골목길 어귀만은 다행히 여태 그대로 남아 있었다. 중동학교 자리에는 서머셋 팰리스라는 레지던스 호텔이 하늘 높이 치솟았고, 중동학교와 담을 경계로 붙어 있었던 숙명학교 자리에는 연합뉴스 빌딩이 우람하게 버티고 있었다.

현은 시간 여유가 다소 있었기에 그 일대를 한 바퀴 돌아보았다. 옛 흔적을 거의 찾을 수 없는 골목길에서 '중동학교 옛터', '숙명여학교 옛터' 표지석이 그나마 옛날을 말해주고 있었다. 약속 장소 '산중다원'은 조계사 범종각 아래로 옛 숙명학교 정문 바로 앞에 있었다.

산중다원은 선방처럼 차분했다. 벽시계는 2시 55분을 가리키고 있었다. 산중다원은 전통찻집 분위기에 어울리게 통나무를 반으로 자른 찻상이 있고, 손님들은 방석을 깔고 방바닥에 앉도록 마련돼 있었다. 실내 벽에는 야생 망개나무 열매 줄기와 갈대를 묶어 걸어두었고, 가야금 산조가 은은히 흘렀다. 현이 자리에 앉자 곧 초로의 한 여인이 다실 문을 열고 들어섰다. 벽시계는 막 3시를 조금 넘고 있었다. 그는 트렌치코트 차림에 창이 넓은 귤빛 모자를 쓰고 있었다. 현은 그가 강숙자라는 것을 금세 알 수 있었다. 그새 많은 세월이 흘렀지만 그는 옛 모습을 거의 간직하고 있었다. 실내가 한적한 탓으로 강숙자도 머뭇거리지 않고 곧장 현의 자리로 다가왔다.

"안녕하세요."

"네. 안녕하세요, 강 교수님!"

강숙자는 모자와 코트를 벗어 옷걸이에 걸고는 현의 앞자리에 다소곳이 앉았다. 크림색 양장 차림에 화사한 바이올렛 빛깔의 스카프를 목에 둘렀다. 화장품과 향수 냄새가 후각을 상큼하게 자극했다. 현은 황홀한 눈빛으로 강숙자를 바라보며 말했다.

"여전히 예쁘시고 우아합니다."

"말씀은 고맙지만 예쁘다는 말은 오버입니다. 할머니가 된 지 오랜데요."

"소녀에게는 소녀다운 아름다움이 있고, 노년에게는 노년의 아름다움이 있지요."

"세상에서 가장 좋은 말씀만 골라 하시네요."

"아름다움의 기준은 나이에 따라 달라지지요."

"아무튼 좋게 봐주셔서 감사합니다. 오늘 차는 제가 사지요."

"감사합니다."

현은 계속 강숙자의 목에 두른 보랏빛 스카프를 눈여겨보면서 말했다.

"지수는 제비꽃 빛깔을 무지하게 좋아했지요."

"어머? 그걸 어떻게 아셨나요?"

그는 자기만 아는 비밀이 탄로가 난 듯 조금 놀랐다.

"그 친구는 제비꽃과 비비안 리, 잉그리드 버그만, 그리고 강숙자 씨를 무지 좋아했습니다."

그 말에 강숙자는 갑자기 얼굴이 붉어지며 얼른 말머리를 돌렸다.

"이곳을 쉽게 찾으셨나요?"

"그럼요, 이 골목은 바둑판처럼 눈에 선하죠."

현은 그 일대는 자기에게 영원한 홈그라운드라는 말도 빠트리지 않았다. 그는 남보다 1년 더 고교를 다녔고, 졸업 후 모교 교단에도 섰기 때문이기도 하다.

"저희 친구들도 그래요."

강숙자는 자기네 동창 모임 1차 장소로 자주 이곳을 찾는다고, 그러면서 산중다원 창 너머로 건너편 모교 옛터를 바라보며 단발머리 그 시절의 수다를 늘어놓는다고 말했다. 그 말에 현도 지난날을 회고했다.

안국동 로터리에서 수송동 어귀 좁은 골목길은 언제나 소란스러웠다. 산중다원 길 건너편 '중동학교 옛터' 표지석 자리가 바로 중동학교 교문으로 학생들은 아침 등교 때마다 조마조마 가슴 졸이면서 통과했다. 거기에는 무서웠던 '꼴통' 훈육주임과 완장을 찬 규율부원들이 눈을 부릅뜨고 죽 늘어서서 등교하는 학생들의 복장을 살폈다. 등교할 때 학생은 교문 앞에 이르면 거수경례를 했다. 훈육주임과 규율부원들은 그 순간 부릅뜬 눈으로 복장 위반을 한 학생을 귀신같이 잡아냈다. 그러면 교문 뒤 으슥한 곳에 있던 규율부 어깨들이 소리쳐 불렀다.

"야, 고1! 이리 와!"

학생이 거기로 가면 엎드리게 한 다음 몽둥이찜질을 했다. 그런 뒤 이름을 적은 다음 일장 훈계를 했다. 현은 그런저런 그 시절 얘기를 했다. 그러자 강숙자도 중동 학생들의 매 맞는 소리, 응원 연습 소리, 밴드부의 악기 연주 소리, 축구선수들의 볼 차는 소리, 거울을 비추며 고함 지르던 유치한 소리들을 되새김질하면서 들려줬다.

"오늘은 단발머리 시절로 돌아간 기분이네요. 게다가 중동 출신 조 선생님을 만나니까."

"저도 오늘 이 골목에 오니까 그때처럼 가슴이 울렁거립니다."

"아직도 청년이시군요."

그는 손으로 입을 가리며 웃었다.

"마음만 그럴 뿐이지요."

현은 그 시절 담 너머 숙명여고를 바라보다가 선생님에게 많이 혼난 이야기와 그저께 강남 숙명학교에 가니까 그런 감정은 전혀 없던 얘기를 했다.

"저도 강남 모교에 두어 번 초대받아 갔으나 꼭 다른 학교를 찾아 간 느낌이었어요."

"오늘은 이 골목길에 들어서자 까까머리 시절로 돌아간 기분입니다. 아마도 강 교수님을 만난다는 설렘 때문인가 봅니다."

"감사합니다."

강숙자는 그 말을 마치고는 손으로 입을 가린 채 살포시 웃었다.

"근데, 뉴욕에는 무슨 볼일로……."

강숙자가 먼저 용건을 물었다.

"장지수, 그 친구를 만나고자……."

"뭐라고요?"

강숙자는 눈을 휘둥그렇게 떴다. 그는 지수의 죽음을 이미 알고 있었다.

"그 친구를 만나고 왔습니다."

"정말이세요?"

"그럼요."

"네에……?"

강숙자는 더욱 놀란 표정이었다.

"그렇다면 영혼의 만남이었군요. ……하기는 두 분은 대단한 우정 으로 영혼의 만남도 가능하겠지요. 지난날 지수 씨가 '운성(雲城)'이 라는 자기 호는 조 선생님이 지어줬다고 자랑했어요."

"제 호 '설송(雪松)'은 지수, 그 친구가 지어주었습니다. 그런데, 저는 그 친구의 호를 잘못 지어주었나 봐요. 그는 평생 구름처럼 떠돌다가 사라진 것 같습니다."

"아무렴 호 때문에 그렇겠습니까. 타고난 운명이겠지요. 아무튼, 뉴욕까지 다녀온 열정에다 이승과 저승도 넘나드는 두 분 우정이 매우 부럽습니다."

"그가 네덜란드 로테르담에서 지낼 때까지는 우정이 이어졌지요. 아무튼…… 그의 죽음 앞에 무척 죄스러웠습니다."

"……."

'죽음'이라는 말에 강숙자가 갑자기 침울해졌다.

"죄송합니다."

"아니에요. 이미 과거완료형인데요."

강숙자는 애써 담담히 말했다. 한복을 입은 산중다원 주인이 차와 끓인 물을 가지고 와 찻상에 내려두고 합장한 뒤 돌아갔다. 강숙자는 매우 익숙한 솜씨로 차를 우려 현의 잔에 따랐다.

"이건 우전입니다. 아마 향이 깊을 거예요. 드세요."

"네, 감사합니다."

강숙자는 자기 잔에도 차를 따르고는 두 손으로 찻잔을 감쌌다.

"차는 그리움으로 마신다고 하는데, 오늘 차 맛은 그윽하겠습니다."

조현도 찻잔을 두 손으로 감싼 채 말했다.

"향이 그윽한 차를 마시는 것은 좋은 사람을 만나는 것과 같지요."

강숙자는 차를 한 모금 마신 뒤 눈을 지그시 감고 혼잣말처럼 말했다.

"이 찻집에서 지수 씨 이야기를 듣게 되다니……. 참, 세월이 약이란 말이 맞네요."

두 사람은 차를 조금씩 음미했다.

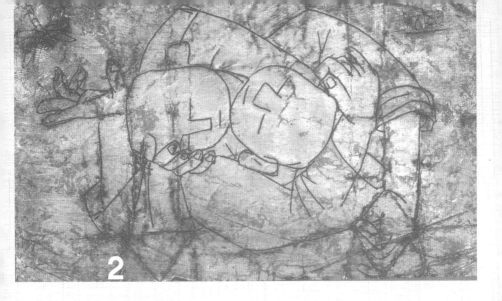

로테르담에서 온 엽서

로테르담에서 온 엽서

　　　　　　　　　　"이제 젊은이들을 위해 그만두세요."

　2003년 이른 봄, 현의 아내는 불쑥 이 한마디를 남긴 뒤 강원도 산
골마을로 떠났다. 현은 그즈음 교단 생활이 무척 힘들었다. 학교 밖
에서는 온통 젊은이들 일자리 문제로, 학교 안 재단 측에서도 산하
두 학교를 한 학교로 합친다는 '구조조정' 명분을 내걸고 조기 퇴직
을 압박해 왔다. 그즈음 현은 그저 자리 보전에 전전긍긍했다. 아내
는 그런 후줄근한 남편을 바라보기에 진력이 났던 모양으로 현에게
퇴직을 권유한 뒤 귀촌을 제의했다. 하지만 언저리 사람들은 열이면
아홉은 말렸다. 이 불황에 정년이 보장된 교단에서 정년퇴직 때까지
근무한 뒤에 귀촌하라고 조언했다. 그러면서 '그 나이에 직장에 다니
는 것만도 축복이다. 그래도 교직은 철밥통이니 아무 소리 말고 자리

를 지키라'고 충고했다.

현은 며칠 곰곰이 생각했다. 누가 알아주건 말건, 정원 초과인 배가 풍랑을 만나 좌초할 때는 나이 든 사람이 젊은 사람을 위해 먼저 바다에 뛰어내리는 것이 도리라는 생각이 떠올랐다. 그래서 현은 30여 년간의 교단 생활을 담담히 정리하고 강원도 산골마을로 내려왔다. 그새 현의 아내는 산골 외딴마을에 다 쓰러져가는 집을 거저 얻어 둥지를 틀고 있었다.

현은 반거충이 농사꾼이 되었다. 봄에서 가을까지는 집에 딸린 텃밭을 가꾸는 농사일로 심심치 않았다. 이백 평 남짓한 텃밭은 그에게 여간 벅차지 않았다. 주경야독으로 밤이면 산골 생활 이야기를 일기처럼 썼다. 그런 뒤 그가 시민기자로 소속된 한 인터넷 신문에 '안흥 산골에서 띄우는 편지'라는 제목의 연재로 글을 써서 보내고, 이따금 잡지사나 사보 편집실에 원고를 써 보내면서 산촌 생활의 무료함을 메웠다.

강원도 산골은 겨울이 길다. 겨울로 들어서는 신호로 10월 중순에 첫서리가 내리면 텃밭의 호박은 그야말로 '서리 맞은 호박잎'으로 자지러져버리고, 그때부터 일년생 작물들은 더 이상 자라지 않았다. 그러자 산마을 농사꾼들은 알곡 수확과 겨우살이 준비로 눈코 뜰 새 없이 움직였다. 현 부부도 덩달아 바빴다. 그들은 볕 좋은 날 텃밭 콩을 거두어 말린 뒤, 도리깨질 대신에 막대기로 낟알을 털었다. 그리고 그들이 사는 집은 워낙 낡았기에 월동 준비를 하기 위해 집채를 온통 비닐로 덮다시피 빙 둘렀다. 본채는 심야 보일러 시설이라 난방 수고는 덜었지만 아래채 현의 글방은 온돌이라 아침저녁 아궁이에 군불을 땠다.

그 군불용 땔감 마련은 여간 조련치 않았다. 한나절 뒷산에 올라가 삭정이를 주워 오면 이틀 정도는 땔 수 있었다. 어느 하루 옆집 노씨가 그런 현이 안쓰러웠던지 경운기에 간벌한 낙엽송을 가득 싣고 왔다. 그는 마당에다 쏟은 뒤 전기톱으로 토막토막 잘라주고 갔다. 현은 볕 좋은 낮 시간에는 그 나무토막들을 도끼로 빠갰다. 그러면 어느새 땅거미가 졌다. 하지만 밤 시간은 절대고독의 시간이었다. 그 시간 이런저런 공상을 즐기다가 그마저도 따분하면 아궁이 군불을 지폈다. 아궁이에 군불을 때는 재미도 쏠쏠하거니와 탁 탁 소리치며 타는 장작더미를 보면서 현은 그리운 이들을 떠올리곤 했다.

그런 가운데 현은 한 출판사와 10년 전에 펴낸『민족반역이 죄가 되지 않은 나라』라는 책을『항일유적답사기』라는 제목으로 재출간키로 했다. 그 책이 나온 뒤, 중국 현지 답사를 두 차례나 더 다녀왔기에 추가해야 할 내용이 많았다. 그래서 현은 겨우내 묵은 원고를 다시 가다듬는 일에 몰두했다.

마침 중국 동북 지방 지린성 조선족자치주 용정 명동촌 윤동주 생가마을 답사 부분을 가다듬던 중, 지난번 책이 출판된 뒤 이 대목을 본 시인 김규동 선생이 당신 선친과 명동교회를 세운 김약연 목사에 대한 일화를 편지로 보내줬던 것이 생각났다. 현은 이를 개정판에 덧

붙이고자 편지함에서 김규동 선생의 편지를 찾았다. 김 선생은 양면 괘지 편지지에 만년필로 아주 꼼꼼하고 단아하게 썼다.

김약연 선생은 너그럽게 생기신, 머리가 하얀 노인으로 일 년에 두어 번 함경도 종성 우리 집에 오셨지요. 약국을 경영하시던 아버지는 김약연 선생님 오실 때면 그때 돈 200원, 혹은 300원을 독립자금으로 내놓곤 하시는 걸 저는 어릴 때 보고 자랐습니다. 제 아버지는 문익환 목사의 선친 문재린 목사와 명동학교 동창이었다고 합니다. 이런 일 때문에 아무것도 모르시는 우리 어머니는 "너희 아버지는 돈 없는 사람한테는 약값도 받지 않고 치료하고, 겨우겨우 먹고 살 만큼 돈푼이나 모아놓으면, 그 지전을 곱게 인두로 다린 뒤, 흰 수건에 곱게 싸서 무릎을 꿇으시고 김약연 선생님에게 드렸다. 그래서 너희들한테는 된장국이나 조밥만 먹였다. 규동아, 너는 입쌀밥이 그토록 먹고 싶다고 하지만 아버지가 조밥을 하라는데, 어찌 너만 입쌀밥 먹일 수 있겠느냐?" 어머니는 이와 같은 하소연 같기도 하고, 탄식 같기도 한 이야기를 더러 하셨지요. 지금 생각하면 어머니는 독립운동이 어느 만큼이나 중하고 급한 것인지를 모르시는 탓으로 하신 말씀으로 생각합니다. ……

그 편지 전문을 개정판 원고에 덧붙였다. 그런 다음 봉투에 넣어 편지함에다 담는데, 뜻밖에도 그림엽서 한 장이 볼가졌다. 앞면은 네덜란드 로테르담의 고색창연한 건물이 운하에 잠긴 그림이었고, 뒷면 그 절반은 주소란이며, 나머지는 사연을 쓰는 공란이었다. 주소란에는 동명이나 번지는 모두 생략한 채, '중동고등학교 조현 선생님

귀하, Seoul Korea'라고만 썼고, 사연을 쓰는 난에는 짤막한 사연을 썼다.

설송(雪松)!

오랜만이구나. 나 지수야. 여기는 운하와 풍차, 튤립의 나라 네덜란드로 이국의 정서가 물씬하다. 오늘따라 고교 시절의 일들이 주마등처럼 떠오른다. 네가 모교 교단에 서 있는 모습을 그리니까 나도 감개무량하다. 결혼은 했니? 가끔 소식 전해다오. 무척 보고 싶다. 하지만 여기는 너무 멀다. 안녕!

1975.11.10. 네덜란드 로테르담에서 운성(雲城)

현은 그 엽서를 보자 문득 까만 교복 입은 다정다감했던 지수의 얼굴과 목 자른 워커가 떠올랐다. 그리고 그가 수업시간 선생님 눈을 피해 연습장에다 자주 그렸던 배우 잉그리드 버그만과 비비안 리의 캐리커처도 떠올랐다.

현은 시골뜨기로 그 무렵 배우라면 최은희나 김지미, 김진규, 최무룡 정도밖에 몰랐다. 지수는 그런 현에게 금발에다 파란 눈, 코가 뾰족한 그 서양 배우들의 이야기를 입에 닳도록 들려주었다. 현은 그 이야기를 하도 여러 번 들었던 터라, 오랜 세월이 지난 지금도 그 장면은 어제 일처럼 선명하게 눈에 떠올랐다.

불현듯 지수가 보고 싶었다. 하지만 현의 앨범 속에 지수의 사진은 없었다. 고교 졸업 앨범에서도 그를 찾을 수 없었다. 그 시절은 카메라도 매우 귀했고, 고교 졸업 연도가 같지 않았기 때문이다.

현은 그 엽서를 볼수록 지수를 잊고 살았던 지난 세월이 무척 후회스러웠다. 그들의 우정은 대학 재학 시절에도 이어졌다. 피차 다니는 대학은 서울의 동서로 달랐지만 그래도 이따금 만났다. 하지만 현이 대학 졸업 후 모교 교사로 재직할 때 지수로부터 그 엽서를 받고도 답장하지 않았기 때문에 그만 두 사람 우정의 끈은 슬그머니 끊어져 버렸다. 잘못은 그 엽서에 답장을 하지 않았던 현에게 있었다.

가을이 깊어지자 뒷산 잣나무 낟알이 여물었다. 그러자 청솔모와 다람쥐들은 바삐 쏘다녔다. 그들은 하루에도 몇 번씩 현의 집 마당을 휙휙 지나다녔다. 현은 잣송이 서너 개를 섬돌 위에다 던져둔 채 방문 틈 사이로 카메라 앵글을 맞추고는 무작정 그들을 기다렸다.

다람쥐란 놈은 몇 날 며칠 동안 섬돌을 지나치면서 힐끔힐끔 잣송이를 쳐다보면서 언저리를 살폈다. 인기척이 없자 그제야 안심되는 양 마침내 섬돌 위의 잣송이를 다 발겨먹고 갔다. 하지만 청솔모란 놈은 여간해서 얼씬도 않았다. 그놈은 멀리서도 사람 냄새를 용케 맡고는 지레 경계했다. 현은 숨을 죽인 채 그 모든 것을 창틈으로 지켜보면서 카메라 앵글에 담아 기사로 송고했다.

겨울이 다가오자 산골 사람들은 들판에 곡식도, 마을 뒷산 밤송이나 잣송이, 도토리마저도 다 거둬들였다. 그러자 청설모도, 다람쥐도 도무지 꼴을 볼 수가 없었다. 짐승만 그런 게 아니라 동네 사람들도 왕래가 뜸해졌다. 하루 한두 차례 들르던 앞집 노씨도, 늘 집 앞 평상에 앉아 볕을 즐기던 옆집 할머니도, 집 밖에 나오는 일이 뜸해졌다.

현도 바깥나들이를 줄인 채 집 안에서 서울 사는 아들이 떨어뜨리고 간 고양이 '카사'란 놈과 이런저런 이야기를 나누며 지냈다. 처음에는 눈길도 한 번 안 주던 그 녀석과 여러 해째 함께 살다 보니 그제는 웬만큼 의사소통이 되었다. 하지만 그와 지내는 것도 잠시뿐으로 아무튼 산골의 겨울은 따분하기 그지없었다. 그나마 다행인 것은 하루에 한 차례씩 들르는 집배원 오토바이 소리가 일 년 내내 변함이 없다는 것이었다. 그 소리가 집 앞에서 멈추다가 이어지면 집배원이 현의 집 우편함에다가 편지를 넣고 간 날이요, 그 소리가 먼 곳에서부터 들려오다가 그대로 잦아지면 우편물이 없는 날이었다. 어느 하루 집배원 오토바이 소리가 멎었다. 곧 발자국 소리와 함께 집배원 목소리가 들렸다.

"계세요?"

그런 날은 등기우편물이나 택배가 있는 날이었다.

"예, 나갑니다."

얼른 마당으로 나가자 집배원은 등기우편물을 건네고 사인을 받아갔다. 그 등기우편물에는 서울의 한 여행사에서 보낸 항공권이 담겨 있었다.

인천공항발 아시아나 OZ 222편 2010.11.28. 20 : 00 발 뉴욕 케

네디 공항 2010.11.28. 19 : 30 착
　　뉴욕 케네디 공항발 아시아나 OZ 221편 2010.12.11. 23 : 50 발
인천공항 2010.12.12. 04 : 50 착

　왕복 항공권 한 묶음과 발권 담당 직원이 손으로 쓴 메모지가 들어
있었다.

　　고객님, 늦어도 비행기 이륙 두 시간 전까지는 인천공항터미널
아시아나항공 창구로 가서 탑승 수속을 하십시오. 만일 (미국에
서) 돌아오실 때 탑승 날짜 변경을 하게 되면 약 100불 정도의 차지
(Charge)를 내셔야 합니다.
　　미주항공권 변경 및 현지 탑승 확인 전화 : 1-800-227-42××

　항공권을 손에 쥐자 그동안 '장지수'를 만나고자 했던 막연한 소망
이 마침내 현실로 다가왔다.

　뉴욕행 OZ 222편 아시아나 여객기 이륙시간은 밤 8시다. 하지만
현은 그날 일찌감치 집을 나섰다. 정오 무렵 안흥농협 앞 정류장에서
서울행 시외버스에 올라 동서울터미널에서 환승한 다음 인천공항터
미널에 이르자 오후 5시 30분이었다. 현이 항공사 직원에게 기내 창
옆 자리를 부탁하자 뒷좌석으로 발권해주었다.
　현의 이번 미국 여행은 두 번째로 공항터미널에서 헤매지 않고 곧
장 검색대를 통과하여 출국 탑승 대기실로 갔다. 거기는 승객들로 붐

벴는데 한국인이 가장 많았고, 그 다음은 중국인을 비롯한 아시안, 그리고 백인들이었다. 중국인들은 대부분 환승객들로 대기실 바닥에 짐을 베개 삼아 비스듬히 눕거나 기대어 있었다. 비행기 탑승 시간은 7시 30분으로, 50여 분 남았다. 현은 대기실 빈 의자에 앉았다.

현은 경북 구미에서 태어나 고향에서 중학교까지 다녔다. 그 무렵 구미는 자그마한 면소재지였다. 자녀 교육열은 예나 이제나 매우 극성스러웠다. 그의 고향에서도 밥술이나 먹는 집 아이들은 중학교 때부터 교육도시인 대구로 보내졌다. 하지만 현은 초등학교를 졸업할 무렵, 집안이 하루아침에 풍비박산됐다. 현의 아버지가 야당 후보로 국회의원에 출마하여 낙선한 게 가장 큰 원인이었다. 그래서 현은 고향에서 중학교조차도 외가의 학비 지원으로 간신히 마칠 수 있었다. 그 무렵 가족마저도 사방으로 뿔뿔이 흩어졌다. 현의 아버지는 서울로, 어머니와 막냇동생은 김천 외가로, 미혼 고모들은 부산으로, 다른 동생은 결혼한 여러 고모 댁으로 뿔뿔이 흩어졌다. 고향에 남은 현과 할머니는 살던 집을 빚쟁이에게 빼앗긴 채, 철길 너머 각산 남의 집 행랑채를 얻어 살았다.

그 무렵 각산은 현이 살았던 장터마을과 달리 전깃불조차 들어오지 않아 석유 등잔불을 켜야 했다. 현의 할머니는 거의 날마다 앞산이나 금오산에 가서 땔감을 마련해 왔다. 그러다 보니 현은 학교만 끝나면 지게를 지고 할머니가 해놓은 나무를 집으로 날랐다. 집안 형

편상 고교 진학은 불투명했다. 그런 가운데, 현이 중3 때 4·19 혁명
이 일어나자 서울로 간 현의 아버지는 그제야 기지개를 켰다.

현이 중학교 졸업을 넉 달 앞둔 늦가을, 아버지가 고향에 내려왔
다. 아버지는 현에게 느닷없이 서울 소재 고등학교로 진학할 준비를
하라고 일렀다. 당시 구미에서 서울 소재 고등학교로 진학하는 것은
좀체 드문 일이었다. 현은 서울 고교 진학이 기쁘기보다는 입학시험
때문에 덜컥 겁이 났다. 그제부터 부랴부랴 수험 준비를 했다.

현이 밤마다 호롱불 밑에서 공부를 하고 이튿날 세수를 하면 코에
서 시꺼먼 등잔불 그을음이 나오곤 하였다. 현의 아버지는 입학시험
을 앞두고 전기 고등학교 두 곳, 후기 고등학교 두 곳 학교의 입학원
서를 우편으로 현에게 보냈다. 그때는 교통이 불편했기에 현은 한꺼
번에 원서 네 장을 모두 다 써가지고 졸업식 다음 날 서울행 완행열
차에 올랐다. 현은 할머니가 이불에 팥과 찹쌀 두 됫박까지 담아 꾸
린 봇짐을 새끼로 멜빵을 만들어 메고 구미를 떠나왔다.

현의 아버지가 편지로 서울역에서 택시를 타고 기사에게 가회동파
출소까지 데려다 달라고 한 뒤, 파출소 순경에게 주소를 보이면 집을
자세히 알려줄 거라고 했다. 현은 서울역에서 택시기사에게 가회동
파출소에 내려달라고 신신당부했다. 하지만 그가 내려준 곳은 가회
동파출소가 아니라 재동파출소였다. 첫날부터 눈 감으면 코 베어간
다는 고약한 서울 인심을 단단히 맛보았다.

현은 이불 봇짐을 지고 한참 헤맨 끝에 거기서 1킬로미터 이상 되

는 가회동파출소를 찾았다. 아버지는 혼자 가회동 산1번지 한옥 문간방에 세들어 살고 있었다. 현이 이튿날 새벽, 밥을 짓고자 수돗가에서 쌀을 일고 있는데 대청 문이 열리면서 주인 아주머니가 인사를 했다.

"어머, 학생이 밥도 할 줄 알아?"

현은 그 말에 무척 수줍어 고개를 들지 못했다. 시골뜨기의 서울 정착은 호락호락하지 않았다. 현은 입시 지원 학교를 더듬거리며 찾은 뒤 입학원서를 접수시켰다. 그때 서울 학생들을 보니까 죄다 똑똑해 보여서 몹시 주눅이 들었다. 마치 서울 학생들은 자기가 시골 학교에서 배우던 것과는 전혀 다른 공부를 하는 것처럼 보였다.

현은 전기인 한 공립고교에 응시하였으나 실력 부족으로 낙방했다. 당시 서울 대부분 명문 고교에서는 동일 중학교 출신 지원자는 거의 다 무시험 전형으로 입학시켰고, 타교 출신은 한두 반 정도만 뽑았다. 현은 다행히 후기 중동고등학교에 용케 합격했지만 입학금을 기일 내에 내지 못했다. 그 무렵 아버지가 새로 시작하려던 사업이 뒤틀렸기 때문이다. 현은 입학식 날 등교는커녕 방문을 닫고 지냈다. 며칠을 그렇게 보내자 그런 낌새를 알아차린 주인집 아주머니가 고맙게도 입학금을 마련해주었다. 하지만 입학식이 끝난 지 사흘이나 지난 뒤였다. 현은 아버지와 함께 입학금을 가지고 학교에 가서 교감 선생님에게 통사정을 하여 입학을 간신히 허락받았다. 서무실에서 입학 등록을 마친 뒤 교감이 일러준 두꺼운 돋보기안경을 쓴 담임을 따라 교실로 갔다. 교실은 시끌벅적했다. 마침 그 시간은 담임 이영우 선생님의 수학 시간이었다. 담임이 교단 위에서 막대기로 교탁을 탕! 탕! 치자 그제야 교실은 찬물을 끼얹듯 조용해졌다. 그러자 담임이 말했다.

"옆자리가 빈 학생, 손 들어봐!"

"선생님, 여기요."

한 학생이 손을 번쩍 들었다. 담임은 현에게 그 시간부터 수업을 받으라고 했다. 현은 담임의 지시로 그의 옆자리로 가서 앉았다. 현은 수업 준비는커녕 그날도 중학교 때 교복에 교모를 쓰고 갔다. 짝은 현에게 연습장과 필기도구를 건네주고 교과서도 보여주었다. 검은 바탕에 노란색 한자 명찰을 보니 張智秀(장지수)였다. 그 시간 수업이 끝나자 학급 친구들이 몰려들었다.

"야, 너 어느 중학교 나왔냐?"

"구미중학교 나왔다 아이가."

"아이가? 그 말 참 재미있다. 구미중학교가 어디 있냐?"

"대구와 김천 중간으로 경상북도 선산군 구미면에 있다."

그들은 김천도 몰랐다.

"촌놈이네."

"아이다. 구미는 기차 정거장도 있고, 경찰서도 있다. 보통급행기차도 선다."

하지만 학급 친구들은 '구미'를 한 번도 들어보지 못한 두메산골이라고 무시했다. 현이 구미는 그런 두메가 아니라고 열심히 설명했다. 하지만 반 친구들의 반응은 시큰둥했다.

그날 하굣길에 현은 지수가 가르쳐준 서점에서 교과서도 사고, 신신백화점 교복 판매점에서 교복과 교표가 새겨진 가방도 샀다. 하지만 돈이 모자라 교모는 사지 못했다. 이튿날 지수는 현이 새 교복에 낡은 모자를 쓴 것을 보고는 다음 날 자기가 중학교 때 쓰던 걸 갖다 주었다. 그때 현의 모자는 담요에 검정 물을 들인 것으로 빛깔이 바래져서 완전히 누렇게 탈색되어 보기에도 몹시 흉했다.

현은 어렵사리 학교에 다녔지만 용돈이 없어서 도시 기를 펼 수가 없었다. 당장 수업 준비물로 스케치북, 백지도, 부기장이나 미술시간 물감 등이나 학급비, 축구시합 관람비 등 자질구레 돈 드는 일이 엄청 많았다. 하지만 그런 돈이 없었다. 그런 사정을 모르는 교과 선생님들은 수업 준비 불량이라고 현의 손바닥을 막대기로 때리기도 하고, 교무수첩에다 이름을 체크하기도 했다. 학급반장이나 회계는 잡부금을 내지 못한 현을 매우 짜증스럽게 대했다. 지수는 곁에서 그런 광경을 보다 못해 미술시간에는 자기의 스케치북을 찢어 낱장을 주거나, 다른 반 친구로 중학교 때 단짝이었던 김윤호에게 백지도나 부기장을 빌려다 주기도 했다. 그뿐 아니라 학급비 같은 잡부금은 슬그머니 대납해주기도 했다.

5월이 되자 2기분 등록금 고지서가 나왔다. 납기 마감 날이 다가오자 담임의 등록금 납부 독촉은 매우 심했다. 거의 날마다 종례 시간이면 교무실 담임 자리로 불려가 시달렸다. 학교에서는 매달 각 학년에 한 반씩 모범반을 표창했다. 그 모범반 선정의 기준은 주로 출결사항, 등록금 납부 상황 등인 모양이었다. 현의 학급은 새 학기 첫달에 모범반이 되자 계속 이를 유지하고자 담임은 세리처럼 학생들을 들볶았다.

현은 서울 고교 생활이 여간 힘들지 않았다. 밥을 지어 먹고 다니는 일도 힘들었지만 등록금, 각종 잡부금, 교재 준비에 드는 자잘한 돈 때문에 도시 학교에서 기를 펼 수가 없었다. 그런 가운데 친정살이에 지친 어머니가 막냇동생을 데리고 서울로 왔다. 현은 밥하는 일은 면했지만 식구가 늘어나자 집안 형편은 더욱 어려워졌다. 그때 아버지는 고정 수입이 없이 민주당 당사나 국회의원 사무실에 들러 지인들에게 밥값이나 용돈을 얻어 가족의 생계비로 썼다. 그 돈은 들쭉날쭉한 그야말로 담뱃값 정도의 푼돈으로 가계비가 될 수 없었다.

오후 7시 30분, 마침내 현은 인천공항 탑승 대기실에서 기내로 들어갔다. 좌석은 꽁무니에서 두 번째로 기내 창 옆이었다. 그런데 이륙 시간이 돼도 옆 좌석에 승객이 나타나지 않았다. 횡재한 기분이었다. 그 몇 해 전 미국에서 귀국할 때는 대한항공의 파업으로 승객들이 아시아나로 몰려 만석이었다. 그때 현은 좌우 육중한 외국인 틈바구니에서 14시간 앉아 오는데 마치 고문을 당하는 것 같았다.

뉴욕행 아시아나 여객기는 예정 시간보다 20분 늦은 오후 8시 20

분에 이륙했다. 기내 창 덮개를 올리자 곧 인천 시가지가 한눈에 들어왔고, 10여 분 지나자 여객기는 서울 상공을 날았다. 서울 일대는 불빛으로 마치 보석을 뿌려놓은 듯 황홀했다. 하지만 곧 지상과 하늘은 먹빛으로 덮였다. 현은 창 덮개를 내리고 기내 객실 앞 스크린을 바라보았다. 대형 스크린에는 동북아시아와 태평양과 북아메리카 주 지도가 화면에 떴다. 여객기 모형은 인천에서 뉴욕까지 비행 항로에 따라 시시각각으로 지도 위에서 통과 항로를 따라 움직였다.

이륙 50분이 지난 9시 10분, 그새 여객기는 시속 900킬로미터, 고도 10,000미터로 동해 상공을 날고 있었다. 곧 스크린은 비행 항로를 보여주는 대신 영화를 상영하고 있는데, 현에게는 별 흥미도 없는 외화로 저 혼자 팬터마임을 하는 듯 돌아갔다.

장지수는 서울 말씨를 주로 썼지만, 드문드문 '에미네' '아주마이' '오마니'와 같은 평안도 방언과 '아바이' '간나'와 같은 함경도 방언도 튀어나왔다. 그 까닭을 묻자 아버지 고향은 함경도 함흥이고, 어머니는 평안도 평양이라 집에서는 두 방언을 두루뭉술하게 써서 그렇다고 했다. 그는 해방되던 해 함흥에서 태어났지만, 그 이듬해 서울로 월남하였기에 고향에 대한 기억은 전혀 없다고 했다.

그 시절 지수의 말씨는 여자아이들과 비슷했다. 특히 중학교 때부터 단짝이었던 옆 반의 김윤호와 만날 때는 말씨만 들으면 둘 다 여자로 착각할 정도였다. 그 두 친구는 영화광으로 외화 전문 재개봉관인 소공동 조선호텔 옆 경남극장을 단골로 드나들었다. 간혹 시험 기간이어서 중요 영화를 놓칠 때는 재재개봉관인 종로 우미관이나 화신극장, 조선일보 사옥에 붙은 시네마코리아극장도 갔다. 특히 지수는 잉그리드 버그만이나 비비안 리가 나오는 영화는 빠트리지 않고 꼭 본다고 했다. 그는 그 영화 가운데 명장면은 아주 대사까지도 외웠다.

지수는 〈누구를 위하여 종은 울리나〉를 대한극장에서 개봉 날에 봤다고 자랑했다. 게리 쿠퍼와 함께 출연한 잉그리드 버그만은 다른 어느 영화에서보다 요염했다고, 몇 날 동안이나 귀에 익도록 그 말을 되풀이했다. 지수는 그 영화에서 머리를 과감히 자른 잉그리드 버그만은 마치 산속의 요정처럼 청순했다고 말하면서, 게리 쿠퍼와 첫 키스 장면은 아주 대사까지도 줄줄 외우며 사실감 넘치게 이야기했다.

잉그리드 버그만이 "키스하고 싶어요. 그런데 어떻게 하는지 모르겠어요. 코를 어떻게 해야 하는지 알고 싶어요"라고 말하니까, 게리 쿠퍼가 그를 잘 리드하면서 진하게 키스를 해주자, 그는 "코가 방해될 줄 알았어요"라고 말했다고 하면서, 지수는 그 대목에서는 자기가 잉그리드 버그만처럼 눈을 지그시 감았다.

지수의 집은 상도동 시내버스 종점 앞 국민주택이라고 했다. 그는 숭실대학교 앞 상도동 버스 종점에서 서대문구 남가좌동 모래내를 오가는 143번 버스를 타고 등교했다. 거의 날마다 장승배기고개 정류장에서 숙명여고생을 만난다. 그 여고생은 중2 때부터 버스에서 자주 마주쳤지만 처음에는 마치 소 닭 보듯 지냈다. 고등학생이 된 이후 어느 날, 지수가 버스 안에서 그에게 치근대는 대방동 소재 아무개 고교생의 목덜미를 잡아 흔들어주었다고 했다.

"너 이 새끼 뭔 짓거리야!"

그는 지수를 째려보다가 모자의 교표를 본 뒤 얼른 다음 정거장에서 후다닥 내렸다. 그 이후부터 그 숙명여고생과 서로 목례는 한다고 했다. 현은 평소 그답지 않은 지수의 행동이 의아스러워 물었다.

"니 그런 깡다구가 어데서 나왔노?"

"중동 교모를 쓰면 상대방은 기가 죽게 마련이다."

만일 자기가 그치에게 터졌다는 사실이 알려지면 우리 학교 주먹들이 걔네 교문을 몇 날 며칠 지키면서라도 그를 잡아다가 아주 떡을 만들어놓을 거라고 했다. 지수는 등교 때 숙명여고생을 만난 날은 표정이 아주 밝았다. 그 여학생의 이름은 강숙자로, 매우 이지적이며 비비안 리처럼 깜찍한 데다가 화가 지망생이라고 엄청 자랑했다.

어느 토요일, 지수와 윤호는 현에게 극장을 가자고 꼬였다. 현이 머뭇거리자 그들은 극장 입장료는 걱정하지 말라고 말하면서 손목을 끌었다. 그때 현의 집은 가회동이라 늘 학교에서 안국동 로터리 방향으로만 다녔는데, 그날은 청진동 방향인 숙명학교 정문 쪽으로 하교했다. 그 무렵 윤호는 신장 175센티미터 정도에 체구가 호리호리했는데 내복처럼 착 달라붙는 맘보바지를 입고 다녔다. 윤호는 등교 시간 정문을 통과할 할 때는 통이 넓은 바지를 입었다. 하지만 하교할 때는 화장실로 가서 가방에 숨겨온 통이 몹시 좁은 맘보바지로 갈아입고 교문을 미꾸라지처럼 휙 빠져나갔다. 때로는 하교 길에 '꼴통' 훈육주임에게 걸려 바지를 압수당하기도 했다. 그래도 윤호의 맘보바지는 두릅 순이 돋아나듯 생겨나 늘 좁은 바지만 입고 다녔다.

그들은 '금강산도 식후경'이라고 하면서, 종로1가 무과수제과점에 들어갔다. 지수는 단팥빵과 곰보빵을 한 쟁반 샀다. 현이 소보루라는 그 '곰보빵'을 먹어보는데, 입에 넣자 살살 녹는 듯했다. 그들은 요기를 한 뒤, 거기서 가까운 조선일보 사옥에 붙어 있는 시네마코리아로 갔다. 그들은 모자를 후딱 가방에 구겨 넣고 매표소에서 표를 산 뒤 재빠르게 검표원에게 던지고는 후닥닥 극장 안으로 들어갔다. 현도 그들처럼 모자를 구겨 가방에 넣고 뒤쫓았다. 조금 지나자 극장 안이 보였고 그들은 빈 의자에 나란히 앉았다. 그날 영화는 두 편 동시 상영으로, 로버트 테일러와 비비안 리 주연의 〈애수〉와 버트 랭카스터 주연의 〈OK목장의 결투〉였다. 그런데 필름이 워낙 낡아 상영 내내 화면에서 비가 주룩주룩 내렸다. 그러자 자막을 제대로 읽을 수가 없는 데다가 필름이 자꾸만 끊겨 상영이 중단되었다. 그때마다 관람석에서는 휘파람을 불었다.

1961년 5월 16일 새벽, 현은 아버지가 켜놓은 라디오 소리에 잠이 깼다. 예삿날과는 달리 서울 중앙방송국 라디오에서는 행진곡과 함께 목소리가 익은 박종세 아나운서의 떨리면서도 다급한 목소리가 새벽의 정적을 깨트렸다.

　친애하는 애국 동포 여러분! 은인자중하던 군부는 드디어 금조 미명을 기해서 일제히 행동을 개시하여 국가의 행정, 입법, 사법의 3권을 완전히 장악하고 이어 군사혁명위원회를 조직하였습니다. 군부가 궐기한 것은, 부패하고 무능한 현 정권과 기성 정치인들에게 더 이상 국가와 민족의 운명을 맡겨둘 수 없다고 단정하고 백척간두에서 방황하는 조국의 위기를 극복하기 위한 것입니다.

　혁명 공약
　1. 반공을 국시의 제일의로 삼고, 지금까지 형식적이고 구호에만 그친 반공태세를 재정비 강화한다. ……

　라디오에서 귀를 떼지 않던 현의 아버지는 얼굴이 굳었다. 그 무렵 아버지는 민주당 중앙당사와 장면 총리 공관을 드나들면서 재기를 노리던 중이었다. 그래서 그 누구보다도 시국에 민감했다. 그날 현이 평소와 다름없이 책가방을 들고 등교하자 안국동 네거리에는 M1 소총에 착검한 군인들이 대로변에 20~30미터 간격으로 서 있었다. 어딘가 살벌한 분위기였다.
　며칠 후 현의 아버지는 쿠데타의 주동자는 군사혁명위원회 장도영 의장이 아니고, 사실상 실권자는 박정희 부의장이라고 했다. 그런데 그분이 구미 각산에 사는 신문사네 시동생이라고 말하여 현은 깜짝 놀랐다. 신문사네라고 하면 고향 어른들이 늘 귀엣말을 주고받던 박상희 전 동아일보 선산지국장 부인을 말함이 아닌가. 박상희 지국장은 해방 직후 인민위원회 간부로 선산 구미 일대의 1946년 10·1 항쟁을 주도한 인물이었다. 하지만 항쟁 진압 과정 중 충청도에서 내려온 경찰의 총을 맞고 경찰서 바로 밑 벼논에서 쓰러진 뒤 곧 돌아가셨다. 그 일은 유족들에게는 마른하늘에 날벼락으로 그 이후 각산에서 몹시 가난하게 살았다. 그 부인은 이따금 양식이 떨어졌다고 현네 집으로 쌀바가지를 들고 왔다. 그때마다 당신 시동생은 별을 둘이나 단 부산 군수기지 사령관인데도 그 흔한 군량미 한 가마니를 지프에 실어 형수에게 보낼 줄 모르는 앞뒤가 꽉 막힌 사람이라고 몹시 흉을 봤다. 그런 어려운 살림임에도 신문사네는 매우 낙천적이었다. 그분은 현의 할머니와 형님 동생 하는 사이로 땔감을 마련하고자 이따금 함께 금오산으로 갔다. 그럴 때 현은 그분에게 낫을 갈아드리기도 했다. 그 부인은 금오산 기슭에서 나무를 하다가 잠깐 쉬는 시간이면 고무신을 벗어 땅바닥을 치며 "노세 노세 젊어서 놀아 늙어지면 못 노나니……"라는 노랫가락을 뽑으면서 덩실덩실 춤을 췄다. 아마도 비명에 간 지아비를 잃은 아픔을 노래로 삭이는 모양이었다.

5·16 쿠데타의 실권자 박정희 육군소장, 그는 야전점퍼 차림에 검은 선글라스를 쓰고 시청 앞에 비로소 모습을 드러냈다. 사람들은 그에게서 오싹한 한기를 느꼈다. 그는 작달막한 키에 깡마르고, 짙은 선글라스로 얼굴조차 가렸다. 현은 어린 시절 할머니들로부터 도개마을의 인물 좋고 솜씨 좋았던 여인이 까맣고 자그마한 신랑에게 소

박당한 얘기를 귀에 익도록 듣고 자랐다.

현은 그 신랑이 바로 박정희 소장이라 하여 깜짝 놀랐다. 세상 참 좁고, 사람 팔자 알 수 없다는 말을 실감했다.

쿠데타 주동자들이 만든 군사혁명위원회는 입법, 사법, 행정의 전권을 장악하고, 전국에 비상계엄을 선포한 뒤 포고령을 마구 쏟아냈다. 그들은 구악을 일소한다고 구정치인을 연금시키고, 깡패들을 마구 잡아들이고, 야간 통행금지도 저녁 8시부터로 연장하는 등, 날마다 일련의 강압 조치를 줄줄이 쏟아냈다.

쿠데타 초기 서울 시중 미곡상에 쌀이 떨어지자 쌀값은 천정부지로 치솟았다. 현의 식구는 미처 동회에 주민등록이 안 된 터라 배급 양곡도 받을 수 없었다. 마침내 돈도 쌀도 떨어지자 현은 학교에 도시락을 싸갈 수 없었다. 그래서 점심시간이면 슬그머니 수돗가로 가서 수도꼭지를 틀어 물로 배를 채웠다. 그런 뒤 현은 학급 친구들이 점심밥을 다 먹을 즈음 다시 교실로 돌아왔다. 그런 날이 며칠 계속되자 지수는 등교 때 종로1가 무과수 빵집에서 빵 한 봉지를 산 뒤 현의 책상 서랍에 슬그머니 넣었다.

"아무 소리 말고 점심시간에 먹어."

현은 속눈물과 함께 그 빵을 먹었다.

현의 아버지는 5·16 쿠데타 후 남북 평화통일에 기대가 매우 컸다. 박정희 장군은 아버지가 한때 흠모하면서 따랐던, 인민위원회 박상희 신문지국장 동생이었기 때문이다. 하지만 군사정부는 아버지의 기대와는 전혀 달랐다. 곧 혁신계 정치인과 구정치인들이 오랏줄에 묶여 굴비 두릅처럼 잡혀가자 4 · 19 혁명으로 조성된 한반도 평화통일의 열기는 모닥불에 찬물을 끼얹은 격이었다. 그 서슬에 아버지의 실망은 매우 컸다. 그러자 아버지는 출신을 속일 수 없다는 귀엣말로 현도 잘 몰랐던 박정희 소장의 전력을 들추면서 자기 도끼에 발등을 찍힌 나무꾼처럼 아파했다. 그때부터 아버지는 하루 종일 집 안에서 신문과 라디오 뉴스만 보고 들으면서 지내다가 어느 날 새벽 사복경찰들에게 연행당했다.

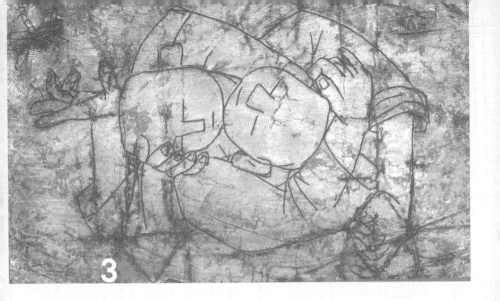

목 자른 워커

목 자른 워커

그새 모형 여객기는 캄차카반도 위에 머물러 있었다. 현은 두어 시간 풋잠을 잤다. 기내 창 덮개를 살짝 올리자 눈 덮인 험준한 멧부리에 해가 걸쳐 있었다. 그 해가 지는 것인지 뜨는 것인지 가늠할 수 없었지만 아무튼 장엄했다. 그 햇살이 기내 창으로 확 빨려들었다. 현은 얼른 덮개를 내렸다. 다시 1961년 그해 여름으로 돌아갔다.

아버지가 연행당한 이튿날 현이 학교에서 돌아오자 집에 아무도 없었다. 땅거미가 질 무렵에야 어머니가 막냇동생을 업고 돌아왔다. 어머니와 동생의 얼굴은 발갛게 익어 있었다. 현의 어머니는 자동차를 타면 멀미를 하기에 온종일 아버지를 찾으러 막내를 업고 뙤약볕에 걸어 다녔던 것이다. 어머니는 집에 돌아오자마자 찬물 한 바가지를 들이켠 뒤 그대로 쓰러졌다. 막내도 지쳤음인지 저녁밥도 먹지 않은 채 그대로 잠이 들었다. 두어 시간 뒤쯤 어머니가 다소 기운을 차렸는지 눈을 뜬 뒤 그날 있었던 얘기를 했다.

"종로경찰서에 갔더니 오늘 아침에…… 서대문형무소로…… 넘어갔다고 하더라. 물어물어 거기까지 찾아갔는데…… 오늘은 면회가 안 된다고 하기에 그냥 돌아왔다."

어머니는 거기까지 더듬거리고는 더 이상 말이 없었다. 현과 어머니는 잠든 막내를 사이에 두고 말없이 주룩주룩 눈물만 흘렸다. 한참을 그렇게 지내다가 현은 바깥에 나가 세수를 하고 돌아와 다시 불도 켜지 않은 채 어머니와 마주 앉았다.

"우리 그만 방 안에다 연탄 화덕을 들여다 놓읍시다."

현은 그 말을 한 뒤 울음을 터트렸다. 그제까지 소리 없이 울던 어머니도 그 말에 어깨를 들썩이며 흐느꼈다. 옆집 괘종시계가 한 번을 쳤다. 아마도 12시 반 아니면 1시였나 보다. 어머니도 마당의 수돗가로, 화장실로 다녀온 뒤에야 입을 열었다.

"아버지를 형무소에 둔 채 그럴 순 없다."

"이제 더 이상 학교에 못 다니겠어요."

그즈음 현은 매일 담임 선생님한테 등록금 독촉받는 것도, 교과 선생님들한테 수업 준비 불량이라고 손바닥 맞기도 창피스럽고 넌덜머리가 났다. 그저 선생님들이 무섭기만 했다. 가난한 학생은 어떻게든 교실에서 쫓아내려 작당한 것 같았다.

"사내 자식이 옹졸한 마음먹으면 못 쓴다."

어머니는 아버지가 출소한 뒤 그때 의논하자고 했다. 이튿날 현은 잠자리에서 일어나 학교 갈 준비 대신에 노트 한 장을 북 찢어 휴학계를 썼다. 가정형편상 1년간 휴학하겠다고 쓰고는 현의 이름 옆에 도장을 찍어 봉투에 넣었다. 마침 주인집 아들이 한 울타리에 있는 중동중학생이기에 그 편에 봉투를 담임에게 보냈다. 어머니는 현의 행동을 물끄러미 바라볼 뿐 굳이 말리지 않았다.

현은 그날로 학교를 그만두니까 막상 갈 곳이 없었다. 그렇다고 하루 종일 방 안에서만 지내기도 답답했다. 그래서 집에서 가까운 삼청공원을 한 바퀴 돌기도 했다. 낯선 서울에서 아무 희망도 없는 암울한 나날을 보내면서, 매일같이 엉뚱한 생각만 했다. 이대로 혼자 죽어버릴까? 아니면 가출해버릴까? 죽는다면 어떻게 죽어야 고통도 없고 흔적도 없이 죽을까? 그 시절 자살 방법으로 수면제를 여러 알 먹는 것이 유행이었다. 그래서 현은 여러 약국을 돌면서 그걸 구해 봉투에 담아 주머니에 넣고 다녔다.

현은 학교를 그만두자 그것이 인생의 끝인 줄 알았다. 그때 막냇동생은 철부지인지라 매 끼니 때마다 주인집 밥상을 건너다보고 울음을 터트렸다. 우리 집 밥은 찬(쌀)밥이 아니라고, 반찬이 없다고. 어머니는 그런 막내의 울음에 쩔쩔맸다. 현은 그런 어머니를 쳐다보기도 괴로워 낯선 서울 시내를 마구 쏘다녔다. 그때 현의 집은 경향신문을 구독했다. 여러 달 신문 대금을 주지 못해 석간 배달 시간이면 매일같이 신문 배달원에게 독촉을 받았다. 현은 그 신문 배달원과 여러 날 대하다 보니 그만 친해져버렸다. 그는 이창식이라는 덕수상고생으로 현과 동급생이었다.

어느 날, 그는 신문 구독료 독촉 대신에 현에게 신문 배달을 권했다. 자기는 사정이 있어 배달 일을 그만두려고 하니 자기 대신 맡아달라고 했다. 그러면서 밀린 구독료는 받지 않겠다고 말했다. 선뜻 승낙을 못 하고 며칠 생각해보겠다고 대답했다. 현은 그날도 정처 없이 쏘다니다가 발길이 멈춘 곳은 종로 탑골공원이었다. 그곳에는 실업자, 지게꾼, 약장사, 관상쟁이, 팔각정에서 열변을 토하는 우국지사 등 많은 사람들이 들끓었다. 현은 거기서 한 늙은 거지를 만났다. 그의 두 다리는 무릎 위에서 완전히 끊겨 있었다. 그 부분은 고무판으로 상처 부위를 싸맸지만 뾰족이 내민 살갗에는 피고름이 엉겨 있었다. 그 상처에 쉬파리가 붙어 피고름을 핥고 있는데도 그는 전혀 개의치 않고 지나가는 행인에게 손을 내밀며 구걸하고 있었다. 현은 그 장면을 본 순간 온몸이 오싹했다. 그와 함께 '나는 뭐냐?'라는 생각들이 퍼뜩 들었다. 곰곰이 생각해봐도 억울해 죽을 수 없었다. 자기가 죽는다고 이 세상은 아무런 변화도 없을 것이고, 다음 날도 아침 해는 떠오를 것이다. 그런 생각이 들자 현은 주머니 속의 알약을 종로2가 탑골공원 화장실에다 던져버렸다. 이튿날 현은 이창식을 따라 경향신문 종로보급소로 갔다.

기내 스크린 자막은 여객기가 시속 980킬로미터, 고도 10,500미터로 날고 있다고 깜빡거렸다. 손목시계를 보니 오전 1시 30분이었다. 그새 여객기는 다섯 시간 남짓 비행했다. 뉴욕 케네디 공항에 닿으려면 아홉 시간은 더 날아야 한다. 기내 정면 대형 스크린 위의 여객기 모형은 그새 베링해를 지나 알래스카반도 위에 머물고 있었다.

현이 다시 기내 창 덮개를 올리자 상공은 어둠이 짙은 먹빛으로 한밤중이었다. 구름 위인 탓인지 별빛이 한결 또렷하고 아름다웠다. 은하의 별들이 금세 우수수 쏟아질 듯 반짝거렸다. 기내 창 덮개를 내렸다. 미국에서 첫날 일정을 무리 없이 치르자면 조금 더 눈을 붙여야 한다. 현은 눈을 감았다. 하지만 잠이 오지 않았다. 다시 그해 여름으로 돌아갔다.

경향신문 종로보급소는 천도교본부 수운회관 바로 옆 낙원동에 있었다. 창식은 보급소 소장에게 현을 소개시켰다.

"소장님, 제가 말하던 중동 학생입니다."

50대 후반의 늙수그레한 소장은 현의 몰골을 훑으면서 물었다.

"신문 배달 해봤냐?"

"아입니다."

"아침저녁으로 배달하려면 매우 힘들 텐데……."

"마, 함 해보겠습니다."

"그런데 보증금이 있어야 한다."

"네에?"

"신문도 맡기고, 수금도 하기 때문이다."

"얼맙니까?"

"오천 환."

"지한테는 그런 큰돈은 없습니다."

현은 시무룩이 고개를 숙이고 있는데 소장이 말했다.

"그럼 담임 선생의 신원보증서는 받아올 수 있나?"

현은 대답 대신 고개를 가로저었다. 그러자 현보다 창식이가 더 다급한 듯 끼어들며 말했다.

"소장님, 휴학생입니다. 매달 배달료에서 조금씩 보증금을 받으면 안 되겠습니까?"

소장은 난감해하더니 곧 현에게 다짐했다.

"창식이가 말한 대로 그러겠나?"

현은 대답 대신 고개를 끄덕였다.

"그럼, 좋다."

소장은 큰 인심을 쓰듯이 신문 배달원으로 받아주었다. 이튿날 아침부터 현은 낙원동보급소로 갔다. 현은 염소 새끼처럼 창식을 졸졸 따라다니면서 신문을 넣었다. 창식은 하루라도 빨리 인계하고자 분필로 독자들 집 대문 구석 자리에 배달 순서대로 K1, K2⋯⋯ 라는 기호를 썼다. 그날 석간 배달부터 현에게 그 암호를 찾아 신문을 넣게 하였다. 현이 사흘 만에 독자 집을 익히자 이튿날부터 창식은 나오지 않았다.

그 무렵 신문은 조석간제로 하루 두 번씩 발간되었는데, 일요일 오후에만 한 번 쉬었다. 조간 배달은 늦어도 새벽 4시 30분까지, 석간 배달은 오후 4시까지 보급소로 가야 했다. 거기서 기다리다가 본사 신문 수송차가 오면 신문 뭉치를 받아 내린 뒤 소장이 세어준 신문을 옆구리에 끼고 구역으로 달음질쳤다.

신문 배달은 시내버스 노선처럼 배달 순서가 정해져 있다. 첫 집부터 끝 집까지 정신 바짝 차리고 돌려야 한다. 배달이 끝난 뒤 간혹 한두 부 남으면 어느 집을 빠뜨렸는지 한참 헤매야 한다. 대문 틈으로 신문을 넣으면 바닥에 떨어지는 소리가 아주 상큼했다. 좁은 문틈으로 신문을 재빨리 넣는 것도 솜씨였다. 그것은 말로는 터득되지 않고 세월이 말해주었다. 담 너머로 신문을 던지는 솜씨도 마찬가지였다. 초기에는 선임들의 재빠른 솜씨에 탄복했다. 하지만 현도 세월이 지나자 그들 못지않게 익숙해졌다. 현의 배달 구역은 가회동과 삼청동이었다. 그 지역은 지대가 높았다. 어떤 집은 계단을 스무남은 개 올라야 했고, 한 집 때문에 삼청공원 들머리까지 500여 미터는 가야 했다.

신문 배달원 수입은 배달 부수에 따른 수당제였다. 월말에 수금하여 먼저 일정의 신문 대금을 보급소에 입금하고 남는 게 배달원 몫이었다. 그때 현은 60여 부 배달했다. 다른 신문에 견주면 배달 구역은 두어 배나 넓었지만 수입은 절반에도 미치지 않았다. 그 무렵 경향신문은 4·19 혁명으로 복간되어 잠시 인기를 누리다가 5·16 쿠데타로 민주당 정권이 무너지자 독자가 폴싹 줄어들었다. 그때에는 동아일보 배달원 수입이 가장 많았고, 그다음이 조선일보, 한국일보 순서였다. 현은 배달 구역도 좁고 부수가 가장 많은 동아일보 배달원이 몹시 부러웠다.

아침저녁으로 만나는 배달원들은 서로 알고 지냈다. 어느 날 현이 동아일보 계동 배달원 김대식에게 자리를 부탁하자 그는 대뜸 학교 다니느냐고 물었다. 휴학 중이라고 말하자 자기네 보급소에서는 재학생만 배달원으로 쓴다고 말했다. 현은 그 말에 송곳으로 가슴이 찔린 듯 아팠다. 그는 시무룩이 돌아서는 현에게 복학하면 그때 꼭 알아봐주겠다는 말로 위로했다.

현의 배달 코스는 재동 창덕여고를 시작으로, 가회동 한옥마을 꼭대기까지 올라갔다가, 왼편 삼청동으로 넘어간 뒤 화동 경기고등학교를 거쳐 안국동 당시 윤보선 대통령 댁에 넣으면 끝이었다. 그곳 일대는 학교가 많았다. 현은 석간 배달 때 마름모꼴 명찰을 단 경기고등학교 학생들을 보면 무척 열등감을 느꼈다. 곧 덕성여고나 풍문여고 학생들과 마주치면 무척 창피한 감이 들어 고개를 푹 숙였다. 특히 자기가 다녔던 중동학교 학생들을 보면 지레 피하거나 얼른 지나칠 만큼 그때까지 그의 마음은 편치 않았다.

어느 하루 현은 배달을 마치고 보급소로 가는 길에 인사동 어귀 학창서림 앞에서 같은 반이었던 한 친구와 정면으로 부딪쳤다.

"조현! 너 왜 학교를 그만뒀니?"

"……."

현은 고개를 푹 숙인 채 잠자코 서 있었다.

"언제 한번 학교에 놀러 오너라."

현은 얼른 자리를 피했다. 그 친구를 만난 뒤 며칠 만에 바로 그 장소에서 장지수와 마주쳤다. 금세 눈물이 쏟아질 만큼 반가웠다. 지수는 현을 붙잡고 가까운 만두집으로 데리고 갔다. 그는 전날도 그 자리에서 한 시간쯤 기다리다가 돌아갔다고 말했다.

"너 어쩌면 나에게 한마디 말도 없이……."

"……."

"휴학 취소할 수 없니?"

지수는 자기 어머니에게 말해 현의 등록금을 마련해보겠다는 말을 했다.

"고맙다. 하지만 지금 우리 집 형편으로는."

그때까지 현의 아버지는 서대문형무소에 수감 중이었다. 어머니는 낙원시장 바느질집에 다녔지만 수입은 신통치 않았다. 등록금만 해결된다고 학교에 다닐 수 있는 게 아니었다. 현이 석 달 남짓 학교 다녔던 기간은 무척 힘들었다. 도시, 특히 서울에서 사는 건 모두 돈과 결부되었다. 학교 생활에서도 돈은 자동차의 휘발유와 같았다.

"당분간 우리 집에서 다니면 되지 않겠니?"

"고맙다. 집 형편이 나아지면 복학할 거다."

지수는 만두를 한 쟁반 사준 뒤 헤어질 때 일요일 날 자기 집에 꼭 오라고 약도까지 자세히 그려주었다.

"꼭 와야 돼? 기다릴게, 알았지?"

"……."

현은 대답 대신에 고개를 끄덕였다.

그새 여객기는 캐나다 상공을 지나고 있었다. 기내 창 덮개를 살짝 올리자 지상은 보이지 않고 여객기는 구름바다 위를 날고 있었다. 밤에 본 하늘의 구름바다는 낮보다 더 장엄했다. 스크린 자막은 비행 시속 950킬로미터에 고도 11,900미터를 표시하고 있었다. 거기서 뉴욕 케네디 공항 도착까지는 네 시간 남짓 남았다. 승객들은 대부분 눈을 감았고, 일부는 영화를 보거나 책이나 잡지, 신문을 뒤적이고 있었다. 그제부터는 서울보다 뉴욕이 훨씬 더 가까웠다. 여객기는 이미 날짜변경선을 넘었다. 서울 시간으로 6시 20분이었다. 서울과 뉴욕은 시차가 14시간이다. 현은 손목시계를 풀어 시침을 두 시간 뒤로 돌린 뒤 눈을 감았다. 현은 다시 1960년대 북촌 거리로 돌아갔다.

어느 날 새벽 현은 계동 휘문학교 앞 골목에서 왕눈이에게 느닷없이 멱살을 잡혔다. 그는 조선일보 계동 배달원이었다.

"경향 너 이 새끼, 한 번만 더 그 집에 신문 넣으면 꼴통 까버릴 테다."

그는 눈이 매우 크고 인상이 우락부락했다. 그 시절 경무대 똥 푸는 청소부가 여느 동네 동업자 앞에서 으스대는 꼴은 그 세계만이 아니었다. 현이 휘문학교 앞 한 독자 집에 수금 갔더니, 조선일보로 바꿔 보겠다고 하면서 당장 그만 넣으라고 했다. 하지만 신문을 남길 수 없어 계속 넣다가 벌어진 일이었다. 현은 독자들의 그런 요구를 다 들어주면 배달 부수가 폴싹 줄어들 판이라 어쩔 수 없이 계속 신문을 넣었다. 보급소에서도 신문 부수를 호락호락 줄여주지 않을뿐더러, 배달 수입도 그만큼 줄어들기 때문이었다. 그 며칠 뒤, 왕눈이가 현을 불렀다.

"야, 경향! 내 보조 할 생각 없냐?"

그는 자기 보조를 하다가 자리가 나면 정식 조선일보 배달원이 되라고 했다.

"……."

"너 지금 수입보다는 내가 더 줄 테니까."

"생각해볼게."

그때 현은 수입이 더 나은 곳으로 옮기려던 참이었다. 동아일보는 재학생만 뽑는다기에 차선책으로 조선일보나 한국일보 배달원이 되고 싶었다. 다음 날 아침 왕눈이가 다시 채근하기에 그의 제의를 받아들였다. 현은 보급소 소장의 허락을 받고 자기 자리를 다른 아이에게 인계한 후 마침내 왕눈이의 보조 배달원이 되었다. 보조는 신문 뭉치를 옆구리 끼고 사수를 따라 다니면서 그가 시키는 대로 신문을 돌렸다. 독자 집이 다 익으면 사수는 큰길에 서 있고, 보조는 골목골목을 배달하거나 본사에서 신문이 늦게 온 날은 두 사람이 구역을 분담하여 한 사람은 역순으로 배달했다.

현은 지금까지도 왕눈이를 본명 윤준만보다 그의 별명으로 기억하고 있다. 그의 또 다른 별명은 '기관차'였다. 그는 보급소에서 신문을 받아 옆구리에 끼면 배달 구역 끝 독자 집까지 계속 뛰었다. 보통 배달원이 두 시간 정도 걸릴 거리가 그에게는 한 시간이면 족했다. 그때 현도 신문 배달에 이력이 났지만, 도저히 그의 스피드와 지구력을 따를 수가 없었다. 석간 배달 중, 중앙학교 앞 찐빵 가게를 지날 때면 그는 한꺼번에 찐빵을 대여섯 개나 후딱 먹어치웠다. 그는 인상과는 달리 인정이 많았다. 현이 찐빵을 몇 개나 먹든지 상관치 않고 그는 선뜻 값을 치렀다. 그는 아침 배달이 끝나면 구두닦이 통을 메고 명동으로 갔다. 어느 날, 배달 도중 현이 독자 집 한문 문패를 죄다 읽자 그는 큰 눈을 더욱 크게 떴다.

"야, 너 어느 학교 다녔어?"

"중동."

"퇴학 맞았나?"

"아니, 돈이 없어 그만뒀어."

"씨팔, 돈이 뭔지. 난 고향에서 학교 다니다 때려치우고 서울로 튀었어."

"학교 다녀?"

"……."

그는 고개를 가로저었다. 그런데 그는 한 공민학교 교표가 달린 모자를 쓰고 다녔다.

"이거라도 쓰고 다니면 양아치로 보지 않을 것 같아서."

그 공민학교는 광화문에 있었는데 주야간 반에 6개월, 또는 1년 속성반 등으로 일 년 내도록 수시로 입학생을 모집했다. 현이 배달 구역을 완전히 익히자 왕눈이는 조간 배달 때만 드문드문 나왔다. 어느 하루 닷새 만에 나온 그는 현에게 자기 대신 구역을 아예 맡으라고 말했다. 자기는 마침 명동 시공관(현, 명동예술극장) 옆 빌딩 하나를 잡았는데 거기 일만 해도 벅차기에 현에게 물려준다고 말했다.

"내년에 꼭 복학해라."

"고마워. 근데 너, 계속 학교는 안 다닐 거냐?"

"난 책만 보면 뒷골이 당겨. 돈과 학벌은 별 상관없다더라."

그는 자기 아버지가 돈 때문에 농약을 병째로 마셨다고 했다. 그래서 자기는 돈을 왕창 벌어 복수할 거라는 말을 했다.

"아무튼 고맙다."

"뭐 대단한 자리라고."

"그래도 지금 나에겐."

"너, 명동에 오거든 꼭 들러. 거기 시공관 딱새에게 왕눈이라 말하면 다 알 거야."

"알았다."

조선일보 세종로보급소는 종로구 도렴동 시민회관(후 세종문화회
관) 옆에 있었다. 현은 안국동 배달원과 친했다. 그는 신문을 받아 구
역으로 갈 때 같이 다니는 데다가 경상도 청도에서 올라온 촌놈이었
다. 그 시절 조선일보 세종로보급소에서는『The Korean Republic』(후
『Korea herald』)라는 영자지도 함께 취급했는데 그는 한국일보사 건너
편 미국인 주택단지에도 배달했다. 미국인들은 월말에 수금을 가면
집집마다 꼭 몇 푼씩 팁을 줬다. 그 사실을 안 보급소 측이 그중 일부
를 빼앗아간다고 그는 분개했다. 그 팁은 고객이 자기에게 주는 거라
고 보급소 측에 항의하자, 당장 배달을 그만두라고 윽박지르기에 어
쩔 수 없이 참고 지낸다고 했다. 그 보급소장은 조선일보뿐 아니라
삼선교에서 한국일보 보급소도 운영했다. 보급소 사무실 벽은 두 신
문사로부터 받은 각종 표창장으로 가득했다. 그때 한 배달원이 친구
들의 억울한 하소연을 모아 신문사로 투고했으나 끝내 꿩 구워 먹은
소식이었다. 그래서 배달원들은 자칭 '사회의 목탁'이란 언론도 결코
약자 편은 아니라고 쓴웃음을 지었다.

　　마지막 기내식이 나왔다. 서울 시간은 아침인데, 뉴욕 시간은 오후
6시로 저녁식사 시간이었다. 현은 승무원이 보여준 비프스테이크와
비빔밥 중 비빔밥을 집었다. 국내만 벗어나면 왠지 한식이 더 좋았
다. 식사 후 커피를 청해 마시며, 기내 창 덮개를 올리자 바깥은 여전
히 어두컴컴했다. 이번 뉴욕행은 계속 밤 아니면 새벽 시간으로, 한

번도 지상을 제대로 내려다보지 못했다. 그 시각 스크린 위의 여객기
는 미국과 캐나다의 국경지대인 오대호 상공을 날고 있었다. 열 시간
넘게 한 자리에 앉아 있으니까 다리가 저렸다. 현은 화장실을 다녀온
뒤 제자리에서 앉았다 섰다를 열 번 정도 거듭 반복했다. 그러자 다
리 저린 게 많이 풀렸다. 현은 다시 자리에 앉았다.

　아버지는 서대문형무소에서 한 달 만에 출소했다. 5·16 쿠데타
후 민족일보 폐간, 용공분자 검거 및 체포, 혁명재판소 개설 등 사회
는 꽁꽁 얼어붙었다. 그때부터 아버지는 날개를 다친 새처럼 방 안에
서 현이 배달하고 남겨온 신문을 광고까지 죄다 읽으며 지냈다. 현은
아버지를 위하여 다른 배달원과 남은 신문을 바꿔 갖다드리기도 했
다. 그때부터 가계는 어머니가 도맡았다. 새벽 배달길에 늘 두부장
수를 만났다. 가끔 신문 한 부와 비지 한 덩이를 맞바꿨다. 그런 날은
비지찌개가 밥상에 올라왔다. 그해 초가을 어느 날 현은 지수에게 편
지를 받았다.

　설송! 어떻게 지내고 있니? 보고 싶다. 일요일마다 내 귀를 대문
쪽으로 기울이는데 너는 끝내 나타나지 않더라. …… 다가오는 일
요일에도 너를 기다리겠다. 우리 집 약도 다시 그려 보낸다.
　　　　　　　　　　　　　1961년 9월 24일 너의 벗, 운성

　현은 그 편지를 받은 다음 일요일 조간신문 배달 후 지수네 집으로

갔다. 약도 덕분에 쉽게 찾았다. 대문에서 초인종을 누르자 지수가 곧장 달려와 얼싸안았다. 그때 지수 가족들은 막 집을 나서면서 현에게 잘 놀다 가라고 일렀다. 아버지와 누나는 교회에, 어머니는 남대문시장에 간다고 했다. 현은 지수가 자기 때문에 교회에 가지 않는 걸 미안해하자 어머니와 저녁 예배에 갈 거라고 했다. 나중에야 알았지만 그때 지수 아버지는 놀고 있었고, 어머니는 남대문시장에서 달러 장사를 하고 있었다.

그날도 지수는 연세대 영문과로 진학한 뒤 졸업 후 외교관이 되고 싶다는 이야기를 했다. 지수는 어머니가 빚어놓은 만두를 끓이고 새우튀김까지 아주 능숙하게 요리했다. 현은 지수가 차려준 점심을 배불리 먹었다. 그들이 식탁에서 막 숟갈을 놓으려는데 가운뎃방에서 그제야 잠에서 깬 소년이 푸석한 얼굴로 나왔다.

"철아, 네 밥 부엌에 남겨뒀으니까 챙겨 먹어."

"알갔어, 형."

그는 겸연쩍게 대답하고는 얼른 화장실로 갔다.

"지철이야."

지수는 마치 남의 동생처럼 소개했다. 그는 남산에 있는 한 고등공민학교에 다닌다고 했다. 그날 오후 돌아오려는데 지수가 신발장에서 워커를 한 켤레 꺼냈다. 그 워커는 약간 낡은 것으로 목이 뭉텅 잘려 있었다.

"너 가져다가 신어."

"니 와 이카노."

옷도, 신발도 무척 귀하던 시절이었다. 군부대 철조망 밖으로 흘러나오는 군복이나 워커는 그대로 입거나 신을 수 없었다. 그래서 군복은 검정 물을 들였고, 워커는 목을 뭉텅 잘라 신었다. 서울 아이들은 그 시절 목 자른 워커를 신고 다니는 게 유행이었다. 신문 배달원들도 대부분 목 자른 워커를 신고 다녔다.

"지난번 만났을 때 네가 고무신을 신은 채 절름거린다는 얘기를 하니까 어머니가 남대문시장 헌 구둣가게에서 구해주신 거다."

사실 현은 그 워커를 몹시 신고 싶었다. 배달 초기 고무신을 신고 다니자 발뒤꿈치에 물집이 생겨나 가래톳이 부었다. 그래서 절름거리던 것을 지수가 본 모양이었다. 지수가 준 워커를 신자 조금 헐렁했지만 끈을 꽉 조이자 생각보다 훨씬 가볍고 가뿐했다.

"너 엄마한테 억시기 고맙다는 말씀 전해도."

"신발 하나 가지고 뭘 그러니."

"이 여객기는 30분 뒤 뉴욕 케네디 공항 도착 예정입니다. 현재 뉴욕 날씨는 맑고 기온은 섭씨 8도입니다."

오랜 정적을 깬 기장의 영어에 이은 우리 말 기내 방송이었다. 현은 기내 창 덮개를 올리고 지상을 내려다보았다. 지상은 온통 불빛으로 황홀했다. 아마도 뉴욕 인근 도시 상공을 비행하는 모양이었다. 대형 스크린의 모형 여객기도 뉴욕에 접근하고 있었다. 인천공항에서 뉴욕 케네디 공항까지 14시간 가까운 비행이었다. 하지만 현의 이번 뉴욕행은 내내 지수를 생각하면서 지난 추억을 곱씹으니까 여느 때보다 지루하지 않았다.

현은 조선일보를 배달하면서 동아일보 배달원 김대식과 매일 만났다. 두 신문은 배달 구역도 코스도 거의 같았다. 신문이 나오는 시간도 비슷하기에 늘 두 사람은 앞서거니 뒤서거니 서로 다퉜다. 대식은 만리동 소재 한 고등학교 재학생으로 늘 교복을 단정히 입고 다녔다. 신문 배달원들은 같은 구역 안에서 사이가 좋지 않았다. 새로 이사를 오는 경우에는 서로 독자를 확보하고자 맞붙게 마련이고, 다달이 나오는 확장지와 남는 신문을 처리하자면 으레 상대 영역을 침범해야 하기에 서로 충돌하기 일쑤였다. 그런데 두 사람은 얼굴 찌푸리는 일 없이 지냈다.

그때 배달원들은 구역에서 만나면 이름 대신 서로 '동아' '조선' '한국' '경향'으로 통했다. 현은 대식을 통해 동아일보 세종로보급소가 여러 면에서 다른 신문 보급소보다 대우가 더 좋다는 사실을 알았다. 우선 배달 부수가 가장 많아 수입도 좋았다. 게다가 동아일보 세종로 보급소는 청진동에서 한옥을 한 채 통째로 쓰면서 그 집을 보급소 사무실 겸 배달들의 무료 숙소로 제공하고 있었다. 가난한 시골 출신 고학생들은 무료로 그 방에서 자취 생활을 했다. 월말 수금 때는 특식이라 하여 날마다 보급소 옆 복취루라는 중국집 계란빵을 두 개씩

나눠줬다. 다음 달 8일까지 사납금을 마감하면 배달원에게 2퍼센트의 특별수당을 더 주는 등, 다른 보급소에서는 볼 수 없는 파격적인 대우를 해주었다. 하지만 그 보급소에는 학생이 아니면 배달원이 될 수 없고, 배달원 자리도 여간해서 나지 않는다고 하여 현은 별수 없이 부러워하며 지냈다.

현의 배달 첫 집은 계동 들머리 계산약국이었다. 그곳에서 시작하여 휘문중고, 대동상고, 중앙중고교로 거슬러 올라가 원서동 고개를 넘어 다시 아래로 내려온 뒤 창덕궁 사무실에 영자신문을 배달하면 끝이었다. 조간 배달이 끝나면 곧장 창덕궁 숲으로 들어가서 개울물에 세수도 하고 가을철이면 아람도 주웠다. 그럴 때 현은 왕족이 된 기분이었다.

현은 조간 배달을 마치고 아침을 먹은 다음 으레 구역으로 나갔다. 수금도 하고 새 독자를 만들기 위해 구역을 맴돌았다. 찐빵 가게를 지날 때면 주인은 놀다 가라고 붙잡았다. 그 가게는 중앙학교 앞 오른편 우물 옆 빈터에 있었다.

주인은 경북 상주 출신의 노총각 김무웅 씨였다. 그는 손수 찐빵을 만들어 팔았는데 값이 무척 쌌다. 주된 고객은 계동 주민보다 양은장수, 채소장수나 막일꾼 등 뜨내기들이 더 많았다. 그는 찐빵을 만들면서 곧잘 육자배기도 흥얼거렸고, 때로는 시집이나 소설책도 펼쳤다. 그는 이웃 주민만 아니라, 가게 앞으로 지나는 여느 장사꾼들과도 스스럼없이 지냈다.

전임 왕눈이는 이 가게에 신문을 넣고 신문 값 대신 빵으로 셈했다. 그는 먹는 양이 신문 값보다 많아 며칠에 한 번씩은 밀린 빵 값을 현금으로 치렀다. 현도 배달을 인계받은 뒤 어차피 남는 신문이기에 빵을 먹었다. 현은 신문 값 이상 빵을 먹지 않았다. 그러자 김씨는 이따금 옆구리가 터진 걸 거저 주기도 했다. 현은 그와 매일 얼굴을 마주치자 그만 친해져서 서로 속 깊은 얘기까지 나누는 사이가 되었다. 어느 날 허리가 90도나 꺾어지고 이빨도 하나 없는 꼬부랑 할머니가 찾아왔다.

"이봐, 김씨. 우리 건넌방 사글세 좀 놔줘."

"예, 찾는 사람 있으면 데리고 가지요."

할머니는 복덕방 구전을 아낄 양 김씨에게 부탁했다. 김씨는 이따금 그런 일도 했다. 현은 그 순간 귀가 번쩍 뜨였다. 할머니에게 보증금과 월세를 물었더니 무척 쌌다. 현은 곧장 할머니를 뒤따라갔다. 중앙학교 오른편 주택가로 허름한 함석집이었다.

그때까지 현네는 가회동에서 살았는데 형편이 말이 아니었다. 현의 입학금을 융통해준 것을 집 주인에게 갚지 못하자 전세금에서 그 돈을 공제한 후, 사글세로 돌렸다. 하지만 그동안 방세를 한 번도 내지 못했다. 이미 보증금까지 사글세로 다 까먹었다. 문간방 사정을 빤히 아는 집주인은 눈치만 살폈다. 그러자 늘 바늘방석에 앉아 사는 심정이었다.

그날 저녁 현이 어머니에게 함석집 얘기를 하자 당장 이사 갔으면 좋겠다고 했다. 그런데 보증금이 문제였다. 이튿날 현은 석간 배달길에 할머니를 찾아뵙고 형편을 솔직히 말했다. 그러자 할머니는 우선 이사 온 다음 마련되는 대로 천천히 내라고 했다. 현네는 그날로 이사를 했다. 이삿짐이라야 이불과 밥솥 따위뿐이라 어머니는 머리에 이고 현은 등짐을 져서 두 차례 만에 다 날랐다. 할머니 집은 워낙 낡아서 퀴퀴한 냄새도 나고 집 안팎에 쥐들도 드나들었지만 마음은 편했다.

계동으로 이사 온 후, 현의 아버지는 더 큰 충격을 받은 듯 도무지 말이 없었다. 결국 아버지는 당신의 근거지였던 부산으로 내려갔다. 어느 날 김씨가 불쑥 현에게 보자고 했다.

"너 엄마 요즘 뭐 하노?"

"낙원동 시장 바느질집에 갑니다. 근데 요즘 일감이 시원찮은 모양입니다."

"그라믄 이 찐빵 가게 너그가 맡아서 함 해봐라."

"찐빵 만드는 기술도 없는데요."

"그게 별거 아이다. 뱃속부터 아는 사람이 어딨노? 다 배우면 되는 기다."

"엄마한테 상의해볼게요. 근데 찐빵 장사 그만하고 뭐 할럽니까?"

"이번에는 마, 양은 장사를 한번 해볼란다."

그는 고향을 떠난 뒤 별 장사 다 해봤다. 천성이 역마 끼가 있는지 엿장사 등 떠돌이 장사를 오래 했다. 그런데 그게 싫어 붙박이로 찐빵 가게를 차렸는데 이태 동안 한자리에서 눌러 하니까, 또 좀이 쑤시는 모양이었다.

그날 밤 현이 어머니에게 상의하자 솔깃해했다. 다음 날 배달을 마치고 김씨에게 찐빵 가게 인수 의사를 말했다. 그러자 그는 가게를 새로 꾸미려고 하면 최소한 5만 환은 드는데 자기는 권리금은 한 푼 없이 2만 환만 달라고 했다.

"그 돈이 없습니다."

그는 한참 골똘히 생각하더니 입을 열었다.

"알겠다. 내 그냥 물려주마. 너그 엄마 인상 본께로 아주 포시라운 집 마나님 상이더라. 어쩌다 시절을 잘못 만나 객지에서 고생하고 있다 아이가. 마, 이 김무웅이 돈 2만 환 가지고 팔자 고칠 것도 아니고."

"참말로 고맙습니다. 이 은혜를 우예 갚을까요."

"마, 됐다. 사람 팔자는 알 수 없다. 니도 지금은 이 고생을 하지만 나중에는 옛말하고 살 끼다. 니 얼굴에 그래 씨어(씌어) 있다. 내 관상도 좀 본다. 그때 내 만나면 모른 척하지 마라."

그는 자기 마음 변하기 전에 당장 어머니를 모시고 오라고 했다. 현이 그 길로 곧 어머니를 모시고 오자 김씨는 밀가루 반죽하는 법과 빵 만드는 기술을 전수하고는 훌훌 떠났다. 그날부터 현은 신문 배달이 끝나면 어머니가 운영하는 가게 일을 도왔다. 배달 수입에 찐빵 가게 이익금을 합치자 돈이 제법 모였다. 그 돈으로 집세 보증금도 내고 새 학기 등록금도 마련했다.

부산으로 간 아버지에게서 편지가 왔다. 과거는 모두 잊고 헌 신문지로 과수원 배 봉지를 만들고, 재단소에서 자투리로 나오는 크래프트 종이로 수화물 꼬리표를 만드는 일을 시작했다는 사연이다. 그러면서 어머니와 동생을 불렀다. 이튿날 어머니와 동생이 부산으로 내려가자 현은 도저히 빵 가게를 할 수 없었다. 게다가 새 학기에는 복학해야 되기 때문이었다. 그런 차 어느 하루 김씨가 가게로 놀러 왔기에 가게를 돌려드렸다.

그해 11월 하순, 조간 배달길에 동아 대식이가 현에게 언제 복학하느냐고 물었다. 현은 내년 3월에 복학할 예정이라고 하니까, 마침 배달원 자리가 났다고 하면서 석간 배달 후에 자기네 보급소에 가자고 했다. 그러면서 꼭 중동학교 교모를 쓰고 오라고 말했다. 그날 석간 배달 후 대식을 따라 청진동 동아일보 세종로보급소로 갔다. 현은 교모를 품안에 넣고 갔다가 보급소에 들어갈 때 얼른 꺼내 썼다. 보급소 소장은 현이 새 학기에 꼭 복학을 한다는 조건으로 뽑아주었다. 현은 그토록 소망하던 동아일보 누하동 배달원이 되었다. 고교 입시에 합격한 것보다 더 기뻤다.

신문 배달원은 자기 몸보다 신문을 더 아낀다. 비가 오는 날은 신문이 젖을세라 비닐로 싸서 품안에 넣었다. 웬만한 비는 그대로 맞으면서 신문만은 감싸고 감쌌다.

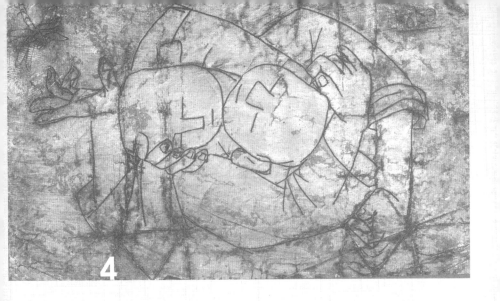

4

누가 이 사람을 모르시나요?

누가 이 사람을 모르시나요?

아시아나 여객기는 예정 시간보다 20분이 늦은 오후 7시 50분에 뉴욕 케네디 공항에 착륙했다. 현은 두 번째 미국 입국이라 지문 채취 등 번거로운 절차 없이 입국 심사는 간단히 끝났다. 현은 짐을 찾는 곳에서 가방을 찾아 카트에 싣고 출구로 나갔다. 공항 대기실에서 이도영이 현에게 손을 번쩍 치켜들고 흔들었다. 그는 지수를 찾는 데 결정적으로 수고해준 사람으로 길 안내도 해줄 사람이었다. 그들은 6년 만에 다시 만났다. 현은 이도영과 굳은 악수도 모자라 포옹까지 했다. 이도영은 현의 잠자리를 예약해둔 퀸즈노던 블루바드의 한 호텔로 안내했다. 그런 뒤 현에게 시차 적응을 위해 푹 자라고 말하고는 자기 집으로 돌아갔다.

현은 객실에서 곧장 몸을 씻고 잠을 청했다. 하지만 잠은 오지 않았다. 그 시간 서울은 아침나절이 아닌가. 도무지 잠이 오지 않아 잠자리에서 일어나 불을 켰다. 가방에서 노트북을 꺼내 미리 한국에서 준비해온 어댑터에 전원을 연결하자 경쾌한 소리를 내면서 화면이 밝아졌다. 가족과 지인에게 미국 도착 인사 메일을 보냈다. 한 시간 남짓 인터넷 서핑을 한 뒤 다시 잠을 청했지만 정신은 여전히 말똥말똥했다.

현은 이듬해 3월 개학식 날, 오랫동안 벽에 걸어둔 교복을 입고 윗목에 밀쳐둔 책가방을 들고 학교에 갔다. 다시 교문을 들어서는 그 순간은 마치 꿈만 같았다. 그날 현은 개학식에 참석하고자 운동장으로 가는 도중 농구 코트에서 지수를 만났다. 지수가 먼저 현을 알아보고 달려와 서로 포옹을 했다.

"조현, 복학을 축하한다."

"고맙다."

"쉬는 시간 우리 교실로 놀러 와."

현은 고개를 끄덕였지만, 한 번도 상급반인 지수네 교실로 간 적이 없었다. 그때 교복 목 칼라에 달고 다닌 Ⅰ, Ⅱ, Ⅲ이라는 학년 표지가 그들 사이를 멀게 하는 요인이었다. 당시 고교생은 상급생에게 거수경례를 했다. 특히 중동고에서는 선후배 기수 서열이 매우 엄격했다. 현은 지난해까지 동급생이었던 1년차 상급생에게는 도무지 손이 올라가지 않았다.

현은 뉴욕에서 첫날밤을 꼬박 뜬눈으로 새웠다. 먼동이 튼 뒤 산책으로 숙소 언저리를 한 바퀴 맴돌았다. 그 일대는 한인이 많이 사는지 도로변에는 '서울세탁소'니 '강서면옥'이니 '예쁜 머리방' 등의 한글 간판이 띄엄띄엄 눈에 보였다. 미국에서 한글 간판을 보니까 마치 낯익은 동포라도 만난 듯 반가웠다. 현은 혹이나 길을 잃을까 멀리 가지 않고 다시 숙소로 돌아와 구내식당에서 빵 한 조각과 우유 한 잔으로 아침을 때웠다. 객실로 돌아온 뒤 침대에 누워 잠을 청했다. 하지만 잠은커녕 오히려 지난 일들이 새록새록 떠올랐다.

현이 지수를 다시 만난 것은 대학 재학 시절이었다. 지수는 연세대 영문학과에, 현은 고려대 국문과에 다녔다. 1965년 가을, 연세대 앞 굴다리 부근 독수리다방에서 그를 만났다. 그 무렵 연세대 학생들은 돈 100원이 있으면 구두를 닦는다는 유행어가 있듯이, 그는 신촌골 멋쟁이가 되어 있었다. 하지만 현은 그때까지도 촌티를 벗어나지 못했다.

그날 지수는 현에게 강숙자를 소개했다. 현은 얘기로만 전해 들었던 그를 처음 만났다. 강숙자는 깜찍한 인상에 짙은 감색 투피스에 크림색 블라우스를 받쳐 입은 우아한 차림이었다. 어찌 보니까 지수가 좋아하는 비비안 리를 많이 닮은 듯했다. 강숙자는 홍대 미대생이었다. 그때 두 사람은 거의 날마다 등하교를 같이하며, 신촌 일대를 매우 극성스럽게 누비고 다니는 모양이었다. 그래서 그 일대 대학을 다니는 중동, 숙명 동창들은 두 사람 관계를 다들 안다고 했다.

그 얼마 뒤, 현은 지수한테 자기 누나 결혼식 날 식장에 꼭 와달라는 연락을 받았다. 그러면서 예식 도중에 혹 불상사가 있으면 좀 막아달라고 넌지시 부탁했다. 현이 그날 결혼식장으로 갔더니 한 여인이 아이를 안고 식장에 와서 뭐라고 울부짖었다. 다행히 예식장 직원들이 잘 처리하여 별 탈 없이 넘어갔다. 그날 지수의 표정은 무척 어두웠고, 정작 결혼 당사자인 누나나 매부보다 그가 물에 빠진 사람처럼 더 허둥거렸다.

그 뒤 두 사람 사이는 뜸했다. 그 무렵도 현은 몹시 힘들었다. 대학 입학 후 입주 가정교사에 교직과목 이수, 게다가 학훈단 교육 등 고3 수험생 못지않게 몹시 바빴다. 현이 다시 지수를 만난 것은 꼭 10년 후 모교 교사로 부임한 얼마 뒤였다. 그날은 현의 모교 부임을 축하하는 모임으로, 지수는 그와 한 동네 살았던 1년 후배 이철우와 같이 모교로 찾아왔다. 현은 학교에서 가까운 수송동 들머리 한 한식집에서 그들과 함께 저녁을 먹으면서 축하 인사를 받았다. 그 모임이 있은 지 6개월 뒤, 현은 지수가 네덜란드 로테르담에서 보낸 엽서를 받았다. 그 이후로 여태 감감무소식이었다. 그 책임은 전적으로 지수에게 답장을 보내지 않은 현에게 있었다.

현은 편지 상자에서 지수가 로테르담에서 보낸 엽서를 보자 문득 그를 보고 싶은 생각이 불꽃처럼 일어났다. 지수와 강숙자는 어떻게 되었을까? 그 점도 궁금했다. 그러면서 현은 그즈음 시민기자로 활동하고 있는 인터넷신문에 그 사연을 올리고 싶은 충동이 일어났다. 그러면 용케 장지수를 찾을지도 모른다는 그런 생각도 번쩍 스쳤다. 그래서 현은 그 기사에다가 고교 시절 친구를 찾는다는 사연과 함께 지수가 보내온 엽서를 앞뒤로 스캔한 뒤 첨부하여 송고했다. 다만 강숙자의 이야기는 쓰지 않았다. 두 사람은 동년배로 어쩐지 결혼까지는 발전하지 않았을 것 같은 예감 때문이었다. 그 기사는 곧 인터넷신문 메인면에 실렸다.

누가 이 사람을 모르시나요?
— 로테르담에서 온 엽서

내 머리숱에 어느새 흰 머리카락이 더 많아졌다. "청춘은 희망에 살고 노년은 추억에 산다"고 하더니, 나이가 들수록 지난날의 추억들이 더욱 새록새록 되살아난다. 그러면서 살아생전에 꼭 만나고 싶은 이들의 얼굴들이 그때 그 모습 그대로 떠오른다. 고1 때 짝 장지수는 영화 〈바람과 함께 사라지다〉의 비비안 리와 〈누구를 위하여 종은 울리나〉의 잉그리드 버그만을 무척 좋아했다. 그는 쉬는 시간이나 수업 시간에 틈틈이 노트에다가 그 배우들의 캐리커처를 그리면서 시골 사람인 나에게 애써 그들의 얘기를 들려줬다. 1975년 내가 모교 교단에 서 있을 때, 네덜란드 로테르담에서 그가 불쑥 엽서를 보낸 뒤 여태 더 이상 소식을 모른 채 지내고 있다. ……
그가 보고 싶다. 죽기 전에 그를 꼭 만나서 부둥켜안고 포옹하고 싶다. 그리고 그의 손을 잡고 이제 흔적도 없는 모교 옛터 수송동 골목을 거닐며 지난 추억을 얘기하고 싶다. 그는 나에게 포숙(鮑叔)과 같은 친구다. 누가 이 사람을 모르시나요? 1945년생. 중동고 57회, 연세대 영문과 1964년 입학, 이름 장지수. 그의 거처나 소식을 알려주시면 고맙겠습니다.

이 기사는 잠깐 새 조회 수 2,000회를 훌쩍 넘었다. 기사가 출고된 지 몇 시간 후 ID '동준아빠'의 댓글이 달렸다.

제목 : 동창 분의 주소는…
동준아빠 2010/01/31 오전 11 : 16 : 27
42-60, Main St. 5G Flushing, N.Y. 11355, USA
전화 : 1-718-358-××××(자택) 1-718-219-××××(직장)
입니다.
뉴욕에 계시나 봐요. 출처는 연세대학교 동문회 주소록(2004년도 발간)을 참조하였습니다. 꼭 친구의 소식 듣기를 기원합니다.

현은 인터넷신문의 신속성과 그 전파력에 새삼 놀랐다. 그러면서 어쩌면 이 기회에 지수를 만날 수 있다는 반가움과 이렇게 쉬운 일인데 그동안 그를 왜 찾지 않았는가에 대한 자괴심이 들었다. 더욱이 연세대 동문회관은 현이 28년간 근무했던 이대부고 길 건너편에 있지 않는가. 지금 그곳은 연세대 동문회관, 치과대학, 세브란스 병원 등 고층 건물들이 즐비하지만, 원래 연세대 뒷동산이었다. 현이 아침 등굣길에 그곳 숲길을 거쳐 오기도 하고, 점심식사 뒤 수업이 없을 때는 산책했던 곳이다. 특히 아카시 꽃이 만발할 때면 이양하의 「신록예찬」의 배경인 그 숲에서 야외 수업도 했다. 그곳에 연세대 동문회관이 들어선 뒤로는 은행 일로, 커피숍에서 친구를 만나고자, 결혼식 하객으로, 때로는 주례자로 숱하게 드나들었던 곳이다. 그렇게 뻔질나게 연세대 동문회관에 드나들면서도 동문회 사무실에 가서 지수의 주소를 열람할 줄 몰랐다. 현은 더욱 심한 자괴감에 빠졌다.

현은 그 댓글을 보는 즉시 지수의 뉴욕 자택 전화번호를 눌렀다. 그런데 신호가 간 뒤 영어로 뭐라고 하는데, 현은 도무지 알아들을 수 없었다. 다시 지수의 직장 전화를 누르자 신호는 가는데 받지 않았다. 현은 전화를 끊고 뉴욕에 살고 있는 이도영에게 장지수의 근황을 알아봐달라는 메일을 보냈다. 몇 시간 만에 답장이 왔다.

제목 | 통화가 안 됩니다.
보낸 날짜 | Mon, 01 Feb 2010 03 : 47 : 30
보낸 이 | 이도영
받는 이 | 조현
조 선생님이 알려준 두 개 전화번호 모두 잘못된 번호라고 합니다. 보내준 주소로 편지를 띄워보겠습니다. 여기서는 사람이 살지 않으면 편지가 돌아오든지, 아니면 그 편지가 이사 간 곳으로 따라가니까요. 새로운 소식 있으면 곧 연락드리겠습니다.

이틀 후 이도영으로부터 새 메일이 도착했다.

제목 | 뉴욕 한국일보에 부탁했습니다.

보낸 날짜 | Wed, 03 Feb 2010 04 : 27 : 10

보낸 이 | 이도영

받는 이 | 조현

장지수 씨에게 편지를 쓰려다가 마침 뉴욕 한국일보에 아는 기자에게 제보했습니다. 그쪽에서 장지수 씨 찾는 일에 적극 힘써주겠답니다. 그는 조 선생님의 기사를 보고, 무척 '아름다운 우정'이라 하면서 곧 자기네 신문에 정식 기사로 내보낼 예정이라고 합니다. 그리고 뉴욕 연세대 동문회 연락책도 찾아보고, 또 이곳 한국어 방송 피디에게도 연락해보려고 합니다. 왜 "뜻이 있는 곳에 길이 있다"고 하지요. 장지수 씨가 뉴욕에 산다면 이번 기회에 반드시 찾게 되리라 믿습니다. 제가 최선을 다해 돕겠습니다. 꼭 그리운 옛 친구를 만나십시오.

현은 장지수를 찾는 기사가 인터넷신문에 뜬 지 일주일 만에, 마침내 이도영을 통해 그의 소식을 메일로 받았다.

제목 | 선생님…

보낸 날짜 | Sun, 07 Feb 2010 17 : 08 : 56

보낸 이 | 이도영

받는 이 | 조현

제가 며칠 장거리 여행을 다녀왔습니다. 그사이에 뉴욕 한국일보에 조 선생님의 친구 찾는 사연이 기사로 나갔습니다. 그 기사를 보고 두 곳에서 전화 메시지가 들어와 있군요. 확인한 결과, 장지수 씨는 십수년 전에 식도암으로 2년 남짓 투병하다가 돌아가셨다는 슬픈 소식입니다. 첫 번째로 메시지를 보내주신 분은 제니 정이라는 여성입니다. 전화는 1-845-365-××××입니다. 또 한 분은 조 선생님의 고교 동창이라는 김윤호 씨의 메시지였습니다. 1-718-939-××××(댁). 친구의 비보에 선생님 마음 무척 아프시겠습니다. 이 소식을 전하는 저까지도 마음이 쓰립니다. 조 선생님, 부디 건강 조심하십시오.

현은 노트북 화면 앞에서 한동안 멍했다. 지수가 그새 저세상 사람이라니……. 도무지 그 소식이 믿어지지 않았다.

'아마 이도영 박사가 잘못 전한 것일 거야.'

현은 이도영이 가르쳐준 전화번호를 눌렀다. 김윤호는 부재중으로 연결되지 않았다. 다시 제니 정의 전화번호를 눌렀다. 수화기에서 한 젊은 여성의 음성이 흘러나왔다. 그는 자기 아버지가 정용배로 지수와 고교 동창이라고 했다. 현도 그의 이름이 기억에 가물가물 남아 있었다. 그는 뉴욕 한국일보를 보았다면서, 이도영이 전해준 똑같은 말을 거듭 확인해주었다.

'그래, 나는 그의 친구가 아니었어.'

이 문명 세상, 버튼 하나로 연결되는 지구촌이다. 그런데 세상을 떠난 지 십수년이 넘도록 운명 소식을 모르고 있었다는 것은 친구로서 자격이 없다. 현은 심한 자괴감에 빠졌다.

제목 | 감사합니다.
보낸 날짜 | Sun, 07 Feb 2010 18 : 48 : 20
보낸 이 | 조현
받는 이 | 이도영

이 박사님이 알려준 두 곳 다이얼을 돌렸습니다. 김윤호와는 통화하지 못했으나 다행히 제니 정과 통화하였습니다. 그는 친구 소식을 담담히 전해주었습니다. 이 박사님이 알려주신 그대로였습니다. 수고하셨습니다. 감사합니다.

이도영에게 메일을 보낸 지 두어 시간 뒤 답장이 왔다.

제목 | 이참에 뉴욕에 오십시오.
보낸 날짜 | Sun, 07 Feb 2010 21 : 52 : 13
보낸 이 | 이도영
받는 이 | 조현

아마도 김윤호 씨는 직장에 출근했기에 통화가 되지 않았나 봅니다. 저도 이곳 시간 아침 7시 반 무렵에 김윤호 씨 댁으로 전화를 드렸는데도 통화가 되지 않아 응답기에 메시지를 남겼습니다. 그리고 또 다른 이철우 씨라는 분한테 새로운 전화가 왔습니다. 그분은 뉴저지 한인교회 목사님이라고 하면서, 조 선생님과 고2 때 한 반으로 무척 친하게 지냈다고 하더군요. 이 목사님은 조 선생님을 이번 기회에 꼭 한 번 뵙기 바랐습니다. 아무래도 이참에 뉴욕에 오셔야겠습니다.

이철우란 친구가 뜻밖에도 등장했다. 그는 지수의 1년 후배로 현과 고2 때 같은 반이었다. 장지수와 이철우는 상도동 한 동네에서 살았기에 선후배 간으로 서로 아는 사이였다. 그래서 지수와 서울에서 마지막 만날 때도 동석했다. 이철우가 뉴욕에 살고 있다니⋯⋯. 그런데 법대를 나와 회사원이 된 철우가 그새 목사로 뉴욕에 살고 있다는 그 사연도 매우 궁금했다. 다음 날, 이도영은 메일을 보내왔다.

제목 | 슬픈 사연과 만남들⋯.
보낸 날짜 | Mon, 08 Feb 2010 11 : 06 : 56
보낸 이 | 이도영
받는 이 | 조현
지금 이곳 시간은 저녁 9시로 김윤호 씨와 방금 통화했습니다. 장지수 씨는 1994년에 식도암으로 세상을 떠났는데, 이철우 목사님 주관으로 장례를 치렀다고 하더군요. 여러분들의 얘기를 종합해보니까 고인은 돌아가기 직전 무렵에는 이철우 목사님과 김윤호 씨만 만나고, 다른 분들과 일체 연락을 끊다시피 지냈다고 합니다. 김윤호 씨는 조 선생님을 아주 잘 기억하고 있더군요. 저에게 만날 수 있는 방안을 부탁하였습니다. 이참에 꼭 뉴욕에 다녀가십시오.

현은 그제야 장지수의 자세한 운명 소식뿐 아니라, 김윤호, 이철우 두 친구에 대한 의문도 풀렸다. 현은 지수가 1994년에 운명하였고, 그의 곁에는 동창 김윤호와 후배 이철우 목사가 끝까지 있었다는 사실도 알았다. 잠시 후 이철우 목사한테 전화가 왔다.

"조현 선생? 나, 철우야."

"뭐? 이철우 목사, 철우! 어디야?"

"뉴저지 우리 집이야."

그가 마치 바로 곁에서 전화를 하는 것처럼 감이 좋았다.

"정말? 서울 어딘가에서 전화 거는 거 아니냐?"

"나도 자네가 강원도에서 이 전화를 받고 있다는 게 도무지 믿어지지가 않아. 네 목소리도 옛날 그대로고. 헤어보니 그새 35년이 지났네."

이철우 목사는 지수의 마지막 모습과 운명 순간을 담담히 전했다. 지수는 가정적으로 몹시 불행했으며, 평생 독신으로 한 점 혈육도 없이 세상을 떠났다는 소식을 전했다. 이 목사는 지수가 죽음을 앞두고 화장한 뒤 가능한 제비꽃 옆에다 뿌려달라는 유언을 남겼기에, 자기가 그 유언대로 해줬다고 말했다. 현은 지수가 가정적으로 몹시 불행했던 줄도, 평생 독신으로 지낸 줄도 까마득히 몰랐다. 또다시 깊은 자괴감에 빠져 있는데 전화벨이 울렸다.

"여보세요?"

"응, 나 윤호야."

"……네 목소리는 조금도 변하지 않았네."

"네 목소리도 옛날 그대로네. 일전에 뉴욕 한국일보에서 지수 찾는 기사 잘 읽었다. 지수가 살아 있다면 얼마나 반가워했겠니?"

"그러게 말이야. 이도영 박사와 이철우 목사님을 통해 지수가 하늘 나라로 떠났다는 소식은 들었다."

"그랬니. 이 목사가 마지막까지 애썼지. 언제 이곳에 한번 오너라. 지수가 살았던 곳도, 그의 유해를 모신 곳도 한번 둘러보고."

"가능한 한 가도록 노력할게."

"꼭 와야 해. 그럼 그때 보자."

"전화 고마워. 잘 있어."

제목 | [RE] 감사합니다.
보낸 날짜 | Mon, 08 Feb 2010 13 : 41 : 04
보낸 이 | 조현
받는 이 | 이도영
이 박사님! 조금 전 이철우 목사와 김윤호 친구의 전화로 장지수 친구의 마지막 이야기 잘 들었습니다. 이 박사님의 수고 덕분으로 뜻밖에도 옛 친구 김윤호와 이철우 목사를 찾았습니다. 수고해 주셔서 감사합니다.

현은 이도영이 가르쳐준 이메일 주소로 이철우 목사에게 전화로 못다 한 사연을 보냈다.

제목 | 반갑고 고맙네.
보낸 날짜 | Tue, 09 Feb 2010 13 : 20 : 14
보낸 이 | 조현

받는 이 | 이철우

이철우 목사님! 자네와 지수를 마지막으로 만난 지 헤어보니 꼭 35년이네. 그새 장지수가 소천했다고 하니 목이 메네. ……이제는 백발이 된 탓인지 지난 추억, 특히 어렵게 살았던 고교 시절의 일들이 자주 떠오르네. 그때 내가 자네 집에 가서 잠도 자고, 어머니가 해주시는 밥을 맛있게 먹었던 일도 생생하게 떠오르네. 소식 정말 반갑고, 지수의 마지막 길을 자네가 인도했다니 고맙네. 고국에서 조현.

그 며칠 후 메일함에 이철우 목사의 답장이 담겨 있었다.

제목 | 무척 보고 싶네.
보낸 날짜 | Mon, 15 Feb 2010 13 : 20 : 14
보낸 이 | 이철우
받는 이 | 조현

조현 선생! 자네가 쓴 기사와 메일은 지난 35년의 세월을 단숨에 되돌리는 괴력이었네. 자네 글을 보자마자 내 마음은 고교 시절로 돌아갔네. 까까머리에 까만 교복을 입고 수송동, 청진동, 무교동 거리를 누비던 그 시절로 말일세. ……무척 보고 싶네. 언제 꼭 한번 뉴욕으로 오시게. 자네와 함께 지수 형 유해를 모신 허드슨강 언덕에 가서 추도 예배를 드리고 싶네. 내게 있는 지수 형의 사진 두 장을 스캔하여 첨부 파일로 보내네.

　*사진 1 : 내 대학 졸업식 때, 지수 형이 축하하러 와서 같이 찍은 사진이네.

　*사진 2 : 1990년 4월 어느 주일날 지수 형이 자기 승용차로 우리

교회 마당에 내릴 때 모습이네. 그 이후로 지수 형은 투병 중이라 자기의 초췌한 모습을 남기지 않으려고 사진을 찍지 않았다네. 아마 이것이 지수 형의 이 세상에 남긴 마지막 사진일 것이네.

추신 : 자네 모습 메일로 몇 장 보내주게.

제목 | 그리운 벗에게
보낸 날짜 | Fri, 19 Feb 2010 10 : 10 : 34
보낸 이 | 조현
받는 이 | 이철우

자네가 보내준 두 장의 지수 사진을 보면서, 그가 이 세상 사람이 아니라고 하니 더욱 먹먹하네. 내가 그동안 너무 무심했고, 사람의 도리를 다 못하여 몹시 괴롭네. 나는 이 세상에서 그에게 진 빚이 무척 많기 때문이네. 이즈음 내 마음은 편치 않네.

사실 나는 2004년 1월 31일부터 3월 12일까지 40여 일간 워싱턴 근교 메릴랜드주 칼리지파크 미국국립문서기록관리청에 출근했다네. 그때 한 제자의 초대로 뉴욕에도 잠시 들렀네. 나는 지수가 뉴욕에서 세상을 떠났고, 자네가 그곳에서 사는 줄은 까마득히 몰랐네. 사실은 그전부터 뉴욕에 사는 이도영 박사가 몇 차례나 나를 미국으로 초청하였다네. 그래서 이번 기회에 방미한다면 지수의 유해를 모신 곳에 가서 그의 영혼을 진혼하고 싶네. 올가을이나 겨울 쯤 잠시 다녀올까 생각 중이네. 최근 내 모습 두 장 보내네.

*사진 1 : 강원도 산골 내 집 마당에서 장작을 빠개는 모습이네. 다 낡은 슬레이트집이 내 집이라네.

*사진 2 : 지난해 항일 유적 답사길에 백두산에 올라 천지를 배경으로 찍은 사진이네.

고국에서 조현

고교 시절 철우는 이따금 현을 자기 집으로 데려갔다. 그때마다 철우 어머니는 푸짐한 밥상을 차려주었다. 아마도 객지에서 제대로 챙겨 먹지 못하는 아들 친구에 대한 깊은 배려였다. 그때마다 철우는 자기 집에서 자고 가라고 현을 붙잡아 몇 번은 철우의 방에서 함께 밤을 새우다시피 도란도란 이야기하면서 보낸 적도 있었다. 그때 그들의 이야기란 고교 및 진학할 대학, 선생님, 친구들의 이야기가 주된 얘깃거리였다.

고2 때 현의 반은 축구부, 농구부, 아이스하키부 등 각종 운동부와 연극반 등 말썽꾸러기들이 모인 별칭 '텍사스반'이었다. 반장은 청진동해장국집 아들이었다. 그의 별명은 '돼지'였다. 그 친구는 연극부로 〈판문점〉 공연 때 인민군 장교 역을 맡았는데 연기를 무척 잘해 '인민군'이라는 별명이 하나 더 붙었다. 그런데 그 덩치로 숙명여고 농구부 합숙소에 널려 있는 팬티와 브래지어를 훔쳐온다고 담을 넘다가 철조망에 바짓가랑이가 걸려 오히려 제 밑천을 숙명여고생들에게 다 보여줬다. 그러고는 훈육부에 불려가서 '쥐똥'이라는 별명의 물리 선생에게 야구방망이로 된통 매를 맞았다. 또 그 반 꽹과리 녀석은 한밤중에 용케 그 담을 기어이 넘은 뒤 숙명여고 농구부 합숙소의 문을 들어가는 데까지는 성공했다. 하지만 잠자던 농구선수 애들이 무례한의 침입자에 섬뜩 놀라 '도둑이야!'라고 고함을 질렀다. 그 바람에 그가 급히 도망치다가 숨은 곳이 화장실이었다. 하지만 잠시 후 플래시를 든 숙명학교 숙직 선생한테 꼼짝없이 붙들려 파출소로 넘겨졌다. 다행히 '꼴통' 훈육주임이 숙직하던 날이라 연락을 받고 파출소로 달려갔다. '꼴통'은 숙명학교 숙직 선생님과 당직 순경에게 싹싹 빈 다음 그 녀석을 학교로 데려왔다. 그 꽹과리 녀석은 월담 죄로 일주일 정학 처분을 받았다.

그 밖에도 수업 시간에 친구들이 숙명학교 쪽으로 거울 비추다가 항의 전화를 받고 학생부로 끌려가서 매 맞은 이야기들을 늘어놓고는 함께 배꼽 잡고 웃기도 했다. 친구들이 애써 숙명학교 학생을 꾀어 간신히 말을 붙였으나 대부분 그들은 묵묵부답이었다. 그 사연을 알고 본즉, 숙명학교 훈육주임이 학생들에게 수시로 세뇌 교육을 한 결과였다.

"너희들은 경기나 서울, 아니면 최소한 경복 학생들과는 만나지, 중동 애들은 거들떠보지도 마라. 걔네들이 말을 붙여도 절대로 대꾸도 하지 말고 땅만 내려다보고 가라."

그 이야기를 전해들은 친구들은 비분강개하며 숙명학교 훈육주임은 지지리도 못생긴 'B사감'일 거라고 볼멘소리로 성토했다.

제목 | 기다리는 마음
보낸 날짜 | Sat, 27 Feb 2010 09 : 56 : 16
보낸 이 | 이도영
받는 이 | 조현
간밤에 이철우 목사님과 통화했습니다. 저에게 우정의 가교를 새로이 놔줬다고 무척 고마워했습니다. 이참에 친구의 영혼도 위로할 겸 꼭 뉴욕에 오십시오. 이철우 목사님도, 김윤호 씨도, 저도 뉴욕에서 손꼽아 기다린답니다. 뉴욕에서 만날 그날을 학수고대합니다.

이도영은 현을 거듭 초대하였다. 현도 뒤늦게나마 이역의 하늘 아래서 외롭게 유명을 달리한 친구의 넋을 위로하고자 뉴욕으로 달려가고 싶었다. 하지만 선뜻 나서지 못하는 가장 큰 이유는 여비 문제였다. 마침 현은 그 무렵 두 권의 책을 출판하였기에 그 인세로 뉴욕을 다녀와야겠다고 잔뜩 기대했다. 하지만 막상 그 책이 출판되자 뉴욕은커녕 가까운 도쿄에 다녀올 인세도 나오지 않았다.

이도영이 현에게 보낸 메일 가운데 "뜻이 있는 곳에 길이 있다"고 하더니, 뉴욕 가는 길은 전혀 엉뚱한 곳에서 열렸다. 현은 몇 년 전 한 인터넷신문에 백범 김구 암살범 안두희를 10여 년간 끈질기게 추적한 우국지사 권중희 선생의 인터뷰로 「내 평생소원은 백범 암살배후를 밝히는 일」이라는 기사를 썼다. 그 기사 끄트머리에 권 선생의 마지막 소원은 미국국립문서기록관리청에서 백범 암살을 밝힐 수 있는 문서를 찾는 일이라고 마무리하자 독자들이 들불처럼 성금을 보내왔다. 그 성금으로 현과 권중희 선생은 뜻밖에도 워싱턴 근교 메릴랜드주 칼리지파크에 있는 아카이브에 갔다. 하지만 미 정부에서는 2001년 9·11 테러 이후 미국 국익에 거슬리는 문서들은 거의 대부분 파기하였다고 하여 그만 맥이 빠졌다. 게다가 현은 영어가 서툰지라 문서를 찾는 일을 할 수는 없었다. 그런 터에 마침 그곳 5층 사진 자료실에 소장된 한국전쟁 사진을 보고 한국 현대사에 매우 귀중한 자료로 판단하였다. 그래서 현은 그 사진들을 일일이 검색 수집한 뒤 성원해준 독자들에게 보은의 마음을 담아 '사진으로 보는 한국전쟁'이라는 제목으로 인터넷신문에 연재한 뒤 이슬출판사에서 『지울 수 없는 이미지』란 제목으로 사진집을 펴냈다.

그 사진집이 출판되자 각 매스컴에서 다투어 크게 보도했다. 그 결과 석 달 만에 초판이 매진되었다. 이슬출판사 이호선 대표는 고가의 사진집이 빠른 시일 안에 매진되는 극히 드문 일로, 언제 아카이브에 가서 한국전쟁 관련 사진을 다시 검색해 오자고 우스갯소리처럼 말한 적이 있었다. 현은 그 생각이 번쩍 떠올랐다. 그래서 그 일이 성사되면 그 길에 먼저 뉴욕을 들러 지수의 넋을 위로해야겠다고 내심 쾌재를 불렀다. 그 이야기를 이도영에게 메일로 전하자 자기도 들떠 지낸다는 답장을 보내왔다.

그 얼마 후 현은 이 대표에게 그때의 일을 상기시켰다. 그러자 이 대표는 출판사 사정으로 혼자 다녀오라면서 선인세로 항공료 일부를 지원해줬다. 그래서 현은 지난번 방미 때 자기를 도와줬던 메릴랜드 주 락빌에 사는 동포 박유종 씨에게 아카이브 자료 사진 검색 작업에 도움을 청했다. 그분은 상해 임시정부 제2대 대통령이었던 백암 박은식 선생 손자로 매우 성실하게 현을 도와주었던 분이었다. 그는 할아버지에게 진 빚을 조금이라도 갚는다는 마음으로 현을 흔쾌히 도와주겠다고 말했다.

제목 | 뉴욕에서 만납시다.

보낸 날짜 | Wed, 17 Nov 2010 20 : 12 : 51

보낸 이 | 조현

받는 이 | 이도영

오늘 미국행 항공권을 끊었습니다. 제가 아카이브 일로 뉴욕에 머물 시간은 11월 28일(일) 19 : 30에서 11월 30일(화) 12 : 00까지 입니다. 11월 28일 숙소 예약과 11월 30일 오전 뉴욕에서 워싱턴으로 출발하는 열차나 고속버스 예매 부탁드립니다. 제가 도착한 날은 일요일이라 이철우 목사님은 교회 일로 공항에 나올 수 없나 봅니다. 이 박사님이 대신 수고해주십시오. 그럼, 뉴욕에서 만납시다.

현은 뉴욕에서 첫날밤을 꼬박 새웠다. 시차 탓인지 도무지 잠을 이룰 수 없었다. 끝내 잠자는 것을 포기하고 샤워를 한 뒤 막 옷을 갈아입는데 이도영으로부터 전화가 왔다. 그는 산책 겸 뉴욕 안내를 하고 싶다고 하였다. 현이 좋다고 하자 그는 곧장 숙소로 차를 몰고 왔다. 그는 먼저 당신 가게로 데려가 부인에게 인사시킨 뒤, 맨해튼이 한눈에 내려다보이는 허드슨강 언덕에다 승용차를 세웠다. 그러고는 뉴욕 이야기를 들려주었다.

"'맨해튼'은 원래 이 지방의 인디언 종족 이름에서 유래되었는데, 1626년 이곳에 이주한 네덜란드인들이 원주민에게 이 섬을 통째로 단돈 24달러에 샀지요."

그 말에 현은 놀라 물었다.

"네? 24달러로요?"

"그럼요. 물론 400년 전 이야기로, 그동안 달러의 가치가 많이 평가절하가 되었을 겁니다만 오늘날 하루 주차비에 지나지 않는 돈이지요."

그야말로 '믿거나 말거나' 이야기였다. 그런 얘기를 들으니까 미국 사람은 부동산 투기의 원조였다. 현이 그런 얘기를 하자 이도영은 부동산 투기는 그래도 신사적으로, 그들이 원주민한테 돈 한 푼도 주지 않고 강탈한 땅이 더 많았다고 말했다.

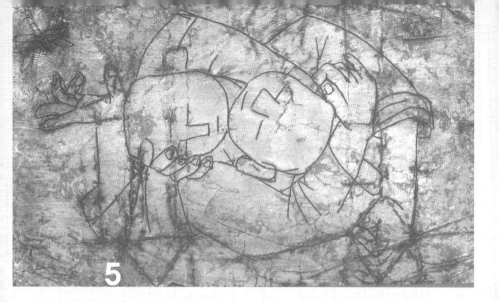

5

추도 예배

추도 예배

오전 10시, 이철우 목사가 숙소로 찾아왔다. 현과 이 목사는 만나자마자 서로 얼싸안았다. 꼭 35년 만이었다. 그런데 그들은 마치 날이 저물어 헤어졌다가 그 이튿날 다시 만난 그런 기분이었다. 다만 그새 두 사람의 머리카락이 조금 희끗희끗해졌을 뿐이다. 이 목사는 이도영에게 말했다.

"그동안 수고해주셔서 감사합니다."

"별 말씀을요. 두 분 우정이 다시 이어지는 걸 지켜보는 일이 매우 즐겁습니다. 마치 영화를 한 편 보듯이."

그날 이 목사가 마련한 스케줄이다. 먼저 지수가 살았던 아파트를 본다. 그런 다음 정오 무렵 지수의 유해를 모신 허드슨강 언덕에 가서 추도 예배를 본다. 오후에는 맨해튼 관광, 저녁에는 그곳 한 한식집에서 김윤호와 함께 지수 추모담을 나눈다. 그리고 현의 숙소는 자기 집과 가까운 뉴저지주 칼스테드라는 곳에 예약해뒀다고 말했다.

"이제부터 이 친구는 제가 맡지요."

이도영은 이 목사에게 물었다.

"저도 추도 예배에 참석해도 괜찮겠습니까?"

"그럼요. 대환영입니다."

이 목사가 답했다. 이도영은 자기 집으로 갔다가 시간에 맞춰 추도식 장소로 바로 오기로 했다. 이 목사는 현을 자기 승용차에 태운 뒤 손전화를 꺼내면서 말했다.

"자네 한국에서 제니 정과 통화한 적이 있었지?"

"그랬어."

"자기도 오늘 추도식에 참석하고 싶다고 그러더군. 자네가 괜찮다면 연락할게."

"나야 참석해준다면 고마운 일이지."

이 목사는 제니 정에게 전화를 걸었다. 낮 12시 정각에 허드슨강 언덕 록펠러 전망대에서 만나기로 약속한 뒤 승용차의 시동을 걸었다. 이 목사는 곧장 지수가 살았던 플러싱으로 안내했다. 승용차가 거기로 접어들자 한글과 한자 간판이 뉴욕의 다른 곳보다 눈에 많이 띄었다. 이 목사는 이전에는 한국 동포들이 많이 몰려 살았는데, 이 즈음은 중국인들이 더 많이 산다고 말했다. 한 아파트 앞에 차를 세웠다. 6층의 붉은 벽돌 건물이었다. 이 목사는 지수가 살았던 곳은 길가 맨 꼭대기 층이었다고 손가락으로 가리켰다. 지금은 다른 사람이 산다고 하여 승용차에서 쳐다보기만 했다. 이 목사는 마침 그곳의 한인 인쇄소에 들를 일이 있다고 하면서 차에서 내려 볼일을 보러 갔다. 현도 차에서 내려 그 아파트에서 조금 떨어진 공원의 벤치에 앉아 지수가 살던 집을 향해 깊이 묵념을 드린 뒤 하염없이 아파트를 바라보았다.

"조현, 설송! 여기까지 오다니 웬일이니?"

"장지수, 운성! 자네가 보고 싶어 왔어."

"뭐! 나를 보고자 뉴욕까지 찾아오다니?"

"늦게 찾아와 미안해."

"그런 말 하지 마. 서울서 뉴욕이 어딘데. '운성'이란 말, 참 오랜만에 듣는다."

"나도 그래. '설송'이란 말."

"너 처음 만났을 때 '우야꼬' '와 이카노' 그런 경상도 사투리가 참 재미있었는데."

"그때 참 많이 놀렸지. 국어 교사를 오래 하니까 사투리가 많이 순화되었지. 게다가 요즘 한국은 전국이 일일생활권으로 서울 부산도 두세 시간 거리다."

"뭐! 그렇게나? 나 휴전 후 부산에서 서울로 돌아올 때 하루 종일 열차를 탔는데."

"나도 고향에서 서울로 올 때 여덟 시간 걸렸단다."

"정말 한국 발전은 대단하구나. 근데, 요즘 우리 중동 축구 성적은 어떠니?"

"옛날보다 훨씬 못해. 학교가 강남으로 옮긴 뒤 운동장도 넓어지고, 제반 여건도 훨씬 좋아졌지만 경기 성적은 그전과는 어림도 없어."

"우리 땐 전국대회에 나갔다 하면 우승, 아니면 준우승이었지."

"근데, 지금은 일 년에 한 번 우승하기도 힘드나 봐. 요즘 한국에서는 축구나 야구 선수들이 스타로 인기를 모으니까 축구부나 야구부를 둔 고교도 엄청 많아졌다. 게다가 선수들의 헝그리 정신이랄까, 전통을 이어가야겠다는 강한 투지가 전보다는 훨씬 부족한가 봐."

"배부른 고양이는 쥐를 잡지 않지. 옛날 선수들은 그 길만이 살 길이라고 죽기 살기로 볼을 찼잖아."

"그랬지. 그 결과로 2002년 월드컵 때는 우리나라가 4강까지도 올라갔다."

"뭐! 한국이 4강까지나?"

현은 2002년 월드컵 때 한국축구 대표팀 전적을 들려줬다. 예선에서 포르투갈, 폴란드를 격파하고, 미국과 비긴 뒤 우리 대표팀은 16강에 올라갔다. 본선에서 이탈리아에 2 : 1로 이기고 8강에 올랐다는.

"뭐? 한국 팀이 이탈리아 아주리 군단도 이겼다고?"

현은 한국 대표팀의 전적을 한껏 자랑했다. 8강전에서 스페인 무적함대도 침몰시킨 후 4강에 올라가 독일한테 지고 말았다는.

"정말 천지개벽할 일이었군. 1954년 한국이 스위스 대회에 출전하여 헝가리에게 0대 9, 터키에게 0대 7로 진 이후, 그동안 본선에서는 한 번도 이기지 못했는데 2002년 월드컵에서는 4강까지 올랐다는 건."

지수는 스위스 월드컵 대회 때 골키퍼 홍덕영 씨가 아버지 친구여서 한 번 만나뵌 적이 있었다. 그는 월드컵 경기 중에 어찌나 슈팅볼이 날아왔는지 시합 후 샤워장에 갔더니 가슴에 시퍼렇게 멍이 들었다는 이야기를 했다. 그러면서 지수는 유럽이나 남미에 견주어 동네축구 수준이던 한국이 세계 4강을 했다는 것은 분명 '기적'이라고 무척 흥분했다.

"2002년 월드컵 기간은 온 나라가 완전히 축제였지. 서울 광화문 일대는 '붉은 악마'들로 물결을 이뤘고."

"뭐, '붉은 악마'라니?"

"'붉은 악마'는 국가대표팀을 응원하기 위해 결성된 단체야. 그들 때문에 온 나라가 붉은 유니폼과 깃발로 붉은색으로 물들었단다."

"대단했겠구나. 그것도 한국에서 금기시하는 붉은 빛깔로."

"그럼, 온 나라가 붉은 물결로 열광의 도가니였어. 아마 해방 후 처음이었을 거야."

"지난 시절 중동 선수들 참 불쌍했지. 운동장이 좁아 볼도 마음대로 차지 못했고, 합숙소도 없어 학교 옆 한옥집 방을 빌려 새우잠을 자면서 자기네끼리 자취하면서 연습했지. 시합에 나갔다가 지면 선배들한테 그 자리서 야구방망이로 얻어터지고."

현도 그런 장면을 본 적이 있었다. 그가 교사로 재직 중에 중동은 서울운동장에서 열린 전국 고교 대회 결승전에서 동북한테 0 : 3으로 졌다. 그러자 한 축구부 선배가 퇴장하는 선수들에게 일렬로 엎드려 뻗쳐를 시킨 뒤 그 자리에서 야구방망이로 엉덩이를 쳤다.

"요즘은 그러다가 당장 학교 문 닫는다. 선생님이 학생 체벌하다가 112 신고로 경찰이 출동하는 세상이다."

"뭐! 한국도 많이 변했군. 우리 때는 선생님에게, 선배에게 징그럽게 맞으면서 학교 다녔잖니?"

그랬다. 학기 초에는 선배들이 규율 잡는다고 쉬는 시간마다 교실에 들어와 후배들에게 기합을 줬다. 그 시간은 공포의 도가니였다. 또 어떤 선생님은 습관처럼 학생들을 때렸다.

"하지만 이제는 학교에 학생의 목소리가, 후배의 목소리가 점차 커져가는 세상이다."

"아무튼 바람직한 현상이다."

"우리 학교 다닐 때는 축구시합 때마다 서울운동장, 효창운동장에 숱하게 동원되었지. 아마 중동 동창치고, 축구 싫어하는 사람 없을 거야."

지수는 미국에 온 뒤에 중동 동창회가 야외에서 열리면 축구 한 게임 한 뒤 바비큐 파티를 했다는 말도 전했다.

"우리는 오랜만에 만나도 웬 이야기보따리가 이리도 많을까?"

지수의 말에 현이 대답했다.

"우린 단짝 친구니까."

"넌 아직도 그때를 또렷이 기억하고 있네."

"대부분 일들은 까마득히 잊었지만, 어떤 일들은 바로 엊그제 일어난 일처럼 아직도 생생해. 참, 너 그때 나에게 준 목 자른 워커, 얼마나 고마웠는지 몰라. 지금도 네 생각만 하면 그 워커가 가장 먼저 떠올라."

"뭘 그런 것도 다 기억하고 있니."

"배부를 때 밥 한 그릇과 배고플 때 밥 한 그릇은 달라."

"너 아주 선생님처럼 말하는구나. 하긴 넌 선생님이었지."

"사람의 일생 가운데 고교 시절이 가장 중요했던 것 같아. 공부도 가장 많이 하고, 인생관도 대체로 그때 굳어지는 것 같아."

"그 말은 맞아. 대학 때 읽은 책보다 고교 때 읽은 책이 훨씬 더 기억에 남더군. 우정도 그래."

"그럼, '친구는 옛 친구가 좋고, 옷은 새 옷이 좋다'는 그런 말도 있어."

"고교 시절은 서로 순수하게 만났기 때문에 그럴 거야. 순수한 것은 영원히 아름다운 거니까. 존 키츠가 그랬지. 'A thing of beauty is a joy forever.'(아름다운 것은 영원한 기쁨)라고."

"네 영어 발음 참 오랜만에 듣는다. 고교 때보다 한결 더 부드럽고 묵직하다."

"그러니? 미국에서 오래 살았기 때문일 그럴 테지."

"너 여태 잉그리드 버그만과 비비안 리를 좋아하냐?"

"그럼, 미국에 온 뒤 〈바람과 함께 사라지다〉 배경 도시인 애틀랜타에도 다녀왔다."

"너, 그 극성은 여전했구나."

"그럼, 그 멋에 살았지. 그들은 내 평생 연인이었으니까."

"알겠다."

지수는 얼른 화제를 바꿨다.

"그동안 작품집 몇 권이나 냈니?"

"한 서른 권 남짓 되나? 괜히 권수만 많아. 그런데 소설집은 여태 한 권밖에 못 냈다."

"아직도 늦지 않아. 아니 지금부터야. 큰 그릇일수록 시간이 오래 걸린다 하지?"

"못난 친구에게 용기 줘서 고맙다."

잠시 침묵이 흘렀다. 현은 그 침묵을 깨트리며 말했다.

"근데, 너 왜 결혼 안 했니?"

"그냥…… 혼자 자유롭게 사는 게 좋아서."

"후회하지 않았어?"

"응. ……근데 나이가 들면서 가장 부러웠던 것은 아이들과 손 잡고 가는 아버지의 뒷모습이었어."

"너 강숙자 씨랑 왜 결혼하지 않았나?"

"결혼할 용기가 없었어. 그를 행복하게 해 줄 자신도 없었고. ……
결혼은 낭만이 아니고 현실이더군. 결혼하는 데 가장 필요한 게 용기
라는 걸 그때는 미처 몰랐어."

"하기는 '인생은 미완성'이라고 하였으니……."

"……."

"너, 숙자 씨 꽤나 쫓아다녔잖아?"

"그럼, 아마 10년은 넘었을 거야."

"그랬다면 끝까지 책임을 져야지."

"내게 온 고기를 놓아준 낚시꾼이 더 멋있잖아."

"너 아직도 그 멋 타령이구나. 근데, 나는 이 세상에서 너한테 받기
만 하고 갚지 못해 어떡하지?"

"무슨 소리야. 그게 몇 푼이나 된다고. 그리고 꼭 물질로 갚아야 하
니. 넌 이미 마음으로 몇 배나 갚았어. 여태 나를 기억해주고, 네 글
에도 어쭙잖은 내 이야기를 몇 번이나 썼잖니. ……고교 시절 네가
그렇게 어려운 줄 좀 더 일찍 알았다면, 휴학하도록 내버려두지는 않
았을 건데."

"고마워. 알고 있어. 휴학해서 일 년 늦은 건 사실이지만, 그 대신
얻은 것도 많다고 생각해. 인생을 좀 살고 보니까, 잃는 게 있으면 새
로이 얻는 게 있고, 또 얻는 게 있으면 잃는 것도 있더라."

"그래, 그건."

지수가 고개를 끄덕이며 말했다.

"나 요즘 글감이 잘 떠오르지 않으면 그 시절 곱씹으면서 자판을 두들겨."

"작가에게는 체험보다 더 좋은 글감은 없지."

그 말은 맞았다. 현이 오늘까지 글을 쓸 수 있었던 것은 고교 시절 학교 다니지 못할 때의 그 절박감이 머릿속에 남아 있었기 때문이다.

"운성, 너도 글 썼잖아."

"연습만 했어. 찰스 램과 같은 스타일의 글을 쓰고 싶었지. 하지만 막상 펜을 드니까 잘 써지지 않더라. 게다가 이민 생활은 펜을 들 만큼 여유롭지도 못했고. ……그동안 꾸준히 글을 쓰며 살아온 네가 부럽다."

"나도 마찬가지야. 괜히 작가가 되겠다고 입문한 걸 얼마나 후회했는지 몰라. 그러면서도 아편쟁이처럼 그 굴레를 헤어나지 못하고 있어. 교직에 있을 때는 학생 가르치는 일에 얽매여 못 쓰는 것 같아 퇴직하고 강원도 산골로 내려왔는데도 마찬가지야."

"끝까지 해 봐, 왜 〈눈물 속에 핀 꽃〉이라는 노래도 있잖았니. 아마 너의 첫 작품이 「국화꽃 필 때면」이었지. 언젠가 너도 그 국화처럼 늦가을 서리를 맞고 활짝 피게 될 거야."

"고맙다. 나의 첫 작품을 여태까지 기억해줘서. 막상 산골로 내려왔지만 갑자기 닥친 자유로운 시간을 유용하게 쓰지 못하고 방황할 때가 많아."

"작가에겐 방황도, 침묵의 시간도 필요해. 네 말대로 꾸준히 작품에 전념하면서 정성을 다하면 언젠가는 네 소망을 이룰 거야."

현은 대답 대신 고개를 끄덕였다.

"참! 네 부모님 안부도 물어보지 못했네."

"……."

"설송, 금세 눈망울이 젖은 걸 보니 네게도 말 못할 가족사가 있나보다."

"……."

"사실 나도 생전에 가족관계로 무척 괴로워했어. 그런데 막상 인간 세상을 떠나니까 다 이해도 되고, 왜 내가 살아 있을 때 좀 더 그분들을 너그럽게 용서치 못했을까 후회도 돼. ……'Nobody's perfect'라는 말처럼. 세상에는 완벽한 사람도, 단란한 가정도 매우 드물어. 오히려 아픔을 앓는 사람들이 더 많아."

지수는 가족들이 서로 부족함을 메우고, 그 아픔들을 서로 보듬고 사는 게 행복한 가정일 거라는, 체험에서 우러난 말을 덧붙였다.

"내가 미처 몰랐던 것을 가르쳐줘 고맙다. 넌 언제나 나보다는 어른스러웠어."

"사실 난 그렇지 못하단다. 평생 외곬으로 살다 떠나왔지. ……설송, 언제 뉴욕을 떠나니?"

"내일."

"좀 더 오래 머물다 가지 않고."

"오늘 허드슨 강변에 가서 네 추도 예배를 하면, 뉴욕에서 볼일은 사실상 다 끝나. 그리고 워싱턴 D.C. 근교 메릴랜드주 아카이브에서 한국전쟁 사진도 수집하는 중요한 볼일도 있고."

"내가 살았더라면 잡아두고 뉴욕 구석구석을 보여줄 텐데. 아무튼 내가 너를 보살필 수는 없지만 뉴욕에 자주 오너라. 특히 허드슨강 언덕에 제비꽃이 필 때가 네 계절 가운데 가장 아름답지."

"너 아직도 제비꽃 좋아하는구나."

"그럼, 나의 첫사랑이었는데."

"남자는 첫 여자를 잊지 못한다고 하더니……."

"……."

철우가 그새 볼일을 마치고 돌아오고 있었다.

"그만 가봐. 이 목사님이 돌아오시네."

"응, 알았어."

지수는 연기처럼 사라졌다. 현은 아파트를 향해 손을 흔들고 벤치에서 일어나 이 목사 승용차로 돌아왔다.

"그만 가볼까?"

이 목사가 승용차의 시동을 걸고 있었다.

"근데 자네가 지수 형이 살던 아파트를 하염없이 바라보며 뭔가 이야기를 나눈 것처럼 보이더라."

"그랬어. 마치 살아 있는 지수를 만난 듯, 우리는 오랜만에 아주 다정히 얘기를 나눴어."

"그렇다면 영혼의 대화였군."

현은 고개를 끄덕였다. 이 목사는 추도 예배 장소에 가고자 플러싱에서 허드슨강 록펠로 전망대 방향으로 차머리를 돌렸다.

"어때, 시골 생활이?"

"이젠 나이 탓인지 시골이 더 좋아. 하지만 그간 사귀었던 사람과는 멀어지더군."

"그건 서울에 살아도 마찬가지일 거야."

"끝까지 남는 것은 결국 자기뿐인 것 같아."

"그럼, 그리고 죽은 뒤에 남는 것은 자기가 이 세상을 위해 한 일들이야."

이 목사는 애초 자기도 은퇴 후 고국의 시골로 돌아가려고 했는데, 이즈음은 좀 더 의미 있는 일을 찾고 있다고 말했다. 마침 지수가 자기 아파트와 약간의 돈을 교회에 기부하여 여태 은행에 예치해두고 있다. 교회 장로님들과 상의해 그 돈에다 다른 기부금을 더 보태 해외 선교 사업이나 다른 봉사 사업을 할까 생각 중이라고 말했다.

"자네가 목사님이 된 건 뜻밖이다."

"하촌 선생님이 '한 치 앞도 내다보지 못하는 게 인생'이라고 하신 말씀 생각나?"

"그럼. 고3 때 국어 선생님, 서예가이셨잖아."

이 목사는 인생 역정을 얘기했다. 한국의 한 무역상사 직원으로 미국에 와서 물질의 풍요를 누리며 사는데, 어느 날 갑자기 삶에 대한 회의가 왔다. 그래서 좀 더 보람 있게 사는 길이 뭘까 고민하다가 끝내 회사에 사표를 던지고 다시 현지에서 신학을 공부했다는.

이런저런 얘기를 나누는 새, 이 목사의 차는 그림처럼 아름다운 허드슨강 언덕 록펠로 전망대에 닿았다. 초겨울이라 이미 대부분 활엽수들은 나목이었다.

이 목사는 지수의 유언을 들어줄 장소를 물색하다가 문득 이곳이 떠올라 현지 답사 후 여기로 정했다. 마침 강언덕에는 소나무도 있는 데다가 마침 그 옆에는 제비꽃도 활짝 피어 있었다. 그래서 그 소나무와 제비꽃 사이에 땅을 조금 판 다음 지수의 유해를 묻었다고 선정 이유를 말했다.

"잘했네. 수목장이군. 나도 그렇게 하려고 해. 세계 여러 나라를 두루 돌아다녀보아도 한국처럼 요란스럽게 묘지 만드는 곳은 없더군."

"그럼, 내 땅이라고 자기 마음대로 묘지를 요란하게 쓰는 것은 자연 파괴 행위로 반문명적인 처사야. 땅이 넓은 미국 사람들도 묘지는 한두 평이고, 그나마 모두 평장을 하지."

그 말에 현은 지난번 방미 때 로스앤젤레스의 한 공원묘지를 둘러본 얘기와 자기 유해를 한 줌의 재로 드넓은 바다에 뿌리게 한 중국의 저우언라이(周恩來)와 덩샤오핑(鄧小平) 얘기를 했다.

"근데, 지수 형은 왜 하필 제비꽃을 좋아했을까?"

이 목사는 그 연유를 잘 모르고 있었다.

"글쎄다. 내가 얼핏 듣기로 이따금 자기 연인 강숙자 씨를 제비꽃에 비유하더군. 아무튼 고인이 원하는 장소로는 아주 안성맞춤이다."

"그런 사연도 있었군."

록펠로 전망대 언덕 아래는 허드슨강이 유유히 흐르고, 강 건너편 맨해튼 시가지가 한눈에 들어왔다.

"지수 형의 유해를 이곳에 모신 뒤 이 길을 지날 때 이따금 차를 세우고 잠시 묵도를 드리고 가지."

이 목사는 낙엽이 수북이 쌓인 잔디밭을 지나 마침내 지수의 유해를 뿌린 소나무 추모목 옆으로 갔다. 이도영은 약속 시간에 맞춰 록펠로 전망대에 도착했다. 곧이어 제니 정도 왔다. 일행은 추모목 옆에 다가가 깊이 고개 숙였다. 이 목사는 성경과 찬송가를 폈다.

"묵도로써 고 장지수 형제의 추도 예배를 시작하겠습니다. ……하나님 아버지! 오늘 우리의 발걸음을 사랑하는 장지수 형제가 있는 곳으로 인도해주심에 감사드립니다. 아버지, 특별히 크신 은혜를 주셔서 그동안 서로 멀리 떨어져 마냥 그리워하던 조현 형제가 이제 때가 되어 머나먼 이곳까지 발걸음을 하도록 인도하여주심에 감사드립니다. 이제 장지수 형제는 우리와 육신으로 함께 같이 있을 수 없지만, 지금 하늘나라에서 우리를 내려다보면서 기다리고 있을 줄 믿습니다. 아버지 하나님! 우리가 다시 그를 만날 수 있게 해주시옵소서.

……장지수 형제가 우리에게 남긴 참회와 회개, 그리고 '용서'의 교훈을 오늘 이 자리에서 다시 한 번 마음에 새기면서 이를 깨닫고, 우리가 가족과 이웃에게 그 용서를 실천할 수 있는 능력을 주시옵소서. 예수님의 이름으로 기도합니다. 아멘.

찬송가 455장입니다."

주 안에 있는 나에게 딴 근심 있으랴
십자가 밑에 나아가 내 짐을 풀었네
주님을 찬송하면서
할렐루야 할렐루야
내 앞길 멀고 험해도
나 주님만 따라가리

"오늘 성경말씀은 마태복음 18장 21절부터 22절 말씀입니다."

그때에 베드로가 나아와 이르되 주여 형제가 내게 죄를 범하면 몇 번이나 용서하여주리이까 일곱 번까지 하오리까. 예수께서 이르시되 네게 이르노니 일곱 번뿐 아니라 일흔 번씩 일곱 번이라도 할지니라.

"이 말씀은 '용서'에 대한 예수님의 가르침입니다. 너희들이 일흔 번씩 일곱 번이라도 네 이웃의 죄를 용서해주어라. 예수님은 눈은 눈으로, 이는 이로 원수를 갚는 그러한 세상이 아니라, 너희들은 원수가 오른뺨을 때리면 왼뺨도 대라고 가르치셨으며, 십자가에 못 박혀 돌아가시면서까지 못 박는 사람들을 용서해달라고 하느님께 기도를 드린 분입니다. ……누군가를 용서한다는 것은 그리 쉬운 일이 아닙니다. 용서한다는 것은 더 큰 사랑, 더 큰 인내를 필요로 하는 사랑입니다. ……우리가 우리에게 죄지은 자를 용서해준 것같이 우리의 죄를 용서해달라고 말할 때, 우리는 용서에만 강조를 두고, 우리의 죄를 잊어버릴 때가 있습니다. 우리 모두는 죄가 있습니다. 우리는 자신의 죄에 대한 용서를 구하기 이전에 먼저 자신의 죄를 참회하고 회개해야 합니다. 그리하여 참회하고 회개하는 이웃의 죄를 우리가 용서하고 화해할 수 있는 그러한 힘을 허락해달라고 기도해야 합니다. ……사람은 누구나 불완전합니다. 지수 형제는 당신 가족들이 이복동생에게 저지른 죄를 진정으로 참회하고 회개하면서 하나님 앞에 죄인으로 속죄하며 살았습니다. 지수 형제는 먼저 자신의 죄를 참회하고 회개한 뒤, 가족들의 죄를 하나님에게 사면해달라고 용서를 구하였습니다. 지수 형제는 하나님 앞에 자신의 죄에 대한 진정한 참회와 회개의 자세를 보여주고 우리 곁을 떠났습니다. ……

기도하겠습니다. 하나님 아버지, 감사합니다. 오늘 우리에게 지수 형제를 통하여 가족과 이웃의 잘못을 용서하는 삶을 깨닫게 해주신 데 대하여 깊이 감사드립니다. 우리가 이 세상에서 '오래 살았느냐, 짧게 살았느냐'를 보시는 게 아니라, 어떻게 살았느냐를 보시는 하나님 앞에 감사드립니다. 지수 형제가 자신의 죄에 대한 참회와 회개의 자세를 보여주고, 아름다운 믿음의 길로 이끌어주신 하나님의 크신 은혜에 감사드립니다.

하나님 아버지시여, 지수 형제의 참회, 그리고 회개 자세와 그 믿음의 길을 본받고, 지수 형제의 용서에 대한 귀한 가르침을 새겨 우리가 하나님 앞에 부끄럽지 않은 길을 함께 갈 수 있도록 큰 은혜를 주시옵소서. 아버지시여, 오늘 먼 고국 땅에서 평소 지수 형제를 마음속에 간직한 채 보고 싶어 하고, 그리워하던 조현 형제가 이제 수륙만리도 멀다 하지 않고 이곳으로 달려와 사랑하는 친구의 유해가 묻힌 이 자리에 서 있습니다. 하나님께서 조현 형제의 마음속에 위로와 평안을 주시고, 오늘 이후 그들이 다시 만날 수 있는 길로 인도해 주시옵소서. 아울러 바라기는 아직도 남과 북으로 나뉘어져 있는 우리 형제자매들도 지난날 자신이 저지른 죄를 깨닫고 참회하며 서로를 용서하게 도와주소서. 이 모든 말씀 예수님의 이름으로 기도하옵나이다. 아멘.

우리 다같이 '주기도문'으로 오늘 추도 예배를 모두 마치겠습니다."

이 목사의 말씀에 따라 추도객들이 주기도문을 나직이 읊조렸다.

"하늘에 계신 우리 아버지여! 이름이 거룩히 여김을 받으시오며, 나라이 임하옵시며, 뜻이 하늘에서 이룬 것같이 땅에서도 이루어지이다. 오늘날 우리에게 일용할 양식을 주옵시고, ······우리가 우리에게 죄지은 자를 사하여준 것같이······ 우리의 죄를 사하여 주옵시고,

……우리를 시험에 들게 하지 마옵시고…… 다만 악에서 구하옵소서. 나라와 권세와 영광이 아버지께 영원히 있사옵니다. 아멘"

초겨울임에도 지수의 추모목 소나무는 푸르름을 잃지 않고 싱싱하게 자라고 있었다. 하지만 그 언저리에 제비꽃은 볼 수가 없었다. 언덕 아래 허드슨 강물은 소리 없이 흐르고, 강 건너 맨해튼의 마천루들은 뿌연 연무 속에 가물가물 보였다. 추도 예배가 끝나자 제니 정은 이 목사 앞으로 다가서며 말했다.

"목사님! 이 자리를 빌려 아버지의 잘못에 대하여 용서를 빌고 싶어요."

제니 정은 홀로 다시 추모목을 향해 한 걸음 다가가 고개 숙였다.

"하나님 아버지, 그리고 장지수 아저씨! 저희 아버지의 죄를 용서해주소서……."

그는 조용히 흐느꼈다. 그러자 이 목사가 제니 정 곁으로 다가가 말했다.

"하나님도, 고 장지수 성도도 이미 제니 정 아버지를 용서하였습니다."

그러자 제니 정은 어깨를 들썩이며 말했다.

"아버지는 돌아가시기 전까지도…… 늘 괴로워하셨습니다."

"사람은 누구나 잘못을 저지를 수 있습니다. 그 잘못을 참으로 깨닫고 회개하는 게 더욱 중요합니다. 고 정용배 성도는 이미 자기 잘

못을 깨닫고 회개하였으며 벌써 하나님으로부터, 그리고 장지수 성
도로부터 용서를 받았습니다."

제니 정은 한참을 더 울먹인 후 그제야 고개를 들었다.

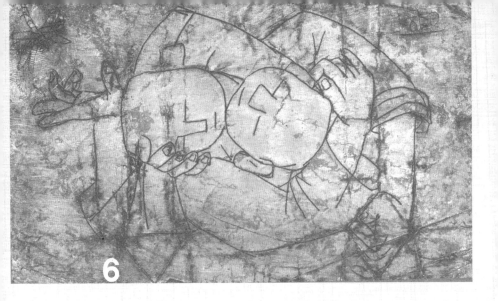

6

영혼의 대화

영혼의 대화

         산중다원에서 차담을 나눈 지 그새 두 시간이나 흘렀다. 강숙자는 지수 추도 예배 대목에서는 눈물을 주르르 흘렸다.

    "죄송해요, 저 잠깐 실례하겠어요."

    그는 화장실로 갔다. 아마도 참았던 울음을 터뜨린 다음 얼룩진 화장을 고치려고 그런 모양이었다. 잠시 후 그가 돌아온 뒤 현도 화장실을 다녀왔다. 다시 두 사람은 마주 앉았다.

    "허드슨 강변의 추도 예배가 무척 간곡하게 치러졌네요. 문득 저도 그곳을 찾고 싶네요. 허드슨 강변 록펠로 전망대라고 하셨지요."

    "네, 마침 여기에 지명을 적어 왔습니다."

    현은 주머니에서 수첩을 꺼내 펼친 뒤, 이 목사가 적어준 '팰리세

이드 인터스테이트 파크웨이 록펠로'라는 영문 지명을 보여줬다. 강숙자는 핸드백에서 자기 수첩을 꺼내 적으면서 말했다.

"자상히도 적어두셨군요."

"다음에 찾을 때 택시기사에게 보여주려고 그랬습니다. 강 교수님이 그곳을 찾아가면 그 친구가 무척 반가워할 겁니다."

"나를 버린 그 사람이 그럴까요."

"아마도…… 그 친구는 아주 휘파람을 불면서 나타날 겁니다."

"정말, 그럴까요?"

강숙자는 조금 전과는 달리 활짝 웃으며 말했다.

"그럼요. 고교 시절 강숙자 학생을 따라다닐 때처럼……."

그 말에 강숙자는 싱긋 웃었다.

"그곳에 며칠 머물면서 허드슨강 언덕을 화폭에 담고 싶네요."

"아주 훌륭한 작품이 될 것 같습니다. 화제는 '허드슨강 언덕의 제비꽃'이 어떨까요."

"아무튼 작가의 상상력은 대단하십니다."

조용한 가야금 산조가 흐르던 산중다원 실내 음악이 〈그 집 앞〉이라는 가곡으로 바뀌었다. 산중다원 주인이 새로이 인삼차를 차상 위에 두고 갔다.

"다행히 이 노래가 담긴 CD가 이 찻집에 있네요. 차도 새로 주문했습니다."

강숙자는 좀 전과는 달리 활짝 웃었다.

"감사합니다. 이번 차는 제가 사지요."

"그럼, 그렇게 하세요."

그새 〈그 집 앞〉 가곡이 끝나고 다른 곡으로 이어졌다.

"참! 이 노래 지수가 많이 좋아했지요."

"그랬습니다. 대학 시절에 제가 도봉산이나 송추계곡으로 스케치 나갈 때면 지수 씨가 배낭을 메고 따라왔어요. 제가 이젤을 세우고 언저리 풍경을 스케치하면 지수 씨는 곁에서 코펠에다가 버너 불을 켜서 요리를 했어요. 왜 그때는 유원지에서 취사도 할 수 있었잖아 요."

"저도 언젠가 그 이야기를 들었습니다. 제비꽃 이야기도."

"어머……."

강숙자는 갑자기 얼굴을 붉혔다.

"벌써 반세기 지난 이야기인데 아직도 얼굴을 붉히세요."

"그때를 되새기니까…… 지수 씨는 밥을 지으면서 내내 〈그 집 앞〉 을 흥얼거리거나 휘파람으로 불었어요."

"노래만 부른 게 아니라 실제 노랫말처럼 숙자 씨 집 앞을 서성거 렸다지요?"

"그랬지요. 그 당시 우리 동네 통반장도 다 알 정도로."

"그림을 그리는 연인 곁에서 밥하는 남자? 그 장면을 연상하니까 참 멋있는데요."

"저도 가끔은 그 시절의 추억에 잠겨요. 그럴 때는 저절로 미소가

지어지지요."

"혼자만 간직하셨습니까?"

"그랬습니다. 왜 귀중한 것은 남에게 감추잖아요."

"지수도 제비꽃 이야기만은 이 목사님에게도 말하지 않았나 봐요."

"어쩌지요. 우리 두 사람만이 간직한 비밀을 조 선생님은 다 알고 있어서?"

"저 소문 안 낼게요."

"배려해주셔서 감사합니다. 하지만 작품에는 그 얘기 쓰시면 안 돼요."

"알겠습니다."

강숙자가 새로 주문한 차를 현의 잔에 따랐다.

"국화차예요."

"아, 예. 향이 좋군요."

현은 그 차를 조금씩 마시면서 말했다.

"지수, 그 친구 요리 솜씨가 일품이었지요?"

"그럼요."

강숙자는 그때 얘기를 했다. 야외에서 밥이 다 되면 그 자리에서 함께 먹었는데, 그 맛이 일품이었다고 말했다. 한번은 지수가 집에서 프라이팬까지 가지고 와서 잡채를 만들었다는데 그 맛은 지금까지도 혀끝에 남아 있다고, 그래서 강숙자는 지금도 잡채를 좋아한다고 말했다.

"그의 취미는 배우들 캐리커처 그리기와 요리 등이었지요."

"매우 치밀하고 자상했지요……."

강숙자는 그 말을 마치지 못한 채 다시 침울해졌다. 현은 화제를 돌렸다.

"제가 신문 배달할 때 그 친구가 목 자른 워커를 구해준 일이 있었지요. 그 워커 때문에 제가 뉴욕행 비행기를 탔습니다."

"아무튼 대단한 워커군요. 저도 그런 추억이 많아요. 대학 시절 한 번은 제가 몹시 아파 입원을 했는데 그 기간 매일 강의가 끝나면 찾아와 저물도록 꼬박 제 곁을 지켰어요."

"정말 그 친구 다정다감했습니다."

그 말에 이어 현은 다시 뉴욕 이야기를 했다.

이 목사는 추도 예배가 끝나자 가까운 한식집으로 안내했다. 거기서 네 사람은 늦은 점심을 먹었다. 현은 밥을 먹자 곧 식곤증으로 금세 하품이 나오며 눈이 저절로 감겼다. 이 목사는 그 낌새를 알고, 그날 오후 맨해튼 관광은 저녁으로 미룬 뒤 곧장 자기가 예약해둔 숙소로 안내하려고 했다. 그러자 이도영은 이 목사에게 그 숙소 이름과 위치를 확인했다. 그는 다음 날 아침 그곳으로 와서 현을 메릴랜드주 내셔널아카이브까지 자기 승용차로 데려다주겠다고 약속한 뒤 떠났다. 제니 정도 거기서 헤어졌다. 그는 떠나기 직전 현에게 카드를 전했다. 그러면서 자기가 떠난 뒤에 펴보라고 말했다. 현은 이 목사의 차에 오른 뒤 카드를 폈다. 100달러짜리 지폐 석 장과 속지에는 이렇게 씌어 있었다.

조현 선생님!
지수 아저씨의 영혼을 달래고자 멀리 찾아오신 우정에 감사드려요. 저도 어려서부터 지수 아저씨를 무지 좋아했어요. 그런데 아버지는 지수 아저씨를 많이 괴롭혔어요. 아버지는 돌아가시기 직전에 이곳을 자주 찾으셨지요. 아마 지수 아저씨는 하늘나라에서 편히 사실 거예요. 그럼, 안녕히 돌아가세요.

2010. 11. 29. 제니 정 올림

"카드에는 편지와 돈이 들어 있네."

"여비에 보태 써. 아마 자기 아버지 대신 지수에게 진 빚을 갚는 마음으로 자네에게 준 모양이야."

"용배는 지수에게 무슨 빚을 졌다는 거야?"

"그 형은 걸핏하면 지수를 찾아와 많은 돈을 얻어간 걸로 알아. 지수 형이 슬롯머신에 손을 댄 것도, 그리고 나중에 알코올중독에 빠진 것도 다 그 형이 인도한 셈이지."

"용배는 어떻게 세상을 떠났어?"

"이태 전 크리스마스 다음 날인가 롱아일랜드 해변에서 자기 권총을 이마에 대고……. 그 형 장례식도 내가 주관했지."

"……"

현은 잠시 눈을 감았다. 정용배 아버지는 일본 릿쿄대학 출신으로 자유당 때 국회의원이었다. 그는 정계와 재계에서 대단히 이름을 날렸다. 하지만 그는 4 · 19 후 추락했다. 용배는 대학 졸업 후 곧장 중앙정보부에서 근무했다. 어느 하루 한 운동권 학생을 추적하다가 사망케 했다. 그게 크게 문제되자 미국으로 튀었다. 용배는 미국에 온 뒤 가져온 돈이 떨어지자 지수의 도움을 많이 받았다. 용배는 학교 다닐 때부터 술과 도박을 좋아했다. 그 때문에 중정에서도 특수활동비에 유혹당하여 과욕을 부리다가 사고를 쳤다. 미국에 와서는 부인에게 이혼까지 당했다는, 사연이 많은 사람이라고 이 목사는 그의 굴곡진 이력을 전했다.

이 목사가 안내한 곳은 뉴저지주 칼스테드 숲 속의 한 아담한 호텔이었다. 그는 김윤호와 약속한 저녁 모임 시간에 맞추고자 5시에 호텔로 오기로 약속하고는 교회로 돌아갔다. 현은 객실로 들어온 뒤 겉옷만 벗고 곧장 침대에 쓰러졌다. 잠이 폭포수처럼 쏟아졌다.

현은 두어 시간 눈을 붙였다. 잠에서 깨어나자 몸이 아주 가뿐했다. 오후 4시 30분이었다. 침대에서 벌떡 일어나 그제야 가방을 열어 짐을 챙긴 뒤 샤워를 했다. 욕실에서 몸을 닦고 밖으로 나와 막 새 옷으로 갈아입는데 이 목사로부터 전화가 왔다. 부인과 같이 호텔로 오고 있다고 하면서, 5시 정각에 호텔 주차장에서 만나자고 했다. 현은 서둘러 옷을 입고 주차장으로 나갔다. 곧 이 목사의 차가 도착했다. 이 목사 부인은 초면이었지만 인상이 서글서글한 게 친밀감이 갔다. 현은 부인과 가벼운 목례를 나누고 차에 올랐다. 부인은 굳이 앞좌석을 양보하여 현은 이 목사 곁에 앉았다. 운전대를 잡은 이 목사는 도로 사정이 어떨지 모르지만 맨해튼에 일찍 도착하면 그 일대를 한 바퀴 돌아보자고 안내를 자청했다.

현은 6년 전 뉴욕에 거주하는 한 제자의 안내로 맨해튼 일대를 이미 둘러본 적이 있었다. 하지만 이 목사는 멀리서 온 고국의 옛 친구를 위해 굳이 맨해튼 안내를 하고픈 모양이라 그의 뜻에 맡겼다. 뉴저지에서 맨해튼으로 가는 홀랜드 터널은 퇴근 시간이면 늘 길이 막힌다고 했다. 하지만 그날은 그리 붐비지 않았다.

그들은 먼저 맨해튼 최남단 로어 맨해튼 배터리 파크에서 자유의 여신상을 바라본 뒤 곧 흔적도 없이 사라진 세계무역센터 자리로 갔다. 2001년 9월 11일, 110층짜리 쌍둥이 빌딩이 하루아침에 신기루처럼 사라져버렸다. 그들은 차에서 내려 애꿎게 목숨을 잃은 영령들에게 잠시 묵념을 드렸다. 이 목사가 나직이 말했다.

"성서에 홧김에 남을 때리면 그 몽치에 자신이 맞는다고 했어."

그러고는 혼잣말처럼 중얼거렸다.

"사람들은 너나없이 자기 잘못은 회개하지 않고, 서로 상대의 잘못만 탓하고 있어. 그런 탓으로 이 문명 세상에도 이런 재앙이 꼬리를 물고 있는 거야."

그 말에 현이 말했다.

"그야말로 아수라 무간지옥이 따로 없었군."

"이런 일에는 아무래도 많이 가지거나 더 배운 자들의 책임이 더

커. 피차 파멸한 뒤 그제야 자기 잘못을 뉘우쳐도 아무런 소용이 없는 거지."

이 목사의 승용차에 올랐다. 현은 이 목사의 안내로 사진이나 화면으로 눈에 익은 엠파이어스테이트, 유엔 본부, 크라이슬러 빌딩 등을 다시 한 번 더 눈요기하고는, 뮤지컬과 연극의 본고장인 브로드웨이 등지도 둘러봤다.

그들 일행이 맨해튼 미드타운의 한 한식집에 들어가 막 자리에 앉자 곧 김윤호가 뒤따라 들어왔다. 현은 40여 년 만에 그를 만나는데도 고교 시절 그 모습이었다. 다만 창이 좁은 까만 중동 교모 대신에 뉴욕 양키즈 구단 문양이 새겨진 모자에 간편한 캐주얼 복장이었다. 그의 바지통은 고교 시절이나 별반 다름이 없었다. 그는 예순이 넘었지만 여태 얼굴에 주름 하나 없는, 시간이 정지된 삶을 살고 있었다.

이 목사가 윤호는 아직 미혼이라고 슬쩍 귀띔했다. 그는 여태 미국인 회사에 다니는데, 막 퇴근하는 길이라고 했다. 윤호는 아직도 청년 뉴요커로 프로야구와 농구, 뮤지컬과 재즈를 즐기는, 만년 자유인으로 보였다. 이 목사는 지수가 독신주의자가 된 데는 윤호의 책임도 크다고 말했다. 윤호는 그 말에 긍정도 부정도 하지 않았다. 그는 줄곧 여자친구는 사귀면서 지낸 것 같았다. 하지만 현은 그 사실을 본인에게 묻지 않았다. 식사 전, 이철우 목사가 기도를 드렸다. 그 식사가 끝나자 주로 윤호가 지수에 대한 추억담을 얘기했고, 이 목사와 부인은 그 이야기에 일화를 덧보탰다.

윤호가 말하기를, 지수는 자기와 마지막까지 같이 지냈지만 자존심이 무척 강해 자기 집안이나 가족 얘기는 별로 하지 않았다. 어쩌다가 가족 안부를 물으면 몹시 싫어하더라고 말했다. 윤호는 오래전에 하늘나라로 간 친구를 아름답게 추억하고픈지 지수의 상흔을 더이상 깊게 얘기하지 않았다. 이 목사도, 이 목사 부인까지도 좋은 얘기만 했다. 현 역시 굳이 지수의 아픈 궤적을 더 자세히 묻고 싶지도, 꼬치꼬치 물을 분위기도 아니었다. 그동안 주고받은 메일과 뉴욕에서 들은 얘기를 종합하여 퍼즐을 맞춰보면 지수의 지난 삶을 어렴풋이 그릴 수 있었다. 지수는 가족 간 반목으로 몹시 불우했으며, 미국 이민 생활도 그리 순탄치 않았다. 지수 이야기를 듣는 동안 현의 눈은 내내 젖어 있었다. 윤호가 말했다.

"친구, 잘 왔다. 자네가 온다는 소식 듣고는 얼마나 반가웠는지 몰라."

"늦게 와서 미안해."

"서울과 뉴욕이 어딘데. ……자네가 나 대신 지수의 유언을 들어줘야겠다."

"무슨……?"

윤호는 주머니에서 낡은 가죽 지갑과 만년필을 꺼냈다. 지수가 임종 며칠 전에 자기는 아무래도 곧 죽을 것 같다고 하면서, 나중에 한국에 가거든 강숙자를 찾아 자기가 진정으로 '숙자 씨를 사랑했다'는 말을 대신 전해달라는 유언을 했다. 지수가 죽은 뒤, 윤호는 두 차례 한국에 갔으나 강숙자의 거처를 수소문해도 도무지 알 수 없었다. 그래서 두 번째 귀국 때는 주소라도 알고자 수송동 숙명학교로 찾아갔더니 학교조차도 강남으로 이전을 했기에 그만 출국 시간에 쫓겨 그냥 뉴욕으로 돌아왔다고 말했다.

"귀국하면 꼭 강숙자 씨를 찾아 지수의 말을 전해줘라. 그리고 이 지갑도."

윤호는 두 개 모두 지수가 아끼던 물건인데, 가죽 지갑은 대학 시절 자기 생일날 숙자 씨에게 받은 생일 선물이라고 했다. 그리고 파카만년필은 지수가 죽기 전까지 썼던 것으로, 윤호가 지수 대신 현의 미국 방문 기념으로 선물한 것이라고 했다.

"지수가 살았더라면 더 좋은 선물을 줬을 거야."

"무슨, 나에게는 이보다 더 값진 선물은 없어."

현은 윤호가 준 만년필과 가죽 지갑을 받아 살펴본 뒤 가방에 넣었다. 그새 밤이 꽤 깊었다. 네 사람은 자리에서 일어섰다. 윤호는 철우가 승용차로 데려다주겠대도 지하철이 더 빠르다면서 먼저 어둠 속으로 사라졌다. 그가 바람처럼 지하로 사라지는 그 뒷모습은 왠지 쓸쓸하게 보였다. 그래서 현은 혼잣말처럼 한마디 하면서 이 목사 차에 올랐다.

"누가 저 친구를 60대로 볼까? 하지만 어딘지 뒷모습이 쓸쓸해 보이네."

이 목사는 핸들을 잡은 채 말했다.

"그건 자네 생각이야. 그 형은 지금도 한 번 사는 인생인데, 굳이 골치 아프게 살 필요 없다고 생각하면서 자유롭게 사는 거야."

뉴요커 가운데는 독신주의자가 많다. 그들은 이성을 친구 이상이나 이하도 아닌 관계로 사귀면서, 서로에게 부담을 주지도 않는다. 그들은 가정이라는 굴레를 골치 아프게 만들지도 않을뿐더러, 철저히 자기를 사랑하고 인생과 예술, 그리고 스포츠를 즐기면서 자기 삶을 살아간다고 이 목사는 말했다.

"요즘 한국에서도 독신주의자가 부쩍 늘어나고 있어. 소득 수준이 높아지고 여성들의 사회 진출이 늘어나면서부터 유행하는 것 같아."

"경제적으로 자립한 여성들이 굳이 가정이라는 족쇄에 얽매이지 않으려는 풍조지. 아마 앞으로 이런 풍조는 더 늘어날 거야. 그와 아울러 출산율도 급격히 떨어질 거고. 그들을 '딩크족'이라고 불러."

"윤호는 왜 독신주의자가 되었을까?"

현은 그 점이 궁금해 물었다.

"나도 잘 몰라. 얼핏 듣기로는 어릴 때부터 부모 없는 전쟁고아로 할머니 품에서 자랐다는 것밖에는."

"나는 무척 다복한 가정의 귀공자로 알았는데……."

이 목사의 승용차는 맨해튼을 빠져나와 뉴저지로 가는 링컨 터널을 막 지나고 있었다. 현은 문득 지수의 유해가 뿌려진 곳을 한 번 더 보고 싶었다.

"지수 산골 장소와 우리가 지금 가는 길과 멀어?"

"아니, 조금만 돌면 돼."

"그럼, 다시 한 번 그곳에 들러줄까?"

"그렇게 하지. 자네가 엄청 벼르고 온 먼 길이었는데…… 한 번의 추도 예배로는 아쉬움이 많을 테지."

이 목사는 곧 록펠러 전망대 아래에다 승용차를 세웠다. 그 일대는 야간 출입금지라 낮처럼 추모목 가까이 다가가지 못했다. 현은 전망대 아래에서 허드슨강을 내려다보았다. 허드슨 강물은 소리 없이 흘렀다. 강 너머 맨해튼은 온통 불빛으로 찬란했다. 현은 거기서 추모목을 향해 고개를 숙였다.

"설송, 왜 또 왔니?"

"네가 잠든 곳을 한 번 더 보려고. 나 내일 아침 이곳을 떠나."

"그래, 잘 왔어. 사실은 나도 무척 아쉬웠다."

"이심전심이었군."

"근데 너, 왜 학교에서 정년 전에 그만뒀니?"

"오래 교단에 섰기도 하였고, 위선으로 사는 것도 싫었고……."

"무슨 말이야. 선생님 생활이 위선이라니?"

"학생들 앞에서는 진리, 도덕, 양심을 가르치면서 내 삶은 그렇지 못한 걸 깨달았기 때문이야."

"그런다고 교단을 떠나는 것은 현실도피요, 패배가 아닐까?"

"글쎄, 그렇게 말할 수도 있을 테지. 그래서 글로써 우리 사회를 변화시키고 싶었어. 왜 '펜은 칼보다 더 강하다'는 말이 있잖아."

"그래서 그런 글은 좀 썼니?"

"아니, 못 썼어. ……그 까닭은 '너는 뭐냐'라는. 그동안 내가 살면서 체험한 바로는 사상, 제도, 이념보다 결국은 사람이 문제더군."

"그럼, 사람이 가장 중요하지."

"난 그런 사실을 뒤늦게 깨달았어. 그래서 의롭거나 아름답게 산 사람들을 찾아다녔지."

"좋은 착상이었다. 앞으로는?"

"세대와 세대, 나라와 나라 사이의 가교를 놓는 글이나 젊은 세대들이 우리나라 역사를 바르고 쉽게 이해할 수 있는 그런 글을 쓰고 싶어."

"나도 잘 되기를 빌어줄게."

"고마워. 운성, 이번도 너한테 받아만 가네."

"뭘?"

"윤호가 네가 쓰던 만년필을 주더군."

"그랬니. 윤호가 잘 생각했네. 내 손때 묻은 만년필을 설송이 쓴다고 하니 나도 기분 좋다."

"이즈음에는 노트북 자판을 두들기지만 꼭 손으로 써야 할 때는 네 만년필로 쓸게."

"네 글씨는 설송체로 원래 멋있잖니?"

"별 걸 다 기억하고 있구나."

"나, 부탁 하나 할까?"

"해봐. 조금 전에는 없다고 하더니."

"너 귀국하거든 꼭 숙자 씨를 찾아 내 말 전해줘. 흔해빠진 말이지만 '내가 정말 사랑했다'고. 그리고 '나의 잘못에 대한 용서를 빈다'고. 내가 책임도 지지 못할 온갖 달콤한 말로 그의 영혼을 마구 흔들어놓았거든."

"아까 윤호에게도 그런 부탁을 받았어."

"응, 내가 윤호에게도 부탁한 적이 있었지. 하지만 걘 숙자 씨를 만나지 못했잖아."

"알았다. 내가 귀국하면 어떻게든 가장 먼저 숙자 씨를 찾아 네 말을 꼭 전해줄게."

"숙자 씨가 행복하게 살았으면 좋겠다. 아마…… 행복하게 살 거야. 그 사람은 정갈하고 딱 부러지는 사람이었거든."

"그런 성격이라면 고독하게 살지도 몰라."

"그럴까?"

"네 말 그대로 전할게. 다른 건?"

"그만 됐어. 이제 그만 가봐. 이 목사님 부부가 기다리고 있잖아."

"알았어. 다음에 올 때는 나 혼자 시간을 넉넉히 잡아 와서 오래오래 머물다가 갈게."

"고맙다. 너 진짜로 의리의 사나이구나. 아무튼 여행 많이 하고 글

많이 써라."

"알았어. 그동안 웬만큼 쏘다녔지. 유럽, 중국, 일본, 러시아, 북한까지도."

"뭐! 북한까지도 다녀왔어?"

"그럼."

"글을 쓰려면 현장감 없이는 어렵지. 앞으로 열 권 이상은 더 써라."

"그렇게나 많이."

"넌 그렇게 쓸 수 있을 거야. 고교 시절부터 닦은 솜씨가 아니니."

"노력할게. 그런데 난 네 호를 잘못 지어준 것 같아."

"아니야, 난 운성(雲城)이란 호를 무척 사랑했다. 오히려 내가 철저하게 '구름의 성'이 되지 못한 게 오히려 아쉬워."

"너를 만나 이런저런 얘기를 나누니까 내 마음이 이렇게 편해질 줄이야."

"우린 단짝친구였으니까."

"그래, 우리는 그런 친구였어."

"그럼, 세상 사람들이 알면 샘낼 정도로……. 에드가 앨런 포 「애너벨리」의 한 구절처럼."

"네 음성으로 그 시의 원문을 듣고 싶구나."

"알았다. 내가 제대로 암송할지 모르겠다만……."

It was many and many a year ago, In a Kingdom by the sea, That a maiden there lived whom you may know By the name of ANNABEL LEE; ……

(아주 오랜 옛날, 바닷가 어느 왕국에 한 소녀가 살았습니다. 당신도 알지 모를 애너벨리라고 하는…….)

그의 음성은 점차 멀어갔다. 현은 귀를 기울인 채 허공을 향해 활짝 웃으며 손을 흔들었다.

현은 이 목사의 차에 올랐다.

"기다리게 해서 죄송합니다."

현은 이 목사 부인에게 미안함을 전했다.

"아니에요, 선생님. 마치 아름다운 영화의 한 장면을 보는 듯했어요."

"좋게 봐주셔서 감사합니다."

이 목사가 시동을 걸면서 말했다.

"너무 아파하지 마. 지수 형은 지금 하늘에서 기쁜 마음으로 우리를 내려다보고 있을 거야."

"그래서 그런지 지금 내 마음은 참 편해. 조금 전 우리는 웃으면서 작별했어."

"사람의 죽음이란 별게 아냐. 우리도 머잖아 곧 지수 형을 따라갈 거야."

"죽음이란 목동이 소를 먹인 다음 집으로 데려가는 거라고 하기도 하고, 군인이 그 임무를 끝내고 제대하는 거와 같다고 비유하더군."

"아주 적확한 말이군."

이 목사의 차는 교회 앞에서 멎었다. 현은 이 목사의 뒤를 따라 예배당으로 들어갔다. 조촐하고 아담했다. 이 목사는 예배당 가운데쯤의 한 의자를 가리키며 말했다.

"여기가 지수 형이 늘 앉아 예배 보던 자리였어."

현은 그 자리로 가 앉은 뒤 눈을 감았다.

"참 다행스러운 것은 지수 형이 소천하기 전에 당신 아버지를 용서한 점이야. 그때 그 순간 지수 형의 표정이 어찌나 밝던지……. 아버지는 누구인가? 바로 나에게 생명을 주신 분이 아닌가."

이 목사의 말이 현의 가슴에 파고들었다. 현도 한때 아버지를 얼마나 원망하였던가? 일제와 해방, 한국전쟁 등 격동의 세월을 살아온 한국의 아버지들은 대부분 거센 세파에 살아남기 위해 당신 삶이 온통 얼룩졌다. 현은 눈을 감고 깊이 머리 숙여 지수의 명복을, 그리고 자기 아버지의 명복도 빌었다. 또한 지수 부모님에게도. 이 목사는 현의 곁에서 성경을 펼쳐들고는 나직이 낭독했다.

어떤 사람이 두 아들이 있는데 그 둘째가 아비에게 말하되 "아버지여 재산 중에 내게 돌아올 분가 몫을 주소서" 하는지라. 아비가 그 살림을 각각 나눠 주었더니 그 후 며칠이 못 되어 둘째 아들은 재물을 다 가지고 먼 나라에 가 거기서 허랑방탕하여 그 재산을 허

비하더니, …… (누가 15 : 11~)

"아버지가 재산을 다 탕진한 둘째 아들을 용서해주시고, 그를 기꺼이 받아주었기 때문에 마침내 집안에 평화가 왔다. 지금 우리 한국인들에게는 '돌아온 탕자'의 아버지와 같은 그런 지도자가 필요하다. 그리고 남북의 백성들은 그와 같은 아버지의 사랑을 깨닫고, 참회하고, 회개하며, 서로의 잘못을 용서하는 길만이 나라와 겨레가 다함께 평화롭게 사는 길일 것이다."

이 목사는 그 말을 마치고 기도를 드렸다.

"하나님 아버지! 한국의 모든 백성들이 당신의 큰 뜻을 헤아리고, 자기의 잘못을 깊이 참회하고 회개하여, 서로 상대의 잘못을 용서하고, 당신의 크나큰 사랑을 깨달아 남과 북의 백성들이 다시 한 나라로 통일이 될 수 있는 그날이 오기를 간절히 바랍니다. 예수님의 이름으로 기도드렸습니다. 아멘!"

이 목사의 기도가 끝나도 현은 두 눈을 그대로 감고 있었다.

"자, 이제 그만 일어나. 밤이 너무 늦었어."

이 목사 부인은 교회에 남고 현은 숙소로 가고자 이 목사 차에 올랐다.

"잘 가, 설송."

그때 지수가 교회 옆 낙엽이 잔뜩 쌓인 어둑한 숲에서 현을 향해 손을 흔들었다.

"안녕, 운성."

현도 숲을 향해 손을 흔들었다. 현은 호텔로 돌아오는 내내 앞 차창에 교복을 입고 검정 바탕에 노란색 실로 이름을 새긴 명찰을 단 장지수의 고교 시절 다정다감한 모습과 그가 상도동 집에서 현에게 준 목 자른 워커가 오버랩되었다.

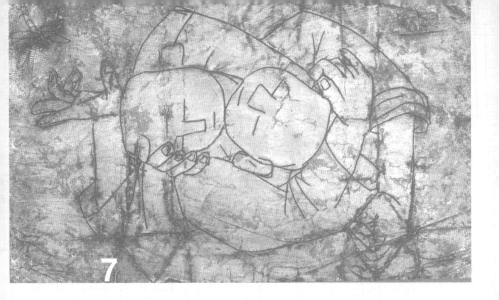

7

지울 수 없는 이미지

지울 수 없는 이미지

이튿날 이른 새벽 이도영은 현이 묵고 있는 숙소로 왔다. 그는 자기 농장도 갈 겸, 메릴랜드주 칼리지파크의 아카이브까지 현을 데려다주고자 온 것이었다. 현은 한국에서 출국하기 전, 이도영에게 뉴욕에서 워싱턴행 열차나 고속버스 예매를 부탁했다. 하지만 이도영은 메릴랜드주에 있는 농장에 다녀와야 하는 스케줄을 현의 일정에 맞췄다고 하면서 굳이 자기 차로 데려다주겠다고 자청했다. 현이 메릴랜드에서 하루를 머물자면 숙박비와 식사대 등 최소한 180불은 들었다. 그런 사정을 잘 아는 이도영은 현이 아카이브에서 한나절이라도 더 시간을 유용하게 쓸 수 있도록 출발을 부쩍 서둘렀다. 현은 숙소에서 출발하기 전에 메릴랜드 락빌에 사는 박유종과 12시에 아카이브에서 만나기로, 애초의 약속을 세 시간

앞당겼다.

그들은 이른 아침 호텔 구내식당에서 빵과 우유로 요기를 한 뒤 곧장 출발했다. 곧 뉴욕 워싱턴 간 왕복 6차선의 95번 고속도로가 펼쳐졌다. 현은 워싱턴과 뉴욕은 매우 가까울 줄 알았다. 하지만 이전에 두 도시를 왕복해보니까 그 거리가 자그마치 224마일로, 한국에서는 서울에서 울산 정도나 되는 꽤 먼 길이었다. 그 길을 시속 70마일로 달리는데 높은 산이 거의 보이지 않는 대평원이었다. 미국은 축복받은 나라였다. 핸들을 잡은 이도영은 무료함인지 침묵을 깨트렸다.

그는 이번 현의 방미를 쭉 지켜보면서 느낀 바가 많았다. 다른 이들은 지수나 그 어머니를 애석하게 여길지 모르겠지만, 자기는 그 아버지가 더 불쌍하게 여겨진다. 대광산주 아들로 태어나 해방으로 갑자기 월남하여 '38 따라지' 신세가 되자, 그 박탈감으로 정신적 공황 상태가 되었을 게다. 게다가 한 여인에 대한 연민의 정이 그만 시앗을 만들었고, 그 사이에서 태어난 자식이 애물단지로 가정을 파탄시킬 때, 그 고통은 말할 수 없었을 것이다. 또 다른 아들은 자기를 보기 싫다고 해외로 떠돌 때, 그 아비의 마음이 어떠했을까? 그런 얘기를 했다.

"이 박사님 말씀에 일리가 있네요."

"이 세상에는 여러 부류의 아버지가 있지요. 이 세상에 존재의 형체만이라도 있었으면 하는 아버지, 이 세상에 존재하지 않으면 하는 아버지, 이 세상에 있으나마나 한 아버지 등, ……아무튼 자식들에게 아버지의 이미지는 평생을 지배하는 경우가 많습니다."

이도영은 얼굴도 모르는 아버지를 평생 그리며 살고 있었다. 그에게 아버지는 '이 세상에 존재의 형체만이라도 있었으면 하는 아버지'라고 말했다. 그는 형체도 모르는 아버지의 원한을 풀어드리고자 십수년째 아카이브 언저리를 맴돌고 있었다.

현이 이도영과 인연을 맺게 된 것은 월간 『독립기념관』 2002년 7월호에 실은 「영웅을 찾아서」라는 항일 유적 답사기 때문이다. 그 글에서 현은 자기 고향 구미 출신의 동북항일연군 제3로군 허형식 군장의 행적을 더듬었다.

그 몇 해 전, 현은 중국 대륙에 흩어진 항일 유적지를 답사했다. 그때 하얼빈 동북열사기념관에서 허형식 군장을 만났다. 안내인 동포 사학자 서명훈 선생으로부터 그분의 행적을 듣고 감동한 나머지 현은 그 이듬해 홀로 하얼빈을 찾아갔다. 거기서 허형식 군장을 매우 잘 아는 중국공산당 헤이룽장성 당사연구실장 김우종 선생을 만났다. 그분의 안내로 허 장군이 장렬히 산화한 경안 청송령 희생지를 찾아 추모비에 들꽃을 바쳤다. 그 답사기가 인터넷신문에 전재되자 이도영이 그 기사를 보고 서명훈, 김우종 선생의 주소와 전화번호를 현에게 문의하기에 곧장 가르쳐준 일이 있었다.

이도영은 제주도 서귀포 태생이다. 한국전쟁 발발 당시 대정면 서기였던 아버지가 예비검속이란 이름으로 국군에게 학살당하였다. 이도영은 오랜 추적 끝에 마침내 아버지를 학살한 제주 주둔 부대장을 찾았다. 이도영은 5·16 쿠데타 주체 세력이며 해병대 예비역 장성인 그가 일제강점기 하얼빈에서 살았다는 사실을 알게 되었다. 그래서 그의 행적과 정체를 알고자 한창 수소문할 때였다. 그 뒤 2004년 1월 현이 미국 아카이브에 가게 되었을 때 그곳 사정에 밝은 이도영은 도움을 주겠다고 자청하여 마침내 두 사람은 만나게 되었다.

현은 뉴욕 워싱턴 간 95번 고속도로를 두 번째 지나기에 어느 정도 길이 눈에 익었다. 뉴저지 숙소를 출발한 지 4시간 남짓 달리자 마침내 워싱턴 D.C.를 에워싼 495번 외곽순환도로가 나왔다. 그 길은 지난번 방미 때 메릴랜드주에서 40여 일을 머물며 숱하게 지나다녔기에, '로럴(Laurel)' '실버스프링(Silver Spring)' 등 눈에 익은 지명과 포토맥강이 보였다. 곧 이어 메릴랜드 주립대학이 나오고, 칼리지파크에 있는 아카이브, 곧 미국 국립문서기록관리청에 도착했다.

미국 내셔널아카이브는 워싱턴 D.C.에도, 메릴랜드주 칼리지파크에도 있었다. 워싱턴 D.C. 아카이브에는 미국 독립선언서, 헌법, 인권에 관한 문서 등 주로 오래된 중요 문서들이, 메릴랜드주 칼리지파크 아카이브에는 근현대의 각종 자료들이 매우 다양하게 소장돼 있다. 현이 찾고자 하는 한국전쟁 관련 자료는 메릴랜드주 칼리지파크 아카이브에 있었다.

이곳에 보관된 수천만 개 파일의 문서들 가운데는 독일 뉘른베르크의 재판 기록, 히틀러의 두개골 사진, 태평양전쟁 당시 도쿄 로즈의 라디오 원고, 이승만 대통령과 김구 선생 간의 논쟁 등, 희귀한 자료들이 포함되어 있다고 한다. 그래서 현은 지난번 방미 때 이곳에서 한국전쟁 사진 자료를 상당수 발굴하여 이미 사진집을 펴냈고, 이번에도 그럴 참이다.

이도영의 승용차는 예정보다 30분 일찍 아카이브에 도착했다. 그들은 아카이브 출입증 패스카드를 만들고자 행정실로 갔다. 현은 패스카드 신청 서류에 기재 사항을 쓴 뒤 여권과 함께 데스크에 제출했다. 그러자 아카이브 직원은 '굿(Good)'이라 말하고는 카메라 앞에 서게 하였다. 현이 사진 촬영 후 패스카드 발급을 기다리고 있는데, 박유종이 그곳을 지나치면서 유리창 너머로 현을 보고는 행정실로 들어왔다. 세 사람은 서로 반갑게 악수를 나눴다. 현과 박유종은 악수도 모자라 서로 포옹했다.

세 사람은 구내식당 '아카이브 카페(Archive Cafe)'에서 점심을 먹으면서 그간의 얘기를 나눴다. 박유종은 현을 위해 아카이브 가까운 곳에 숙소를 예약해뒀고, 사전 작업으로 일부러 사흘이나 아카이브에 드나들면서 한국전쟁 관련 문서 상자 번호까지 조사해두고 있었다. 점심식사 뒤 이도영은 메릴랜드 자기 농장으로 떠나고, 현과 박유종은 곧장 아카이브 5층 자료실로 가서 한국전쟁 사진을 검색 선별하는 작업을 했다.

한국 자료를 다른 나라에 가서 찾는다는 것은 아이러니다. 하지만 그게 우리의 현실이다. 한국의 귀중한 자료는 국내보다는 미국, 일본, 러시아, 영국, 프랑스, 중국 등지에 더 많이 있다. 일제강점기 때 누가 독립운동을 제대로 했으며, 누가 민족반역자이고 친일파인지 그 여부는 일본 측 문서를 봐야 더 정확히 알 수가 있다.

현은 2004년 2월 2일, 처음 아카이브를 찾은 날 자원봉사 동포의 안내로 5층 사진 자료실에 갔다. 현은 거기서 'Korean War'라는 파일을 발견했다. 거기에는 1945년 일제 패망에서부터 1953년 한국전쟁 정전 회담까지 비밀 해제된 한국 관련 사진들이 숱하게 담겨 있었다. 그 사진들은 현이 이제까지 보지 못한 사진 자료들이었다.

1945년 9월 9일, 조선총독부 제1회의실에서 미 제24사단 사령관 하지 중장과 미 제7함대 사령관 킨케이드 제독이 지켜보는 가운데, 조선 총독 아베 노부유키가 항복 문서에 서명했다. 그날 오후 4시 조선총독부 광장 국기 게양대에는 35년간 나부끼던 일장기가 내려지고, 곧이어 미군들의 거수 경례 속에 미 성조기가 게양되는 사진이 나왔다. 이 사진으로 볼 때, 우리나라가 일본에서 해방이 되었다고 보기보다는 단지 나라의 주인만 바뀐 꼴이었다.

현은 이 사진들을 보는 순간 한국 현대사, 특히 한국전쟁을 잘 모르는 세대들에게 보여주고 싶었다. 다행히 사진 자료실에서 스캔은 허용된다고 하여 재미동포 자원봉사자 박유종의 도움으로 한국전쟁 사진 자료를 일일이 검색 선별한 뒤 스캔 작업을 했다.

그날 오후 박유종이 미리 신청해둔 아카이브 자료실 문서 상자를 열자 한국전쟁 사진들이 쏟아졌다. 사진 뒷면 캡션의 날짜와 장소는 '1950년 7월 29일 경북 영덕'으로, 한 아낙네가 포화에 쫓겨 가재도 구를 머리에 이고 허겁지겁 뛰어가는데, 앞뒤로 아이들이 동생을 업 거나 가재도구를 들고 함께 급박하게 뛰고 있었다. 또 다른 사진은 소가 길마에 피란 봇짐을 잔뜩 싣고서 헉헉거리며 앞장섰고, 뒤따르 는 피란민들도 가재도구를 등에 지거나 머리에 이고는 신작로를 따 라 남하하고 있었다. 그리고 다리 밑에서 움집을 짓고 사는 피란민, 솥단지와 같은 가재도구를 잔뜩 지고 끊임없이 이어져간 피란민 행 렬, 배만 불룩한 아이가 홀로 길바닥에 버려진 채 울고 있는 장면, 포 화에 쫓기는 피란민……. 현은 마치 그 사진 속에 자신도 있을 것 같 은 착각에 빠지기도 했다. 그 사진들을 보는 순간 현은 한국전쟁 당 시로 돌아간 기분이었다.

현은 한국전쟁 당시 여섯 살 난 소년으로 그 시절 기억들이 희미하 게 남아 있는데, 이곳 아카이브 사진들을 보자 마치 어제 일처럼 또 렷하게 떠올랐다. 산길 들길 아무 데나 지천으로 흩어져 있던 시체 더미들, B-29 폭격기의 굉음과 폭탄의 폭발 소리가 가까이서 들리 는 듯했다.

현이 박유종과 함께 아카이브에서 사진을 검색하다 보니 그새 문 을 닫는 시간이었다. 첫날 수확은 49장으로 기대 이상이었다. 현은 박유종의 차를 타고 예약한 숙소로 돌아왔다. 메릴랜드 주립대학 인 접 '데이즈인'이라는 숙소 곁에는 '이조'라는 한식집이 있었다. 거기로 저녁식사를 하러 들어가자, 동포인 주인은 6년 전의 손님을 여태 기억하며 현과 박유종을 반겼다. 미국에서 먹는 한식은 그 맛은 한국과는 사뭇 달랐지만 그래도 하루 한 끼는 한식을 먹는 게 좋았다.

그날 밤, 현은 잠자리에서 갑자기 썰렁한 찬 기운에 눈을 떴다.

"설송, 놀라지 마. 나 지수야."

현은 무척 놀랐으나 곧 지수의 다정한 목소리에 다소 안도하면서 말했다.

"운성, 웬일이야. 여기까지."

"난 마음만 먹으면 어디든 갈 수 있잖니?"

어느새 지수가 성큼성큼 다가와 침대 옆 탁자에 앉았다. 그의 차림은 정장으로, 이철우 목사가 현에게 건네준 사진 속의 지수 모습 그대로였다. 현은 침대에서 일어나고자 몸을 일으켰다.

"넌 그대로 누워 있어. 오늘 오후 내내 아카이브에서 사진 검색하느라 무척 피곤할 테니까. 우리 사이 서로 불편하게 격식이나 예의 차릴 건 없잖니."

"알았다. 그럼, 상체만 일으킬게."

현은 일어나 침대 등받이에 베개를 받쳐 기대었다. 두 사람 사이에는 탁자가 놓여 있었다. 현은 지수를 바라보며 말했다.

"난 네 마음씀에 따를 수가 없네."

"그런 얘기 말아. 넌 이 세상에 육신도 없는 나를 찾고자 멀리 미국에까지 왔는데 아무렴 내가 너를 따를 수 있겠니?"

"여건이 돼 찾아온 것뿐이야. 아무튼 내가 이곳에 머무는 동안 자주 와서 마음속에 묻어둔 얘기를 들려줘."

"고마워. 이 세상 사람도 아닌 내 얘기를 듣겠다고 하니. 사실은 나 아직도 마음에 맺힌 게 많아."

"그건 풀어야 돼. 그래야 하늘나라에서도 편타고 하더라."

"그 말은 맞아. 나, 지금도 편치 않아. 네가 그걸 풀어준다고 하니 정말 고맙다."

"가슴에 맺힌 건 그 누군가에게 쏟아놓기만 해도 풀어지게 마련이야. 그런 걸 '신원(伸寃)'이라고 하지. 그걸 풀어주는 게 이승에 있는 내가 하늘나라에 있는 너에게 이 세상에서 진 빚을 갚을 수 있는 유일한 일일 거야."

"내가 너에게 뭘 해준 게 있다고 '빚'이라는 말을 하니?"

"누군가 그랬어. 지금의 처지에서 지난날을 얘기하지 말라고. 나에게는 그때 목 자른 워커가 지금의 황금 구두보다 더 값질 거야."

현은 워커에 얽힌 얘기를 했다. 그가 서울 서촌 누하동에서 동아일보를 배달할 때였다. 그 마을은 가난한 예술가나 서민들이 많이 사는 마을로, 그 시절 대부분 한옥이었다. 어느 하루 누하동 들머리 한 화가의 집에 신문을 넣고 돌아서는데 갑자기 집 안에서 개가 뛰쳐나와 현의 바짓가랑이를 물었다. 현은 그 위기의 순간 워커 발로 개의 주둥이를 힘껏 차면서 고함쳤다.

"개새끼! 사람 차별하지 마! 난 장차 선생님이 될 사람이고, 그리고 작가, 신문기자가 될 사람이야!"

그 개는 '깨갱' 소리와 함께 꼬리를 내리고 후딱 집 안으로 사라졌다. 그다음부터 그 개는 현만 보면 고개도 숙이고 꼬리도 내렸다. 현은 그 일로 사람들은 왜 강자에게 빌붙는 사람을 개로 비유하는지 그까닭을 알았다.

"그때 네가 준 워커를 신지 않았더라면 병신이 되었을지도 몰라. 아무튼 고등학교 졸업할 때까지 그 워커 잘 신었다."

"알았다. 우리 화제를 돌려 이 세상에서 못다 한 이야기나 하자. 친구에게는 세상에서 가장 비밀스런 이야기도 한다고 하더라."

"그런가 봐. 얼마 전 한 신문 보도를 보니까, 청소년들에게 '마음속 이야기를 주로 누구에게 하나?'라는 물음에 동성 친구라고 답한 게 가장 많더군."

"아마 사실일 거다. 왜 청소년 때는 친구끼리 불을 끈 채 밤을 새우면서 각자 비밀스러운 이야기 하잖아. 우리도 그 시절로 돌아가자. 아주 불도 끄고서."

그 말에 현은 머리맡의 전등 스위치를 내렸다. 등이 꺼지자 푸르스레한 달빛이 창을 통해 실내를 비췄다.

"운성, '임금님 귀는 당나귀 귀'라는 얘기 알아? 비밀이나 진실은 혼자만 알고 있으면 그게 병이 되기도 하지. 그래서 친한 친구에게 이야기하는, 그 자체로도 구원받을 수 있는 거야."

"그 말은 맞아. 내가 그 몹쓸 병마에 시달린 것도, 이 세상을 일찍 떠난 것도, 그 누구에겐가 속 시원히 말하지 못하고 혼자서 끙끙 앓았기 때문이야. 그걸 '스트레스'라고 한다지."

"맞아, 스트레스는 풀어야 해. 그걸 풀지 못하면 몹쓸 병이 돼. 네가 그 고약한 암을 앓게 된 그 근본 까닭은 아마도 심한 스트레스 때문이었을 거야."

"글쎄다. 아무튼 그 때문인지 밥이 목구멍에 잘 넘어가지도 않고, 소화도 되지 않더군. 그런데 막상 세상을 떠나니까 별것도 아니더라. 하지만 그때는 미칠 것만 같더군. 늘 소화불량에 시달렸으니까."

"누구에겐가 너의 맺힌 한을 쏟기만 했어도……"

현은 눈물을 주르르 흘렸다.

"설송, 고마워. 나를 위해 눈물을 흘리다니. 몹쓸 병에 시달린 뒤 이 목사의 인도로 교회에 열심히 다닌 다음부터는 그제야 다소 마음의 안정은 가져올 수 있었어. 하지만 이미 크게 상한 건강은 다시 회복할 수가 없었어."

"……"

"모두가 내 잘못이었어. 굳이 변명하자면 내 곁에는 마음을 터놓고 속 시원하게 얘기할 마땅할 사람이 없었던 거야. 이 세상에서 나의 삶을 되돌아보면 무척 옹졸했고, 쓸데없는 자존심이 무척 강했던 것 같아."

"너만 그런 게 아니야. 나도 마찬가지야. 그래서 옛 시인은 물길이나 산길보다 더 험한 게 인생길이라고 말했지."

지수는 그 말에 고개를 끄덕인 뒤 화제를 돌렸다.

"너 오늘은 어떤 사진 찾았니?"

현이 그날 찾은 사진은 유엔군과 피란민이 흥남부두에서 철수하는 사진들이었다. 피란민들이 흥남부두에서 수송선에 오르지 못해 발을 동동 구르는 모습, 다급한 유엔군들이 군복을 입은 채 바다로 뛰어 들어가서 수송선에 오르는 모습, 그 밖에 끊어진 평양 대동강 철교 위로 꾸역꾸역 곡예하듯 남하하는 피란민 모습, 봇짐을 머리에 이거나 어깨에 진 피란민들이 어린아이를 앞세우고 꽁꽁 언 한강을 건너는 모습, 부산의 피란민들의 판자촌, 수원역에서 기차를 하염없이 기다리는 피란민들 등이었다. 현의 얘기에 지수가 말했다.

"그 속에 내 모습도 있을지 모르겠구나."

"글쎄다. 나도 그 어딘가 있을 것 같아 1950년 8월 낙동강 일대의 피란 행렬에서 한참 찾아보았지. '남부여대'란 말처럼 남자들은 지게에 지고 여자들은 머리에 이고, 머리 큰 아이들조차도 가재도구를 지거나 등에 메고 포화에 쫓기고 있었어. 피란민들은 다리 밑이나 산등성이에 움집을 짓고 살더군."

"그 시절 그렇게 산 사람들이 많았어."

"온 나라가 전쟁의 포화에 휩싸였으니 어딘들 편안할 수 없었을 테지. 포화에 직접 피해를 입지 않은 부산, 대구는 전국 각지에서 몰려든 피란민들로 처절한 삶의 각축장이었고."

"왜 그런 끔찍한 전쟁이 한국에서 일어나야만 했을까?"

"그 근본 원인은 우리의 국력이 약했던 거야. 그래서 침략자들에게 나라를 빼앗긴 거고. 우리 조상들이 바깥세상은 모른 채 우물 안 개구리로 살아온 데도 있을 테고. 게다가 침략자들에게 빌붙어 나라를 분단시킨 지도층, 그리고 그런 지도자를 맹종했던 우리 백성 모두에게도 그 책임이 있을 거야."

현의 얘기를 곰곰이 듣던 지수가 고개를 끄덕이며 말했다.

"아무튼 이 사진들은 한국전쟁 당시를 되돌아보는 좋은 자료가 되겠다."

"바로 그 점에 초점을 맞춘 거야. 요즘 젊은이 가운데는 전쟁 자체를 전자오락 게임 정도로 대수롭지 않게 여기는 축들도 있어."

"그럴 테지. 사람이 처참하게 죽어간 줄도 모른 채 영화 속에서 총을 신나게 쏘는 전투 장면으로만 알고 마구 좋아할지도. ……설송, 그동안 네가 쓴 작품집은 어떤 장르니?"

"소설도 내고, 산문집도 냈어. 소설은 비전향수의 딸과 해직 기자의 순애보를 그려보았고, 산문집은 초기에는 신변 이야기를, 이즈음에는 주로 근현대사와 의병, 그리고 독립군 이야기를 쓰고 있어."

"그래? 나 솔직히 우리나라 독립운동사나 근현대사는 제대로 배우지 못한 것 같아."

"나도 그랬어. 최근에 혼자 독립운동사를 공부하면서 그 현장을 답사하고, 독립지사나 그 후손들을 만나고, 관련된 책 몇 권을 읽었을 뿐이야."

"그게 어디니? 언젠가 네 목소리로 그 답사 이야기를 듣고 싶군."

"알겠다."

"이제 너도 자야 할 테니, 나 이제 그만 가봐야겠다."

"벌써? 네 이야기는 하지도 않고?"

"오늘만 날이니. 너 피곤할 테니 그만 자. 떠나기 전까지 가능한 매일 밤 이곳으로 올게."

"알았다, 운성. 기다릴게. 그럼, 잘 가."

"굿나잇!"

그 말과 함께 지수는 곧 흔적도 없이 사라졌다.

현은 아침에 일찍 일어나 세면한 다음 언저리 숲길을 산책했다. 그런 다음 노트북을 켜고 전날 미처 정리하지 못한 사진 설명을 마무리하거나 인터넷을 연결하여 밤새에 들어온 메일을 읽은 뒤 답장을 보내곤 했다.

박유종은 매일 아침 8시 정각이면 숙소로 찾아왔다. 그들은 8시 10분 전후로 숙소를 출발했다. 아침 출근길은 늘 상쾌했다. 아카이브에 도착하면 대체로 8시 40분 전후였다. 주차장에 차를 세워두고 아카이브 정문 검색대를 거쳐 본관 건물로 들어갔다. 먼저 지하 라커 룸으로 간 뒤 겉옷과 불필요한 소지품들을 옷장에 두고 다시 자료실 출입구 검색대 앞에 서면 8시 50분 전후였다. 그때부터 아카이브 자료실 입장이 시작되었다. 조사자(Researcher)는 자료실에 필기구를 가지고 들어갈 수가 없다. 대신 아카이브에서는 조사자에게 연필과 백지를 무료로 제공했다. 아마도 조사자들이 행여 볼펜으로 자료에 낙서를 하거나 자료를 파손하는 걸 방지하기 위한 조치로 보였다. 조사자는 아카이브 자료실에 카메라나 스캐너와 노트북 등은 가지고 들어갈 수 있었다. 하지만 그것들을 미리 별도로 등록한 뒤 출입 때마다 일일이 이들의 덮개를 열어 내부에 아무것도 없다는 것을 확인한 뒤에야 통과시켰다.

엘리베이터를 타고 5층 사진 자료실 문을 열고 들어서면, 아키비스트(Archivist, 문헌관리사)들은 '굿모닝 미스터 조!' '굿모닝 미스터 박!' 하고 활짝 웃으며 큰 소리로 반겨 맞이했다. 현과 박유종도 '굿모닝!'이라고 답한 뒤, 데스크로 가서 흰 장갑과 연필, 종이를 가지고 자리로 갔다. 그러면 브라운 아키비스트는 그 전날 신청해둔 문서 상자를 담은 카트를 밀고 와서 전해주고 갔다.

이곳에서 조사자들이 자료를 열람하거나 한 장의 사진을 복사 현상하는 데는 그 절차가 매우 까다로웠다. 먼저 자료실에서 목록 카드나 인터넷 검색으로 파일명을 찾은 뒤, 데스크에다 자료 신청을 하면 앨범을 갖다 주었다. 그 앨범을 뒤적여 필요한 사진을 체크한 뒤 현상하거나 스캔하고 싶으면 원본 자료 박스를 신청해야 한다. 그 원본 자료 박스는 그때그때 주는 게 아니라 하루에 서너 차례 일정한 시간이나 그 다음 날 아침에 내주었다. 조사자들은 거기 자료 상자에서 사진을 일일이 찾아 필요한 것은 현상 장소에 가서 본인이 직접 기계를 작동하여 뽑은 뒤 퇴실할 때 대금을 지불했다. 그 과정은 매우 복잡하고, 일단 사진 현상이나 복사가 끝나면, 그 뒷면에다 아키비스트의 확인 도장을 찍은 뒤에야 비로소 밖으로 가지고 나올 수 있었다.

조사자가 아카이브 자료를 스캔할 경우에는 별도의 사용료를 받지 않았다. 또 이곳에서 사진을 검색할 때는 반드시 흰 장갑을 껴야 하는데, 둥그렇게 휘어진, 최소한 50년 이상 된 사진을 검색하는 그 일은 여간 불편한 게 아니었다. 조사자들에게 장갑을 끼게 한 것은 사진을 보호하기 위한 조치였다.

현이 두 차례 미국 방문에서 크게 느낀 점은 그들의 문화는 절차가 무척 까다롭다는 것이었다. 하지만 일단 그 절차를 거치면 매우 자유로운 사회라는 걸 알 수 있었다. 곧 미국은 원칙만 지키면 자유로운 사회로, 선진국일수록 그 원칙에는 지위가 높건 낮건 간에 예외가 없었고, 모두들 그 원칙을 묵묵히 정직하게 지키고 있었다. 아마도 그런 사소한 준법정신이 거대한 미국을 지탱해가는 힘인 듯했다.

현은 미국으로 떠나기 전에 서울 통의동의 정부기록보존소에 간적이 있었다. 하지만 신청인들은 자료실에 들어가 문서를 마음대로 열람할 수도 없었고, 반드시 신청한 문서에 한해 그것도 복사물로만 볼 수 있었다. 그런데 미국의 아카이브에서는 필요한 자료를 자기 손으로 그곳 현상기로 현상할 수도 있었고, 카메라 촬영도 허용되며,

조사자의 스캐너에 얼마든지 무료로 담아올 수도 있었다.

현과 박유종은 전날 신청한 문서 상자의 사진을 일일이 살피면서 우선 자료로서 가치 여부를 판단했다. 현이 사진을 선택하면 박유종은 뒷면의 사진 설명을 번역했다. 그때 현은 그 번역을 들으면서 스캔 여부를 최종 판단했다. 일단 스캔하기로 결정한 사진은 스캐너로 복사한 다음, 사진 뒷면의 설명을 옮겨 적거나 매우 중요한 사진이라고 판단되는 경우는, 뒷면의 영문 사진 설명조차도 스캔했다.

현의 이번 방미에는 지난번보다 더 좋은 자료가 쏟아져 나왔다. 국군이나 인민군, 유엔군, 중국군 가릴 것 없이 전사자들의 시신들이 가을 낙엽처럼 나뒹구는 참혹한 장면도 숱하게 많았다. 전주·대전·함흥 등지의 끔찍한 민간인 학살자 사진도 이따금 나왔다. 사진 속의 학살자 두 손이 철사로 꽁꽁 묶인 채 이열종대로 가지런히 누워 있는 장면을 볼 때면 눈을 감고 깊이 묵념을 드렸다. 이런 사진들에는 대부분 가해자에 대한 기록은 없었다.

현은 이번 체류 기간에는 2층 자료열람실에서 북한 노획물 자료 상자를 검색할 수 있었다. 그 일은 아카이브에서 재미동포 사학자 방선주 박사를 만난 덕분이었다. 그분이 문서 상자 번호를 가르쳐줬기 때문이다. 그 자료들은 당시 시대 상황을 고스란히 증언하고 있었다. 남하공작원 명단, 북조선로동당 당원증명서, 동해남부전구 빨치산 사령관 남도부 대장이 곡식이나 가축을 징발하면서 주민들에게 준 원호증, 경상남도 진주시 인민위원회가 식량과 피복 원조를 부탁한

벽보, '조선인민유격대 전라남도 곡성군 유격대장 김훈'이 만든 선전 삐라 등이 쏟아져 나왔다. 빨치산들이 주민들에게 백미 1두(한 말)를 가져가면서 준 원호증에는 '조국의 해방과 함께 갚아드린다'는 문구가 새겨져 있었다.

현은 한국전쟁 사진 자료와 문헌들을 하나라도 더 찾고자 날마다 자료열람실에 가장 먼저 입장하고, 맨 나중에 퇴실했다. 사진 자료는 무척 많지만 그 사진을 일일이 스캔하여 고국으로 다 가져갈 수는 없는 일이다. 그래서 그 가운데 자료로서 더 값어치가 있는 걸 고르고 스캔하자면 절대 시간이 부족했다. 그런데 참 다행한 일은 월·수요일 이틀은 오전 9시부터 오후 5시까지 문을 열었지만, 화·목·금 사흘은 저녁 9시까지 문을 열어두기에 거의 하루 12시간 동안 일할 수 있다는 것이었다. 토요일도 오후 5시까지 문을 열기에 애초 생각보다 하루를 더 일할 수 있었다. 이는 아카이브 측에서 비싼 경비를 들여 어렵게 메릴랜드 칼리지파크까지 찾아오는 조사자들을 위해 배려하는 것으로 보였다.

이런 일은 영어에 서툰 조현 혼자서는 도저히 불가능한 일이었다. 현지 사정에 밝고 영어가 능통한 박유종이 곁에서 도와주기에 가능한 일이다. 조현은 박유종에게 감사의 말을 했다. 그러면 그는 할아버지에 대한 보은의 마음으로 현을 돕는다면서 오히려 자신에게 그 일에 참여할 수 있는 기회를 준 현에게 감사를 표했다.

토요일 저녁, 이도영은 뉴욕에서 일부러 현의 숙소로 찾아왔다. 그는 현이 귀국할 때 당신은 로스앤젤레스에서 열리는 한반도 평화포럼에 참석하기에 만날 수 없을 거라고 미리 작별인사를 하고자 왔다. 그러면서 다음 날 같이 바람이라도 쐬자고 워싱턴 근교 안내를 자청했다. 이도영은 이곳에 오면 늘 들른다는 '한가람'이라는 동포 식당에서 저녁을 샀다. 두 사람은 저녁을 먹은 뒤 숙소로 돌아와 건너편 맥줏집으로 갔다. 주말 저녁인 탓인지 맥줏집은 매우 복작거렸다. 그들은 소음이 덜한 가장자리에 앉았다.

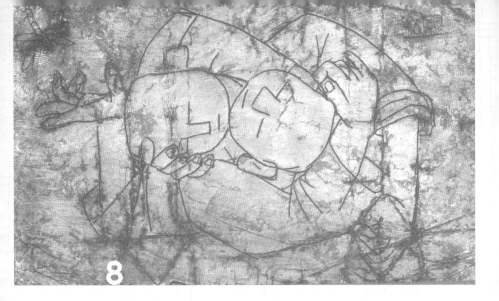

8

한라산의 철쭉

한라산의 철쭉

이도영이 현에게 물었다.

"조 선생님, 제주도에 가 본 적이 있습니까?"

"네, 10여 년 전에 가족과 같이 다녀온 적이 있습니다. 아름다운 환상의 섬이더군요."

"한라산의 철쭉은 보셨는지요?"

"그때는 2월 하순이라 보지 못했습니다. 하지만 화보나 텔레비전 화면으로는 여러 번 봤지요. 한라산 철쭉은 우리나라 어느 곳보다 더 붉고 아름답다 하더군요."

이도영은 한라산의 철쭉이 그렇게 붉고 아름다운 것은 억울하게 죽은 사람들의 핏빛 원혼 때문으로, 해방에서부터 한국전쟁이 끝날 때까지 제주도에서도 4 · 3 및 예비검속으로 숱한 사람들이 억울하게 희생됐다고 말했다.

"고향에는 자주 가십니까?"

"워낙 멀기에……. 하지만 제 마음은 늘 한라산과 제주 모슬포항 앞바다에 떠돌고 있습니다."

"고향에 대해 아픈 기억이 많은 사람일수록 그런 모양입니다. 그런 기억들을 모두 지워버리고자 고향을 애써 떠나왔지만, 세월이 흐를수록 더 깊은 향수에 젖어드나 보지요."

"그렇습니다. 저 혼자였다면 벌써 고향으로 돌아갔을 겁니다."

그는 재혼한 아내와 자녀들은 자기 마음을 이해하지 못할 뿐 아니라, 지나치게 과거에 얽매여 산다고 많이 비판한다고 했다.

"이번에 조 선생님이 미국에 오신다고 하기에 저는 매우 기뻤습니다. 몇 날 밤 같은 방에서 밤을 새우면서 이야기하고 싶었습니다. 그래서 오늘 일부러 뉴욕에서 예까지 찾아왔고요."

이도영은 현에게 하룻밤 재워달라고 청했다.

"제 옆 침대는 늘 비어 있습니다. 오늘 밤만 아니라 언제든 좋습니다."

"감사합니다. 오늘 밤 저로서는 무척 행복한 밤이 되겠습니다."

그새 열 시가 가까웠다. 곧 맥줏집은 문 닫을 시간으로 실내에는 그들만 남아 있었다.

"우리 장소를 숙소로 옮길까요?"

"그럽시다. 얘들은 열 시면 문 닫습니다."

"갑시다. 마음에 사무친 얘기는 달빛 아래 나란히 누워 나누는 게 제격이지요."

두 사람은 남은 맥주를 마저 들이켠 뒤 곧장 숙소로 돌아왔다. 현이 먼저 샤워를 하고 침대에 눕자 이도영도 뒤따라 몸을 닦고 건너편 침대에 누웠다. 현은 작은 실내등마저도 껐다. 그러자 커튼 사이로 달빛이 실내를 비췄다. 그 달빛을 타고 이도영의 목소리가 도란도란 들렸다.

1950년 8월 20일, 그날은 음력 칠월 칠석이었다. 당시 남제주군 대정면 서기였던 이도영의 아버지는 한밤중에 잠을 자다가 경찰에게 불려 나갔다. 아버지는 그날 새벽 이미 예비검속으로 연행된 마을 사람 250여 명과 함께 모슬포 주둔 부대 군인들에게 총살을 당한 뒤 시체는 마치 젓갈 담듯이 채마밭에 암매장됐다.

이도영은 그런 사실을 까마득히 모르고 자랐다. 어린 시절 그는 아버지가 몹쓸 병으로 일찍 돌아가신 줄로만 알았다. 초등학교 5학년이던 겨울이었다. 모처럼 눈이 내리는 날 운동장에서 아이들과 눈싸움을 하던 중, 그의 눈뭉치에 맞은 한 하급생이 자기 담임 선생에게 일렀다. 그래서 도영은 교무실에 불려갔다.

"아버지 이름이 뭐냐?"

그 선생은 신문하듯 물었다.

"돌아가셨습니다."

"호로새끼로구먼."

이도영은 그 순간 쇠뭉치로 뒤통수를 한 대 맞은 충격이었다. 그때의 기억은 평생 머릿속에 각인됐다. 그는 그날부터 지금까지 '아버지'라는 말이 머리에서 떠난 날이 없었다. 초등학교 6년 내내 할아버지가 준 골갱이(호미)로 어머니와 보리밭 검질(김매기)을 했다. 그가 중학교에 입학하자 할아버지는 골갱이 대신 황소 한 마리와 밭 가는 쟁기를 물려주었다. 그날부터 고등학교 졸업 때까지 이도영은 학교만 마치면 농사일에 매달렸다. 할아버지는 '식자우환'이라고 하면서 그를 무지렁이 농사꾼으로 만들려고 했다. 하지만 그는 고등학교를 마치자 할아버지의 뜻을 저버리고 뭍으로 나갔다.

이도영은 등록금을 전액 면제받는 국립 경북대학교 사범대학에 진학하여 졸업했다. 하지만 졸업 후 신원 조회에 걸려 교사 발령이 늦어졌다. 그때부터 그는 연좌제라는 망령에 시달렸다. 우여곡절 끝에 간신히 교사 발령을 받고, 4개월 남짓 교사 생활을 하다가 군에 입대했다. 군에서도 연좌제 망령이 또 그를 괴롭혔다. 군 복무 중 2급 비밀취급 인가가 나오지 않아 중요 보직을 받을 수가 없었다. 그래서 그는 일반 병과로 제대하고 곧장 대학원에 진학했다. 하지만 대학원 과정을 공부하면서도 앞길이 보이지 않았다. 1978년 이도영은 미국 유학을 결심하고 수속을 밟았다. 그때도 신원 조회에 걸려서 한국을 떠날 수가 없었다. 1년 남짓 그 문제로 줄다리기하다가 중앙정보부에 근무하는 대학 선배의 도움으로 간신히 미국으로 떠나올 수 있었다.

이듬해 아내에게 초청장을 보냈다. 하지만 아내 또한 번번이 출국이 좌절됐다. 아내는 그때마다 충격을 받다가 나중에는 그만 실성하여 식음을 전폐한 상태에서 침을 맞은 게 잘못으로 그만 세상을 떠났다.

1979년에 시작한 이도영의 학위 공부는 1995년에 끝났다. 학위 공부 중간에 학비를 벌고자 몇 해 쉬었기 때문이다. 그동안 택시기사 등 별별 일을 다 했다. 이도영은 학위를 받자마자 건강이 갑자기 악화돼 폐의 일부를 잘라내는 수술을 받았다. 그때 그는 하늘이 자신을 살려준다면 할아버지의 유업인 '백조일손(百祖一孫)' 사업을 하겠다고 맹세했다. 백조일손이란 '일백여 할아버지의 자손'들이 한날한시 한곳에서 죽어 뼈가 서로 엉켜 하나가 된 데서 유래된 말이다. 그 사업은 바로 아버지 죽음의 진상을 밝히고 명예를 회복시키는 일이었다. 이도영은 건강을 회복할 무렵 제주도의 한 신설 대학에서 전임강사 초빙 제의를 받고 고향에 돌아갔다. 그는 고향에 가자마자 예비검속에 관한 중요한 문서를 입수하여 그 실체를 추적하는 일에 착수했다. 하지만 전임강사 계약이 만료되자 다시 미국으로 왔다.

이도영은 비로소 하늘의 뜻을 알았다. 그는 아카이브에 드나들면서 제주 4·3사건과 예비검속 등 민간인 학살의 진상을 규명하는 일에 매달렸다. 1999년 크리스마스를 앞둔 어느 날 비밀 해제 문서를 요청한 지 2개월 만에 문서 세 건이 우편으로 배달됐다. 초보 심마니가 수십 년 묵은 산삼을 발견하는 기분이었다.

처음에는 아버지의 억울함을 풀어드리고자 시작했다. 하지만 그제부터는 4·3사건이나 예비검속의 진상을 밝히는 일에 뛰어들었다. 그는 묻힌 역사를 발굴한다는 소명으로 여태 아카이브를 맴돌고 있다고 울먹였다. 그의 이야기는 커튼 사이로 비친 푸르스레한 달빛에 젖어 눅눅히, 그리고 잔잔히 들렸다. 하지만 그 얘기는 때때로 흐느낌으로, 분노의 함성으로 현의 귀를 두드렸다.

이튿날은 쾌청했다. 워싱턴 D.C.와 메릴랜드주 일대 위도는 서울보다 조금 북쪽에 위치하나 해양성 기후로 기온은 서울과 비슷했다. 그날 그들은 일찌감치 나들이에 나섰다.

이도영은 곧장 워싱턴 D.C.로 향했다. 먼저 백악관으로 갔다. 그 일대는 경계가 무척 삼엄했다. 군데군데 정사복 경찰들이 길목을 지켰고, 백악관 상공에는 헬기가 계속 빙빙 돌고 있었다. 지난날 자유와 평화의 상징이었던 백악관은 그즈음 테러의 표적으로 전전긍긍하면서 지상과 상공을 철저히 경계하고 있었다. 이는 마치 남의 곳간 양식을 노리다가 자기 곳간의 금은보화를 잃어버리는 어리석음과 같았다. 그들은 거기서 가까운 링컨기념관, 제퍼슨기념관, 워싱턴기념탑을 둘러본 뒤 한국전쟁 전몰자 위령비로 갔다. 그 위령비에는 다음과 같이 새겨져 있었다.

Our nation honors

Her sons and daughters who answered the call to defend a country they never knew and people they never met. 1950 Korea 1953.

(우리 조국은 전혀 알지 못했던 나라, 전혀 만나지 못했던 국민을 지키라는 부름에 응했던 그의 아들, 딸들에게 경의를 표합니다. 1950 한국 1953.)

　이도영은 그 비문을 번역하면서 다소 불편한 심사를 내비쳤다.

　"그들이 '전혀 만나지 못했던 국민'을 지키기 위하여 싸우다가 잠들었다는 말은 수긍이 되지 않습니다. 솔직히 미국을 위해 싸우다가 잠들었다는 말이 정직하지요."

　그는 국제간의 전쟁도 겉으로 명분은 거창하지만, 그 내막을 자세히 들여다보면 강대국 무기 제조업자들이 뒤에서 다 조종하고 있다, 그들은 자기네 이익을 위해 국제간에 분쟁을 조장하여 전쟁을 일으킨다, 또한 그들은 정치가들의 돈줄 역할을 하고 있다, 우리나라 정치가도 그렇지만 미국 정치가도 돈에는 매우 약하다, 그 때문에 약소국가의 애꿎은 백성만 무기 제조업자들이 만든 무기 소비 전쟁으로 억울하게 죽어간다, 미소 등 강대국들의 속내는 한국의 통일을 원치 않는다, 왜냐하면 한반도에 평화가 정착되면 무기가 팔리지 않음은 불을 보듯이 분명하기 때문이라는 견해를 말했다.

　그들은 워싱턴 몰 일대를 수박 겉핥기로 훑어본 뒤, 거기서 가까운 세난도 국립공원으로 차머리를 돌렸다. 한 시간 남짓 달리자 세난도 국립공원이 나왔다. 공원 한가운데 산의 성곽에 오르자 사방의 벌판이 내려다보였다. 현은 '세난도'라는 지명도 귀에 익었다. 이도영은 그곳이 옛날 인디언들의 본거지였다고 일러주었다. 현은 기억을 더듬자 고교 시절에 본 어느 서부영화에서 그 지명이 떠올랐다. 조금 더 올라가자 인디언 옛터임을 가리켜주는 팻말이 나왔다.

INDIAN OLD FIELDS

Within the bends of the Shenandoah river below, the Indians kept fields burned off as pastures for deer and bison. These fields were "old" to the first white settlers who prized the fertile bottom lands. Today the old fields are sites of modern farms.

(인디언이 살았던 옛 들판

저 아래에 보이는 세난도강의 굽이 안쪽에 인디언들이 살았다. 그들은 사슴과 들소를 먹이고 목초를 얻기 위하여 이 들판에 불을 놓아 태우곤 하였다. 그런 까닭으로 이 들판은 아주 기름진 땅이 되었다. 그리고 미 대륙에 건너온 백인 이민자들은 정말로 이 땅을 원했고, 그래서 여기로 백인들이 들어와 개척하여 오늘날 이 들판은 현대적 농장이 되었다.)

이도영은 여기서도 불편한 심기를 내비쳤다.

"이 글을 보면, 인디언들이 불을 놓아 태워 못쓰게 만든 땅을 마치 백인들이 되살려서 농장을 만든 것처럼 적었습니다. 이것은 분명 사실과 다릅니다."

그는 이 대목에서도 매우 못마땅해했다. 그러면서 그는 미 대륙에 가장 먼저 살던 사람들은 우리와 같은 종족인 몽골리언이었다, 그들이 이 땅의 주인이다, 솔직히 말해 지금 미국인들의 백인 조상은 이 땅을 차지하고자 인디언들을 회유하거나 학살하는 등, 거의 강압적으로 빼앗은 침략자들이라고 말했다.

초겨울 썰렁한 날씨 탓인지 세난도 국립공원에는 사람이 거의 없었다. 그들은 그곳 산 정상에서 공원 일대를 조망한 뒤 거기서 가까운 룰레이 동굴로 갔다. 강원도 고씨동굴과 분위기는 비슷했다. 하지만 그 규모는 견줄 수 없을 정도로 매우 컸다. 그들은 구름에 달 가듯이 동굴을 둘러본 뒤 숙소로 돌아왔다. 이도영은 핸들을 잡은 채 간밤에 미처 마무리 못한 얘기를 했다.

이도영은 1990년대 초부터 10여 년 끈질긴 추적과 집념으로 마침내 당신 아버지를 학살한 당시 제주 주둔 군부대 책임자들을 찾아냈다. 그들 가운데는 5·16 쿠데타의 주체로 국방장관까지 역임한 김아무개 해병대 예비역 장군도 있었다. 이도영은 그즈음 한 교회의 장로인 그에게 결정적 증거물을 들이대며 그때 일들을 추궁했다. 그러자 그는 참회는커녕, 그때는 어쩔 수 없는 일이었다고 얼버무리거나, 자기는 그런 일을 전혀 모른다고 물증조차도 부인하면서 대면을 피했다.

그래서 이도영은 한 방송국의 협조로 5·16 군사혁명 대담이라는 프로그램에서 5·16 쿠데타 주동인물로, 당시 한 야당인 김 아무개 총재를 인터뷰했다. 인터뷰 말미에 1950년 8월 제주도 예비검속 학살자 사건을 추궁했다. 그러자 그는 이미 고인이 된 일본 헌병오장 출신의 김 아무개 특무대장에게 모든 걸 떠넘겼다. 이도영은 그와의 대담 녹음 테이프를 카세트에 넣고 틀었다.

"누구의 명령을 받고 총살 집행을 했습니까?"

"군대에서 한 일이란 빤하지 않아요. 이제 와서 그때 일을 들춰 뭘 하려고 합니까?"

"만일 그때 김 총재 아버님이 억울하게 학살되었다면 자식으로 어떻게 하겠습니까?"

"……."

"왜 대답을 못 합니까?"

"……그때는 전시라…… 어쩔 수 없었습니다."

"김 총재님의 솔직한 참회를 듣고 싶습니다. 참회한 자만이 하나님으로부터 용서받을 수 있습니다."

"……."

"게다가 당시 제주도는 전투 현장도 아니었습니다. 그리고 아무리 전시라도 군인이 국민의 생명과 재산을 마음대로 빼앗아도 됩니까? 더욱이 내 아버지는 당시 면서기로 국가공무원이었습니다. 그런데 아무런 신문도, 재판도 없이 한밤중에 몰래 연행하여 그렇게 총살하고 암매장해도 됩니까?"

"……군인이란 명령에 따라 집행할 뿐입니다. ……이 선생의 얘기를 듣고 보니 미안한 점도 있군요. 자, 이제 우리 악수로 지나간 과거 일을 역사의 뒤안길로 묻읍시다."

"나는 지금 김 총재님과 악수할 계제가 아닙니다. 당신이 제주도에 있는 내 아버지 공동 묘역인 백조일손에 참배하고, 유족들에게 무릎 꿇고 진정으로 사죄한다면 그때는 모르지만."

"언제 제주도에 꼭 한 번 가야겠습니다. ……제가 그곳에 가자면 쿠데타를 일으키는 이상의 용기가 필요할 것 같습니다."

녹음 테이프는 거기서 멈췄다. 이도영은 그 뒷이야기를 했다. 그이듬해 백조일손 위령제에 김 장로와 김 총재를 정식으로 초청했다. 하지만 그들은 끝내 나타나지 않았다. 이도영은 눈물을 주룩주룩 쏟고 있었다.

"조 선생님, 감사합니다."

"제가 무슨 일을 했다고 그러십니까?"

"간밤에도, 지금도, 제 이야기를 들어주신 것만으로도 고맙습니다. 제 마음에 맺힌 게 이제는 좀 내려갔습니다. 50년 동안 묵은 체증이 뻥 뚫린 기분입니다. 그 아무도 제 이야기를 귀담아 들어주지 않았습니다. 모두들 이미 지나간 일인데, 왜 그 일에 얽매여 사느냐고 저를 압박했습니다. 심지어 제 가족까지도."

"이 박사님, 이제 그들을 용서할 마음은 없습니까?"

이도영은 말했다. 자기도 예수를 믿는 사람으로, 용서가 가장 좋은 덕목이라는 것을 잘 알고 있다. 하지만 그들은 자신의 행위에 대해 진정으로 참회하고 회개하지 않는데, 어떻게 그들을 용서할 수 있나? 그들을 용서하고 싶다. 하지만 그에 앞서 진실 규명과 함께 그들이 진정으로 참회하고 회개해야 한다. 프랑스 속담에 이런 말이 있다. '쉽사리 용서해주면 그 잘못을 반복한다'고. 해방 후 일련의 양민 학살 사건 진상은 여태 한 번도 제대로 규명되지 않았고, 가해자가 진정으로 참회하거나 회개하지 않았다. 그렇기 때문에 5·18 광주민주화운동 같은 비참한 역사가 되풀이되고 있다. '좋은 게 좋다' '이미 지나간 과거다' '그 시절에는 어쩔 수 없었다' 그런 식으로 과거를 덮고 적당히 넘긴 결과가 어땠는가.

"한반도에서 진실이 묻힌 결과, 일제강점기 때에 독립투사 잡아들였던 간도특설대 출신 장교가 전쟁 영웅이 되고, 일본군 헌병오장 아들이 얼굴에 철판을 깔고 뻔뻔스럽게 여당 대표까지 했던 세상이 아닙니까? 이런 나라에 무슨 사회 정의가 있겠습니까?"

이도영은 가슴속에 담겨 있는 말들을 마치 속사포처럼 쏟아냈다.

"……."

현은 대꾸할 말을 잃었다. 그의 고향 구미에서는 구한말 13도 창의군 군사장 왕산 허위가 순국하고 그 유족과 일가친척들이 일제 순사의 등쌀에 살 수 없어 만주로 망명했다. 이들 중 동북항일연군 제3로군 군장 겸 총참모총장이 된 항일명장 허형식 군장은 대부분 고향 사람들이 그 이름 석 자조차도 모르고 있다. 하지만 철길 건너 마을 전일본군 장교였던 아무개는 동상을 세우거나 체육관에 이름을 붙이고, 심지어는 등굣길까지 명명하는 등, 초등학교 어린이들조차도 모르는 이가 없다. 문학계만 보더라도 일제의 '가미카제 특공대' 송가를 쓴 이를 대시인으로 떠받들고, 그의 호를 딴 문학상을 만들자 일부 문인들은 그 심사위원 자리라도 꿰차고자 기웃거리고, 또 일부 문인들은 그 상의 상금이 웬 떡이냐고 자기에게 떨어지기를 기대하고 있는 현실이다.

"일부 문학인조차도 겉으로 친일문학을 매도하는 태도를 보이면서 다른 한편으로는 친일문학상 심사비나 상금을 챙기고 있습니다. 그러곤 문단의 주류로 행세하고 있지요. 이런 현실에 우리 사회의 '친일파 청산'은 한낱 블랙코미디일 뿐입니다."

현의 말에 이도영은 말했다.

"그저 할 말이 없습니다."

그러고는 혼잣말처럼 말했다.

"문학은 정신이지요."

그새 차는 메릴랜드 주립대학 캠퍼스를 지나고 있었다. 현은 조심스럽게 말했다.

"이 박사님이 먼저 그들을 용서할 아량은 없습니까?"

"성서에도 '용서하라. 그리하면 너희도 용서를 받을 것이다'라고 말씀했지요. 용서하다의 영어는 'Forgive'인데, 이는 'For me give'의 준말로, '곧 나를 위해 용서하라'고 해석하고 싶습니다. 독일의 신학자로 히틀러 암살 계획에 가담하여 처형을 당한 본회퍼도 용서하는 것은 곧 자기 자신으로부터 자유로워지는 길이라고 말했습니다. 곰곰 생각해보니 명언입니다. 그래서 요즘 저도 '용서'의 준비 단계로 지난날에 맺힌 원한을 하나둘 정리하고 있습니다."

"잘하셨습니다. 누군가 먼저 용서해야 보복의 악순환을 끊을 수 있습니다. 그래야 여생을 마음 편케 사실 수도."

"그 말씀, 마음에 깊이 새기겠습니다."

"용서하는 사람은 지는 게 아니라 그게 이기는 길입니다. 지금 휴전선을 사이에 두고 총부리를 겨누고 있는 남북한 동포들도 서로 마음속으로부터 상대를 용서해야 마침내 한반도에 분단의 비극이 끝나고 평화가 올 것입니다."

현은 그 말에 이어서 지금 우리나라 사람들에게 가장 필요한 것은 서로 '용서'하는 일이다. 크게는 남과 북, 그리고 우리 사회에 내재된 지역 간, 계층 간 가족 간 서로 상대를 용서해야 파멸의 그림자에서 벗어날 것이다. 지난날 우리 민족끼리 서로 반목질시하다가 마치 도요새와 조개의 싸움의 결과처럼 나라마저 잃어버렸다. 그 실례로 동학농민전쟁 때 조정에서 이를 해결치 못하고, 쉬운 방편으로 외세를 끌어들인 게 청일전쟁으로 비화되었고, 마침내 망국의 빌미를 제공했다고 말했다. 그러자 이도영은 그에 대한 반론을 말했다.

"하지만 맹목적인 용서는 곤란합니다. 그 용서의 대전제는 가해자의 참회입니다. 가해자가 먼저 회개해야 진정한 용서가 이루어질 수 있습니다. 용서는 참회한 자에 뒤따르는 화답이지요. '정의가 없는 용서' '회개하지 않은 용서' '대가 없는 용서'는 값싼 용서로 잘못이 계속 되풀이될 수도, 더 큰 재앙을 낳을 수 있습니다."

"참 '용서'란 어려운 화두로군요. 그렇다고 상대의 잘못을 용서치

않고 마음속에 쌓인 원한으로 스스로 불행해진다면 오히려 상대에게
지는 게 아닐까요?'

"거기에 용서의 딜레마가 있습니다. 저도 뒤늦게 그걸 깨달았습니
다. 그래서 기독교에 입문했습니다. 나의 정의, 내 욕심에서 말하는
정의가 아니라, 하나님의 정의에 맡겨야 된다는, 예수님 말씀을 따르
기로 했습니다. 하지만 이 모든 사실을 그대로 이 세상 어디엔가 기
록으로 역사에 남겨야 그나마 다시는 잘못이 반복되지 않으리라는
그런 신념을 가지게 되었습니다."

"참 잘하셨습니다, 이 박사님!"

"고맙습니다, 조 선생님! 도와주십시오."

"제가 무슨 힘이 있나요?"

"펜은 칼보다 강합니다."

현은 핸들을 잡은 이도영의 얼굴을 바라보자 한결 표정이 밝았다.

미국에서도 월요일 아침은 여느 날보다 활기찼다. 더욱이 그날은
새벽녘에 비가 조금 내린 탓인지 하늘도, 언저리 숲도, 거리도, 더욱
쾌적했다. 박유종은 그날도 아침 8시 정각에 현의 숙소로 찾아왔다.
숙소에서 아카이브로 가는 길에는 차들도 월요일은 더 많은 듯했다.
아침 출근길 분위기는 서울도, 베이징도, 도쿄도, 메릴랜드주도 비슷
했다.

현은 아카이브에 가져가는 가방에 노트북과 스캐너 외에 그날은

카메라도 챙겨 넣었다. 아카이브 정문 흑인 수위가 그새 낯이 익었는지 출입증을 내밀자 평소와는 달리 건성으로 훑고는 '굿모닝!'이라고 크게 아침인사를 하면서 붉은 지시봉으로 통과 신호를 보냈다. 여러 날 겪어보았지만 아카이브의 흑인 직원들은 매우 친절하고 성실했다. 우리가 미처 몰랐던 것을 흑인에게 질문하면 그들은 어떻게나 친절하게 답해주고 도와주는지 이편에서 미안할 정도였다. 그에 대해 박유종은 말했다.

"한인 동포들은 길을 물을 때 가능한 한 흑인에게 묻습니다. 백인들은 은연중에 유색인종을 얕잡아보는지 대답을 잘 안 해주는 경우가 많지만, 흑인들은 자기가 시간이 있는 한 매우 친절하게 가르쳐준답니다."

사람 사이의 관계는 피부색이 문제가 아니었다. 현은 그때까지 가졌던 흑인에 대한 편견이 확 달라졌다. 이제는 모두가 한 지구촌 사람으로 인종이나 피부색, 종교를 초월하여 더불어 평화롭게 살아야 하는 이웃이라는 생각이 들었다. 이즈음 우리나라에도 결혼이나 취업 등으로 다른 민족들이 숱하게 이주해 오거나 귀화해 살고 있다.

그날도 그들은 가장 먼저 아카이브 5층 사진 자료실에 도착했다. 그날 찾은 사진 가운데 가장 감동적인 사진은 전란으로 교실이 불타버려 운동장에서 수업을 받는 한 소녀가 남동생을 무릎에 앉힌 채 공부하는 장면을 담은 것이었다. 그리고 또 하나는 다 쓰러져가는 초가집 처마 아래에서 두 소년이 정답게 이야기하는 사진이었다. 두 사진 모두 소년 소녀들이 차림은 남루하지만 표정과 미소는 밝았다.

그날 발굴한 사진은 50여 장이었다. 현은 월척을 낚은 낚시꾼처럼 매우 좋아했다, 그러자 박유종은 귀갓길에 볼티모어로 안내했다. 볼티모어는 바닷게 요리가 일품이었다. 아카이브를 출발한 지 40여 분 달리자 대서양 연안 항구도시 볼티모어에 이르렀다. 그곳 부둣가 게 요릿집은 1인당 30달러 정액제로, 술값은 별도지만 게는 얼마든지 먹을 수 있었다. 두 사람은 맥주를 곁들여 게 요리를 한껏 즐겼다.

현은 볼티모어에서 돌아온 뒤 곧장 잤다. 한잠을 푹 자고 눈을 뜨자 지수가 침대 옆 탁자에서 현을 물끄러미 바라보고 있었다.

"언제 왔어? 깨우지 않고."

"곤히 자고 있기에."

"근데 간밤에는 왜 오지 않았니?"

"사실은 왔다. 네 침대 건너편에 웬 낯선 분이 누워 너랑 도란도란 얘기를 나누기에 방해될 것 같아 슬그머니 떠나왔지."

"그랬니. 그분은 바로 너의 소식을 전해주었고, 나를 미국으로 초청한 분이야."

"미리 알았다면 인사라도 나눌걸……. 하지만 세상에서 인연이 없는 사람과 만나기에는 피차 부담이 될 테지."

"너의 정갈한 성격은 여전하구나."

"글쎄다. 아무튼 오늘 밤 코로 자장가를 연주하며 자는 네 모습을 지켜보는 것도 즐겁더라."

"기분이 좋아 한잔했어."

"잘했어. 기분 좋은 날은 한잔하는 거야. 사실 인생을 통틀어 그런 날은 며칠 안 되는 것 같아."

"그럼, 일 년 중 쾌청한 날도 얼마 되지 않지. 나머지 날은 날씨가 흐리거나 춥거나 무덥지. 인생에서도 좋은 날은 며칠 되지 않아. 그 나머지 날은 기분 좋게 놀았던 날에 즐긴 빚을 갚느라고 헉헉거리며 산다고 할까? 동물의 세계를 보니까 수벌은 여왕벌과 교미 한 번 하고 나면 죽더라. 살아도 하는 일 없이 먹기만 한다고 일벌들이 집밖으로 아예 쫓아내자 굶어 죽더군."

"그게 벌들 세계만 아닐 거다."

"인간세계도 그와 비슷한 일들이 벌어지고 있지. 특히 수컷들은 능력이 떨어지면 비참해지지. 겉으로는 성격 차이네, 뭐네 하지만 그 근본 원인은 수컷으로서 능력 상실일 거야."

"일리 있는 말이다."

"내가 둘러본 도쿄, 상하이, 필라델피아, 블라디보스토크도 마찬가지더군. 공원 벤치에서 낮잠 자는 이는 대부분 남성이었어. 서울 종묘 앞 의자에서 하늘을 쳐다보는 이도 거의 남성들이었고."

"그래, 그런 일은 세계적인 현상일 테지."

"노인 학대의 주범은 부인이나 남편, 아니면 친족들이라고 하더구면."

"……사실은 우리 아버지도 그랬지……."

지수는 말끝을 흐리며 침울해했다. 현은 분위기를 바꾸려고 활짝 웃으며 얼른 화제를 돌렸다.

"나 오늘 월척 많이 했다."

"그래? 어떤 사진인데?"

"다 쓰러져가는 초가집 처마 아래에서 두 소년이 정답게 이야기하는 장면의 사진을 보고 어찌나 가슴이 찡하고 뭉클한지."

"그 사진을 보고 싶구나."

"알았다. 내 노트북을 켜서 보여줄게."

현은 침대에서 일어나 노트북 전원을 켰다. 경쾌한 신호음이 울렸다. 그러고는 화면이 뜨는 새 현은 커피포트에 물을 끓여 커피를 내렸다.

"이게 컴퓨터니?"

"응, 노트북이라고도 해."

"그래? 내가 살았을 때는 컴퓨터가 전축만큼 컸는데……. 이거 어느 나라서 만든 거니?"

"한국에서 만든 거야."

"뭐! 세상 참 많이 변했구나."

그새 커피가 다 내렸다. 현은 커피를 두 잔에 담으면서 말했다.

"그냥 냄새만 맡고 분위기만 잡아."

"알았다. 너랑 마주 앉아 오랜만에 커피 냄새를 맡으니까 분위기가 더욱 좋네."

현이 노트북 바탕화면에서 '한국전쟁' 폴더를 클릭하자 아카이브에서 저장한 사진들이 화면에 떴다. 현은 거기서 소년의 모습을 찾은 뒤 슬라이드 보기로 확대했다.

"따사한 햇살을 받으며 웃고 있는 소년의 표정이 아주 귀엽구나."

"나는 여기서 우리 민족의 앞날을 읽었어."

"꿋꿋한 기상이 보이는구나."

"다음 장면도 좀 봐."

"소녀가 젖먹이 어린 동생을 데리고 함께 야외 교실에서 수업 받는 장면이네."

"그 당시 시골에서는 이런 장면을 숱하게 볼 수 있었지. 이 가시나가 아(아이)는 안 보고 무신 학교는 간다고, 엄마들의 구박이 매우 심했지. 그래서 소녀는 동생을 학교로 데리고 가서 같이 수업을 받았던……."

"남루한 소년 소녀들의 표정들에 구김살이 없구나."

"나도 그렇게 보았어. 이것은 아마도 우리나라의 미래가 밝다는 표상일 거야."

"하나만 더 보여다오."

현은 그제 아카이브 2층 자료실에서 북한 노획물 상자를 뒤지던 가운데 발견한 걸 보여주었다.

"어느 인민군 아내의 편지야."

사랑하는 당신에게

흘러가는 세월은 어느덧 흘러서 당신이 떠나간 지도 벌써 8개월 경과하였습니다. 지난 8월에 소식 알고 아직까지 소식 몰라 답답하기 짝이 없는 저는 1월 22일 이른 저녁에 편지를 받아본 저의 마음은 매우 만족하였습니다. 그리하여 양 부모님도 안녕하시고 가족들도 다 잘 있습니다. 그리고 저는 4월 15일 몸을 풀었습니다. 그리하여 기섭(아들)이 누이동생을 탄생하였으며 장난꾸러기 기섭이도 잘 놀고 있습니다.

금년도 농사는 잘 하지 못하였으며 생활이 곤란하여 문암리 농촌에 가서 아버님과 함께 생활하려고 1월이나 2월에 가게 되었음을 알려줍니다. 그리고 당신은 몸 건강하여 미 제국주의자들과 힘껏 싸워달라는 것을 부탁하면서, 저는 후방에서 승리의 그날까지 국가 사업에 로력하면서 당신이 돌아올 날을 기다리며……

이상 순서 없는 말로 몇 자 편지를 올림.

금강리 1반 김두칠 기록함. 1952년 1월 23일.

"이들 부부는 다시 만났을까?"

"글쎄다. 만일 이 편지가 인민군 포로 주머니에서 나온 것이라면 다시 만났을 가능성은 짙어. 그런데 인민군 전사자 주머니에서 나왔다면…… 만나지 못했을 테지."

"……"

"……"

"설송, 이만. 굿나잇!"

지수는 금세 자취도 없이 사라졌다.

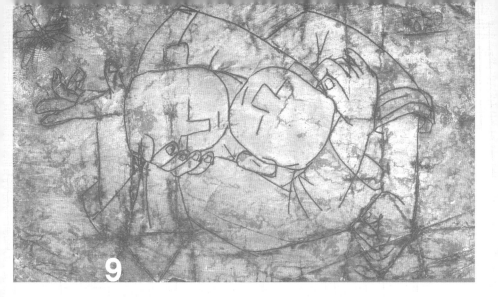

9

맥아더기념관

맥아더기념관

       현은 이도영 박사로부터 맥아더기념관에도 한국전쟁 사진 자료가 많이 소장돼 있다는 정보를 들었다. 그래서 이번 방미 중 어느 하루 박유종과 그곳을 찾아가기로 했다. 맥아더기념관은 버지니아주 남쪽 항구도시 노퍽(Norfolk)에 있었다. 매주 월요일은 휴관이라고 하여, 화요일로 방문 날을 잡았다. 메릴랜드 숙소에서 노퍽시까지는 200마일 남짓했다. 박유종은 당일로 다녀오려면 아침 일찍 떠나야 한다고 부쩍 서둘렀다. 아침도 거른 채 출발했다. 그랬는데도 곧 출근시간대가 되어 워싱턴 D.C. 일대에 이미 차가 밀리기 시작했다. 워싱턴 D.C. 외곽 495번 순환도로를 벗어나 동부 지방을 남북으로 관통하는 95번 도로로 접어들자 그제야 한산했다.

       두 시간 남짓 달리자 리치먼드라는 도시가 나왔다. 그곳 고속도로 휴게소에서 주유도 하고, 빵 한 조각에 주스 한 잔으로 아침을 때웠다. 미국의 고속도로 휴게소는 한국처럼 요란치 않고 매우 간소했다. 그들은 계속 남쪽으로 달렸다. 현은 핸들을 잡은 박유종에게 물었다.

"노픽은 맥아더의 고향입니까?"

"아닙니다."

박유종은 맥아더에 대한 연구가 깊은 분으로 맥아더기념관 유치 뒷얘기를 했다. 맥아더는 아칸소주 리틀록 출신이고, 노픽은 맥아더 어머니의 고향이다. 그는 아들이 육군사관학교에 입학하자 학교 가까운 곳에 숙소를 구해놓고 학교 생활을 보살폈을 정도로 극성이었다. 뒷날 노픽시는 그런 연고로 맥아더기념관을 유치하고자 시청 건물을 헌정하겠다고 제의하여 성사가 됐다고 했다.

그들은 줄곧 시속 70마일 이상으로 달린 끝에 11시 30분, 노픽에 도착했다. 노픽은 대서양 연안의 군사도시로 부두에는 해군 함정들로 가득했다. 노픽 시가지에는 맥아더 관련 이미지들이 많았다. 맥아더기념관 일대를 '맥아더 스퀘어'라고 명명하였는가 하면, 언저리 거리와 건물 벽 곳곳에는 미국 역사상 몇 명 안 되는 오성(五星) 장군 맥아더를 상징하는 별 다섯 개 문장이 새겨져 있었다. 맥아더기념관 정면에는 맥아더의 동상이 서 있었고, 기념관 꼭대기 국기 계양대에는 커다란 성조기가 바람에 펄럭였다.

그들은 이른 점심식사 후 맥아더기념관 자료실에 들어갔다. 거기에는 맥아더가 생전에 소장하였던 도서와 선물들이 가지런히 진열돼 있었고, 수많은 자료 파일 상자들도 잘 갈무리되어 있었다. 맥아더기념관에 진열된 선물들은 대부분 일본인에게 받은 것이었다. 태평양전쟁에서 패전한 일본이 그들 특유의 친절성과 로비로 맥아더를 구워삶아 천황제를 그대로 유지하고, 전범 처형의 확대를 막았다는 얘기가 틀린 말이 아닌 듯싶었다. 먼저 그들은 자료실에 비치된 동영상을 봤다. 1950년 한국전쟁 직전 서울 근교에서 벌어졌던 좌익사범 처형 장면을 약 10분 정도 볼 수 있었다.

1950년 4월 14일 오후 3시, 서울 동북쪽 10마일 떨어진 산 계곡에서 국군 헌병대장 감독하에 39명의 좌익 혐의자들이 60여 명의 헌병들에게 총살되는 장면이었다. 좌익 혐의자들은 나무 기둥에 묶인 채 가리개로 눈을 덮고 가슴에 원형의 사격 표지판을 붙였다. 나무 기둥에서 20미터 정도 떨어진 곳에서 집총한 헌병들은 지휘관의 권총 발사에 따라 일제히 방아쇠를 당겼다. 총살이 끝나자 검열관은 권총을 빼어든 채 나무 기둥에 묶인 처형자들의 사망 여부를 일일이 확인했다. 그는 그때까지 살아 숨을 쉬는 자는 그 자리에서 권총을 머리에 대고 확인 사살했다. 현은 두개골이 뭉텅 떨어져나가는 그 장면은 차마 볼 수 없어 눈을 감았다.

박유종은 맥아더기념관 조벨 아키비스트에게 한국전쟁 사진 자료를 요청했다. 그는 여러 개의 문서 상자를 꺼내주었다. 거기는 맥아더의 전 생애를 살필 수 있는 사진들로 가득했다. 현은 욕심내지 않고 그 가운데 한국전쟁 전후 사진만 골랐다.

한국전쟁이 발발하자 맥아더가 도쿄에서 한국으로 날아와 최전선 시흥 일대를 시찰하는 장면(1950.6.29.), 군함 마운트맥킨리호 함상에서 맥아더가 인천상륙작전을 지휘하는 장면(1950.9.15.), 중앙청서울수복기념식에서 맥아더가 연설하는 장면(1950.9.29.), 웨이크섬에서 맥아더가 트루먼 대통령과 만나는 장면(1950.10.15.), 신의주 상공에서 맥아더가 적정을 살펴보는 장면(1950.11.24.), 맥아더가 트루먼 대통령의 해임 명령을 받고 도쿄 하네다 공항을 떠나는 장면(1951.4.16.) 등, 90여 점을 부지런히 스캔하여 노트북에 담았다.

자료실 내 별도 사진 앨범에는 한국전쟁 이전에 있었던 좌익 게릴라들의 처형 장면 사진들이 다닥다닥 붙어 있었다. 그 앨범은 당시 주한 미 군사고문단의 한 주임상사가 사진을 수집하여 앨범으로 만든 다음 도쿄 맥아더 사령부에 보고한 것이라고 조벨 씨는 친절히 설명해 주었다.

그 앨범은 1945년 일제 패망 이후부터 한국전쟁 직전까지 미군정 및 정부 수립 직후 무렵 주로 지리산 일대 게릴라들을 체포, 처형한 사진들로 보였다. 이들 사진은 현지 정보팀이 상부로 보내고자 찍은 것들이었다. 현은 그 앨범을 펼쳐보는 동안 모골이 송연하고 소름이 돋았다. 이들 사진을 모두 스캔하고 싶었지만, 조벨 씨는 그것만은 유료라며 한 장당 100달러를 요구했다. 그래서 현은 그 앨범의 몇 장면을 카메라에 담는 걸로 만족했다. 사진 검색 작업을 끝내자 그새 오후 4시로 박유종과 현은 서둘러 맥아더기념관을 떠났다. 그들은 끔찍한 장면을 많이 본 탓으로 돌아오는 길에는 한동안 말을 잊었다.

앨범 사진 가운데 좌익사범을 처형하여 그 목을 잘라 박스에 담아 상부로 보낸 사진들을 보니까, 임진왜란 때 왜군이 조선인의 귀를 잘라 본국으로 보낸 거나 다름없어 보였다. 현은 그 몇 해 전 일본 교토 도요쿠니진자(豊國神社) 옆 미미즈카(耳塚, 귀무덤)를 본 기억을 떠올리며 말했다.

"그들을 총살하고, 목을 자르고, 그걸 상자에 담아 상부로 보낸 이들은 모두 우리나라 사람들이었을 테지요."

"그렇습니다. 역사란 돌고 돌지요. 어떤 사진 한 모서리에는 미군 고문관들이 그런 장면을 빤히 지켜보고 있었습니다. 그런데 후진국이나 약소국일수록 이런 역사를 감추거나 일부러 외면해요. 그러다 보니까 잘못된 역사는 계속 반복되는 겁니다."

"한국 역대 대통령이나 고관들이 계속해서 부정부패 비리를 저지르는 것은 역사의식이 없는 탓이겠지요."

"그럼요. 이는 한국 사회 전반의 정의감 부족이요, 해방 이후 친일 청산을 제대로 하지 못한 업보이지요."

박유종은 그런 비리의 주범들을 한국 언론이 올바르게 보도치 않고 '구국의 영웅'으로 미화한 까닭도 있다고 했다. 그래서 다음 대통령도 그대로 따라 하는. 마치 부나방이 불에 타 죽는 동족을 보고도 자기도 그대로 불에 뛰어드는 것이나 다름없다고 말했다. 개화 이후 지식인들은 대부분 기회주의자로 외세나 강자에 좌고우면하면서 생존했기 때문이라고 박유종은 사학자의 후손답게 그 근본 원인을 진단했다.

"어느 작가는 북쪽은 이데올로기에 함몰된 사회요, 남쪽은 부정부패 비리로 악취가 가득한 사회로 그렸더군요."

"아주 핵심을 찔렀네요. 우리가 아카이브에서 사진으로도 봤지만 정전 협정 후 포로 송환 때 남쪽도, 북쪽도 아닌 제3국을 택한 포로들이 여럿 있었습니다. 그들은 오죽하면 그랬겠습니까."

"하지만 제3국으로 간 그들도 편치 않았을 겁니다."

"그럴 수밖에 없지요. 나라가 분단되거나 망했을 때, 백성들이 겪는 고통은 이루 말할 수 없지요."

박유종은 우리나라 분단의 근본 원인은 조선의 망국에 있었고, 조선의 망국의 가장 큰 원인은 지배층의 무능과 부정부패에 있었다고 말했다.

"조선은 망할 수밖에 없었더군요."

"그럼요. 구한말 부정부패가 매우 심했지요. 그래서 매천 황현 선생은 '외부의 적보다 더 무서운 게 내부의 적'이라고 일찍이 내정 개혁을 주장했지만, 그 말에 귀를 기울이는 관리들은 아무도 없었습니다. 그러다가 결국 대한제국은 망하고 말았습니다."

그들은 돌아올 때 체스피크만 다리와 해저터널을 거쳐 왔다. 그 길은 대서양을 가로질렀는데 승용차가 바다 위 다리로 달리다가 갑자기 바다 밑 터널로 이어졌다. 그들이 바다 위를 달릴 때는 한창 저녁

놀이 지고 있었다. 그 저녁놀이 일대 장관이었다.

"설송, 오늘 네 표정은 왜 그러니?"

"어때서?"

"아주 비탄에 빠진 얼굴빛이다."

"그래?"

"난 귀신 아니니?"

현은 그날 맥아더기념관에서 본 동영상과 좌익사범 처형 사진들을 본 얘기를 했다. 그 얘기를 다 듣고 난 지수가 말했다.

"그들 모두가 단군 자손이 아니니?"

"……."

현은 한참 후 담담히 말했다.

"엊그제 아카이브에서 본 한국전쟁 발발 직후인 1950년 7월의 대전형무소 정치범 처형 장면도 끔찍했어. 어떻게 서로 생각이 다르다는 이유 하나로 그렇게 사람을 죽일 수 있을까? 북쪽에서도 마찬가지였어. 1950년 10월 22일 유엔군이 진주한 후 함흥의 한 동굴에 300여 명의 학살된 시신들을 꺼내놓자 가족들이 달려와 이를 확인하고 울부짖더군."

"왜 남과 북의 백성들은 그렇게 서로 철천지원수가 됐을까?"

"아마도 우리나라 사람들이 일제강점기 동안 일본인들의 역사 왜곡과 이간질에 길들여진 탓일 거야. 그 일제 식민지 교육의 찌꺼기를 여태 청산치 못한 데도 그 원인이 있을 테고."

현은 그 실례로 고교 시절 손민수 독어 선생 얘기를 했다. 그는 수업시간에 눈에 거슬리는 학생을 교단 앞으로 불러낸 뒤 두 녀석끼리 서로 뺨을 치게 했다. 두 학생은 처음에는 친구의 뺨을 차마 때리지 못하고 때리는 흉내만 냈다. 그러자 손 선생은 시범으로 한 학생 뺨을 세게 갈겼다. 그러고는 고함을 질렀다.

"야! 이렇게 치란 말이야!"

그제부터 두 학생은 온 힘을 다해 상대의 뺨을 갈겼다. 두 학생은 그게 잘못된 벌이라고 항의할 줄도 모른 채, 서로 원수처럼 죽기 살기로 상대를 갈겼다. 그 손 선생님은 일제 때 교육을 받은 습성대로 그랬던 것이다. 일본 사람들은 조선인들을 그저 매로 다스려야 한다는, 그리고 이이제이 수법으로 조선인끼리 치고받게 해야 한다는 그런 식민 정책을 펼쳤다. 그런데 황당한 일은, 그 손 선생님은 이후 대학교수가 되었다는 것이다.

"뭐라고? 그 양아치가! 대학교수가 됐다고? 정말?"

지수는 깜짝 놀라며 반문했다.

"그럼, 내가 대학 캠퍼스에서 여러 번 만났는걸."

"아직도 한국은 야만의 세월이네."

현은 차분히 말했다. 분단된 남과 북의 지도자나 일부 극우, 극좌파들은 여태 강대국의 사주에 꼭두각시 노릇을 하고 있다. 처음에는 강대국이 공짜로 주는 무기를 가지고 코피 터지게 싸우더니 곧 비싼 외제 무기를 사다가 계속 싸운다. 그러면서 자기네는 기득권을 유지하면서 무기업자들이 주는 리베이트까지 챙기는, 그야말로 꿩 먹고 알 먹는 일거양득의 장난질을 하고 있다. 휴전선 일대에서 무력 충돌 사건이 발생하면 국제 무기업자들은 아주 신나는 거다. 무력 충돌 뒤끝은 으레 신형 무기 구입으로 마무리된다. 한국이 자동차나 전자제품을 컨테이너 화물선으로 몇 척을 판 이익금으로 그 신형 전투기나 정찰기 한 대 살 돈이 나오지 않는다는 얘기였다.

"어떻게 하면 그런 일을 막을 수 있겠니?"

"글쎄다. 먼저 우매한 백성들이 깨어나야겠지. 그러기 위해선 올바른 역사 기록이 필요한 거고."

"한반도에 평화가 올 수 있게 하는 방법은?"

"해방 후 그동안 남과 북은 본의 아니게 강대국의 사주로 피차 상대방에게 너무 큰 상처를 줬어. 이제 와서 그 책임을 서로에게 묻는다면 아마도 남과 북은 쉽사리 화해하지 못할 거야. 남북의 백성들은 이런 현실을 바로 보고 역사와 민족 앞에 그동안 자기가 지은 죄를 먼저 참회하고 회개해야 해. 그런 뒤 상대의 잘못을 용서해주고, 서로의 상처를 보듬어 안아줄 때에만 그 응어리진 마음이 서서히 풀어질 거야."

"설송, 그게 쉽겠니?"

"물론 쉽지 않을 거야. 그동안 서로 간 반목의 골이 너무 깊었던 거지."

"그래도 그 방법을 찾아야 한반도에 동족상쟁의 비극을 끝낼 수 있을 테지."

"그러기 위해서 남북통일만이 그 정답이지만, 우선 거기로 가기 위해서는 남북 간, 북한과 미국 간 종전을 선언하고 평화협정을 체결해야 된다고 생각해. 그런 다음 남북한 동포끼리 서로 자유롭게 만나고. 왕래하면서 대화를 나누게 되면, 자연스럽게 화해 분위기가 조성될 거야. 그때부터 서로 머리를 맞대고 다시 하나로 합치는 통일 논의를 한다면 아마도 통일의 해법은 나오게 될 거야. 그러기 위해서는 먼저 그런 통일 의지를 가진 지도자들이 남과 북에서 정권을 잡아야 가능할 거야."

"설송, 네가 그런 일에 앞장서다오."

"내가 무슨 힘이 있다고."

"왜 이런 말이 있잖니? 펜은 칼보다도 강하다는."

"글쎄다."

"설송, 친구로서 간곡히 부탁한다. 아무튼 오늘도 얘기 잘 듣고 간다. 잘 자."

"잘 알았다. 잘 가, 운성!"

새벽부터 비가 주룩주룩 내렸다. 겨울비는 여느 계절보다 을씨년스럽다. 현은 그날 아침도 구내식당으로 가서 빵 한 조각과 우유 한 잔을 마셨다. 이런 날은 보글보글 끓는 된장찌개가 무척 생각났다.

하지만 한식집 '이조'는 오전 11시에야 문을 열었다. 8시 정각, 박유종은 예삿날처럼 문을 두드렸다. 비가 내린 탓으로 아카이브 출근길 차가 예삿날보다 더 밀렸다. 어린이 통학용 노란색 스쿨버스가 이채로웠다. 그 버스가 어린이를 태우고자 길가에 멈출 때는 바쁜 출근길이지만 반대편 차선의 차들까지도 모두 섰다. 어린이를 최우선시하는 미국인들의 세심한 배려가 엿보였다.

그들이 아카이브 자료실 좌석에 막 앉자 브라운 아키비스트는 아침 인사와 함께 전날 신청한 문서 상자를 카트에 싣고 와 전해주고 갔다. 그 상자는 각론 파일인 탓인지 사진 사이즈가 두 배 이상 컸고, 선명한 사진들이 꽤 많이 쏟아졌다. 'DEAD'라는 파일명 상자에서 나온 사진들은 대부분 전사자로 끔찍한 장면들이었다. 국군, 인민군, 유엔군, 중국군 시신들이 수로나 길가에, 또는 산야에 볏단처럼 마구 널브러져 있거나 구덩이에 쓰레기처럼 마구 버려져 있었다. 특히 1951년 5월 17일 촬영된 중부전선 산기슭에 모아둔 중국군 시신 더미는 마치 뽕잎 채반 위에 누에와 같이 널브러져 있었다.

"설송, 안녕!"

"마침 잘 왔다."

"나 때문에 쉬지도 못하는 것 아니니?"

"사실 나 미국에 온 뒤 여태껏 시차 부적응으로 초저녁은 거의 잠을 이루지 못해 몸부림치고 있어."

"네 불면의 시간에 말벗이 된다면 다행이다. 지난번 민간인 학살 얘기는 가슴 아팠다. 카인의 후예들이 따로 없네."

"아직도 남과 북은 서로 상대편만 학살했다고 주장하는데, 그 말은 설득력이 없어. 개인 간 싸움도 마찬가지 아니야? 이편이 그러니까 저편도 그러하고. 그야말로 닭이 먼저냐, 계란이 먼저냐의 논쟁이지. 두 손뼉이 마주 쳐야 소리가 난다라는 말처럼 피장파장인 셈이야."

"근데 너 언제 떠날 거니?"

"토요일 밤 뉴욕 케네디 공항에서 출국할 예정이야."

"이제 며칠 남지 않았네. 떠나기 전날까지 매일 밤 여기로 찾아올 테니 날마다 얘기 들려다오."

"그래, 난 『아라비안 나이트』의 세헤라자드처럼 얘기할 능력은 없지만, 그동안 근현대사 유적지 답사 여행담을 들려줄게."

"굿이다. 여행처럼 즐거운 건 없으니까."

"글쎄다. 유럽과 미국은 자네가 더 잘 알 테니까 중국 · 일본 · 북한 순으로 할까 보다."

"어서 이야기해봐."

조현은 모두 네 차례 중국 대륙 항일 유적 답사를 갔다. 1999년 첫 번째 갔을 때 하얼빈역 플랫폼에서 안중근 의사가 이토 히로부미를 장쾌하게 쓰러뜨린 곳을 본 다음, 옛 하얼빈 일본 총영사관과 거기서 멀지 않은 동북열사기념관으로 갔다. 그곳은 일제에 맞서 싸우다가 순국한 항일열사를 모신 곳이었다. 일본은 한국을 강점한 뒤, 중국

동삼성에도 침략하여 괴뢰 만주국을 세운 뒤 무수한 백성들을 살해하고 수많은 물자를 약탈해 갔다. 당시 만주국은 일본의 꼭두각시 정부로 그런 일에 앞장섰다. 하지만 당시 동북의 인민들 가운데는 스스로 항일 전선을 만들어 일제와 극렬히 투쟁하는 이들이 있었다. 영하 40도를 오르내리는 혹한과 굶주림 속에서 일제 총칼에 죽어간 사람, 철창 속에서 고문으로 죽어간 사람……. 해방 뒤, 중국 인민정부에서 이들의 넋을 기리고자 만든 곳이 동북열사기념관이었다.

안내자 조선족 사학자 서명훈 선생은 거기에 모셔진 열사 가운데 허형식·양림·리추악·리홍광·박진우·차순덕 등 32분은 조선족 열사들로, 기념관에 모신 분 가운데 조선족은 3분의 1이나 된다고 말했다. 그때 현과 동행한 임시정부 국무령 이상룡 선생 손자 이항증 씨가 말했다.

"허형식 열사는 구미 금오산 사람이에요."

"네에?"

조현은 그 말에 온몸에 전류가 흐른 듯 전율했다.

"구미 임은동에서 태어났어요. 임은동과 박정희가 태어난 상모동은 경부선 철길 이편과 저편이지요."

조현은 그 말에 또 놀랐다. 두 마을은 부르면 대답할 금오산 자락의 이웃 마을이다. 같은 시대에 태어난 두 사람의 인생 역정이 전혀 다름을 일깨워주는 얘기였다. 그 순간 조현은 어떤 소명의식을 갖게 되었다. 그와 함께 가슴이 벅차게 뭉클했다. 마침내 자기가 쓰고자 찾던 인물을 비로소 찾았다고, 마치 탐험가가 신대륙을 발견한 것처럼 어떤 황홀경에 빠졌다.

조현은 그 며칠 후 연길 서점에서 산 중국조선민족 발자취 총서 4 『결전』이란 책에서 허형식 군장의 모습을 대할 수 있었다. 그 책 263쪽, 김우종 씨가 쓴 「북만에서 유격전을 견지한 항일연군부대들」 편에서는 허형식 장군의 최후를 읽을 수 있었다.

1940년대 초, 일제는 관동군을 76만으로 증가시켜 소련 진공을 준비하는 한편, 항일연군을 전멸시키기 위해 대부대를 동원하여 동북의 일대를 빗질 토벌을 했다. 이에 동북항일연군은 견딜 수 없어서 1940년 말부터 대부대를 러시아로 이동시켰다. 그래서 김일성, 김책, 최용건과 같은 지휘관들은 소련으로 넘어갔다. 하지만, 허형식 군장만은 단 한 번도 월경치 않고 동북의 백성을 지키며 소부대 활동으로 끝까지 일제와 맞섰다.

1942년 7월 말, 허형식 군장은 경위원(경호원) 진운상을 데리고 파언, 목란, 동흥 등지에 소부대사업 검열을 나갔다. 장서린 소부대가 동흥현 두도하자, 이도하자, 삼도하자의 숯구이 노동자 가운데 반일회원을 100여 명이나 받아들였다는 보고를 듣고 그는 매우 기뻐했다. 허 군장은 앞으로도 계속 비밀 공작을 잘하라고 지시하고는 장서린이 붙여준 길 안내자 왕조경과 함께 8월 2일 귀로에 올랐다.

바로 이때 만주군 토벌대가 이 지역에 출동하여 산간지대를 수색

하고 있었다. 허형식 일행이 청송령 기슭에서 밤을 보내고 난 8월 3일 아침, 경위원이 토벌대의 그런 낌새를 모르고 밥을 지으려고 불을 지폈다. 계곡이 깊어 밥 짓는 연기가 미처 흩어지지 않아 그만 토벌대에게 발각되고 말았다. 허형식 군장은 두 전사와 함께 토벌대와 싸웠다. 하지만 세 사람으로 열 배나 넘는 토벌대의 포위를 뚫고 나가기는 어려웠다. 그런 가운데 허형식 군장은 다리에 관통상을 입어 움직일 수 없게 되었다. 그는 자기가 엄호할 테니 빨리 철퇴하라고 두 경위원에게 명령했다. 하지만 두 경위원은 그의 곁을 떠나려 하지 않았다. 잠시 후, 진운상이 가슴에 총을 맞고 쓰러졌다. 허형식 군장은 왕조경에게 문건 배낭을 던져주면서 더 지체하지 말고 빨리 퇴각하라고 엄명했다. 왕조경은 할 수 없이 그의 곁을 떠났다.

허형식 군장은 피를 흘리면서도 왕조경을 엄호하고자 큰 나무 등치에 기대어 적들을 계속 쏴 눕혔다. 그러나 적들의 기관총 사격에 허형식 군장은 끝내 장렬히 쓰러졌다. 그때 그의 나이 33세였다.

조현은 그 마지막 장면에 감동되어 한동안 눈을 감았다. 〈누구를 위하여 종을 울리나〉의 마지막 장면을 연상케 했다. 주인공 로버트 조던(게리 쿠퍼 분)이 사랑하는 여인 마리아(잉그리드 버그만 분)를 전장에서 떠나보낸 뒤 그를 엄호하고자 기관총을 난사하다가 장렬하게 산화하는 것처럼.

"설송, 나도 감동이다. 그때 마리아는 말을 탄 채 울부짖으며 로버트 조던 곁을 떠났지?"

"그랬던 것 같아."

"하나만 더……."

"네가 마치 수업 시간 중 이야기를 보채는 학생 같구나."

"넌 학교 선생님이잖니?"

"알았다. 수업시간 나의 '5분 드라마'는 인기 많았단다. 그럼 네가 좋아하는 윤동주 시인의 생가 찾아간 얘기를 해야겠다."

윤동주 생가는 연변조선족자치주 용정에서 그리 멀지 않은 명동마을에 있었다. 마을 들머리에 '윤동주 생가'라고 새긴 큰 바위가 있기에 쉽게 찾았다. 초가집들이 옹기종기 모여 있는 20호 남짓한 자그마한 마을이었다. 마을 언저리를 둘러보니 시심이 저절로 우러나올 만큼 산수가 빼어나게 아름다웠다. 사방이 산으로 병풍처럼 둘러싸인 분지로써 퍽 아늑했다. '인걸은 지령(地靈)'이라는 말처럼 아름다운 고장이었기에 위대한 시인이 탄생한 걸로 보였다.

윤동주의 생가는 명동교회와 나란히 붙어 있었다. 명동교회 한쪽에 서 있는 비석은 명동교회 목사로 독립운동가이며 명동소학교 교장이었던 김약연 선생 송덕비였다. 그 비석 바로 뒤편에는 수백 년을 묵은 큰 나무가 싱그러운 빛을 잃지 않은 채, 우람하게 서 있었다. 그 마을 안내인은 지난날 윤동주가 연희전문 재학 중 방학 때 고향에 돌아올 때면 이 나무에 걸어둔 교회 종을 손수 울렸다고 했다.

윤동주 생가는 아담한 단층 기와집으로 고즈넉한 적막감만 감돌았다. 생가 마당에는 우물이 있었다. 「자화상」에 나오는 우물로 보였다. 현은 우물 바닥을 내려다보았다. 10미터 정도로 꽤 깊었다. 그날도 "구름이 흐르고 하늘이 펼치고 파아란 바람이 불고 추억처럼 낯선 사나이"가 우물 속에 비쳤다. 조현은 나직이 윤동주의 「자화상」을 읊조렸다.

산모퉁이를 돌아 논가 외딴 우물을 홀로 찾아가선
가만히 들여다봅니다.

우물 속에는 달이 밝고 구름이 흐르고 하늘이
펼치고 파아란 바람이 불고 가을이 있습니다.

그리고 한 사나이가 있습니다.
어쩐지 그 사나이가 미워져 돌아갑니다.
......

윤동주 생가에서 그의 모교인 명동소학교가 보였다. 명동소학교 종이 땡땡 울리면 들릴 정도의 거리였다. 명동소학교는 시골 분교처럼 작았다. 마침 방학 중이라 교정은 적막감에 싸였다. 운동장은 온통 잡초로 더욱 고즈넉했다. 다음은 윤동주 시인이 영원히 잠든 곳을 찾아갔다.

윤동주 무덤은 거기서 꽤 떨어진 용정현 뒷산 중앙교회 묘역에 있었다. 산은 야트막했다. 묘역에는 올망졸망한 무덤들이 즐비했다. 마침 산등성이에서 밭일을 하고 있는 농부에게 윤동주 무덤을 물었더니 그가 친절히 가르쳐줘서 쉽게 찾을 수 있었다. 현은 무덤 앞 상석에다 서울에서 가져간 소주로 헌작한 후에 두 번 절을 올렸다.

그 얘기가 끝나려는데 지수가 윤동주의 「서시」를 굵은 저음으로 읊었다.

> 죽는 날까지 하늘을 우러러
> 한 점 부끄럼이 없기를
> 잎새에 이는 바람에도
> 나는 괴로워했다.
> ……

그 시가 미처 끝나기도 전에 지수는 흔적도 없이 사라졌다.

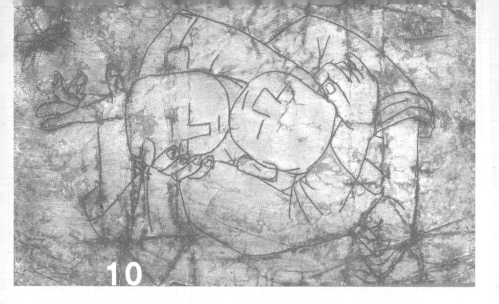

10

백두산 해돋이

백두산 해돋이

　　　　　　　　귀국 사흘 전이었다. 아침에 일어나보니
창밖은 온통 밤새 내린 눈으로 덮였다. 아침 산책을 나가자 눈바람이
매서웠다. 그날도 아카이브 5층 자료실에서 한국전쟁 사진은 화수분
처럼 쏟아져 나왔다.

　이들 사진은 대부분 인명 살상과 전란의 상흔들이었다. 하늘에서
는 전투기로, 바다에서는 함포로, 육지에서는 전차와 대포로, 마치
저주받은 땅처럼 폭탄과 포탄을 마구 쏘고 있었다. 한반도는 강대국
들이 개발한 무기들의 시연장이었다. 폭탄이나 포탄에 맞아 길가에
널브러진 시신들은 가을바람에 낙엽처럼 흩어져 있었고, 도시와 마
을은 온전한 건물 하나 없이 온통 폭삭 주저앉았다. 흰옷 입은 백성
들은 가재도구를 머리에 이거나 등에 지고 포화에 쫓겨 다니고 있었

다. 텅 빈 도시에서 벌거벗은 아이가 울부짖었고, 피란민들은 산자락 움막 속에서 연명했다. 한반도 전역은 산 사람도 죽은 사람도 편히 쉬지 못한 채 이리저리 쫓기거나 아무렇게나 팽개쳐져 있었다. 목숨을 근근부지한 흰옷 입은 백성들은 국군과 유엔군이 마을을 지나면 태극기와 유엔기, 또는 성조기를 흔들었고, 인민군들이 지나면 인공기를 흔들었다.

그날은 포로수용소와 정전회담장 사진이 많이 나왔다. 15, 6세의 애송이 포로가 신문당하는 장면을 보자 현은 수업 시간에 장난치다가 교무실로 불려 와서 선생님에게 야단맞는 중학교 신입생이 떠올랐다.

유엔군 포로 감시병은 포로수용소 천막 막사 앞에서 포로들의 이를 박멸하고자 분무기로 디디티를 온몸에 뿜고 있었다. 그 시절을 살지 않은 사람에게는 〈믿거나 말거나〉라는 프로그램을 보는 느낌일 테다. 정말 그때는 이가 엄청 많았다. 속옷에도, 여자아이들 머리에도 이가 득실거렸다. 옷을 벗어 화롯불 위에 털면 비린내가 진동했다. 남자 포로뿐 아니라, 앳된 소녀 포로도 이따금 보였다. 단발머리 소녀가 'PW(전쟁포로)'라고 쓴 헌 군복을 입은 채 천막 막사 앞에 서 있었다.

못내 가슴 아픈 사진은 휴전 협정 조인 후 인민군 포로들이 트럭을 타고 돌아가는 장면이었다. 그들은 휴전선이 가까워오자 그때까지 입던 옷을 벗어 길가에 죄다 버리고 속옷 하나만 걸친 채 북으로 귀환했다.

"설송! 해피 버스데이 투 유."

"고맙다."

"쓸쓸치 않았니?"

"아니, 가족들과는 출국 전에 이미 모임을 가졌어. 요즘은 나이 든 사람도 생일이라고 요란 법석을 떨지 않아."

"그것 바람직한 현상이다. 한국도 이제 장수 국가 대열에 오른 징조로군."

"그런 셈이지. 간밤에 워싱턴에서 발간되는 한글 신문을 보고 깜짝 놀랐다. 재미동포 가운데 50대 이상 남성은 절반 넘게 혼자 산다는 보도를 보고. 그 첫째 이유가 배우자 사별이고, 그다음은 이혼 때문이라나."

"이곳에서는 젊은 사람 가운데도 혼자 사는 사람이 많아. 나 네덜란드에서 살 때는 미국보다 더 심했다."

"하기는 요즘 한국도 그런 추세다. 소득이 높아지고 복지가 향상될수록 그와 비례해서 가족 해체가 이루어지나 봐. 행복은 소득과 복지와 정비례하지 않나 봐."

"그럼, 우리 어렸을 때는 배만 불러도 행복했잖아."

"국민소득이 낮은 나라일수록 사람들의 행복지수가 더 높다고 하더라."

"그건 작은 것에도 행복을 느끼기 때문일 거야. 아무튼 너희 부부 행복하기를 빈다."

"고맙다. 참 흔하고 쉬운 일 같은데 그런 소박한 행복을 누리는 집은 의외로 적나 봐. 아마도 가정의 행복은 사람의 힘만으로는 안 되는 모양이야."

지수는 고개를 끄덕이며 말했다.

"그럼, 그런 자세로 겸손하게 살아야 해. 러시아의 어머니들은 아들이 전쟁터로 나갈 때는 한 번, 바다로 나갈 때는 두 번, 결혼식장으로 갈 때는 세 번 기도한다고 그러더라. 부부생활은 전쟁터보다, 거친 바다보다도 더 힘들다는 거지. ……아무리 기도해도 부족한 게 인생이야."

"네가 더 잘 아네. 세상을 떠난 사람이라 더 잘 아는군. 하기는 장기판도 제3자에게 더 잘 보이지. 아무튼 그 말 명심할게."

"오늘은 주로 어떤 사진을 봤니?"

"온종일 전사자와 포로수용소 사진을 봤어. 전사자들이 마치 가을 낙엽처럼 여기저기 흩어져 있더군. 심지어 도로에 쓰러진 시체 위를 전차가 지나간 장면도 있었고, 한 국군은 중국군 시체를 밧줄로 묶어 옮기더군. 거제도 포로수용소 안은 바깥과는 전혀 딴 세상으로 인공기도, 철조망에는 정치 구호를 쓴 현수막도 걸려 있었어."

"그 얘기 듣고 보니 무섭기도 하고, 참 바보스럽기도 하다. 피를 나눈 형제들끼리 한 하늘 아래 살 수 없는 원수처럼, 그것도 외제 무기로 상대를 죽였다니.”

"오늘 찾은 사진 가운데 낙엽처럼 흩어진 시신 더미에서 아들을 찾는 어느 아버지, 광산 갱도 어귀에서 울부짖는 어느 아낙네, 그리고 거적에 덮인 가장의 시신 곁에서 울부짖는 아낙네의 사진은 당시 비극을 그대로 말해주고 있었어.”

그 얘기에 지수는 자기 체험담을 말했다.

"나도 피란 중 그런 장면을 여러 차례 봤고, 많은 얘기도 들었어.”

현은 지난번에 이도영이 주고 간 CD를 열어본 얘기를 했다. 거기에는 현이 어렸을 때 유행했던 말, '골로 간다'의 실체를 볼 수 있는 연속 사진이 담겨 있었다. '골로 간다'라는 말은 그 당시 유행어로 '너, 내 말 듣지 않으면 산골짜기로 데려가서 쥐도 새도 모르게 죽여버린다'는 말이었다. 한국전쟁 전후로 인민군의 우익 학살이나 경찰과 국군의 좌익 숙청, 보도연맹원 학살 등에서 그런 일들이 많았다. CD에서 본 것은 1951년 4월, 대구 근교에서 부역 혐의자 아홉 명의 민간인들을 국군 헌병들이 산골짜기로 데려가 학살하는 장면이었다. 헌병들은 그들 민간인에게 소지한 삽과 괭이로 구덩이를 파게 한 다음, 거기에 몰아넣고 총살하는 과정을 모두 여섯 장면으로 연속 촬영했다. 마지막 사진에서는 총살한 헌병들이 그 시신들을 삽으로 묻고 있었다.

또 다른 사진들은 한국전쟁 발발 직후 대전형무소 정치범 처형 장면으로, 수백 명의 좌익사범들을 트럭에 실어 근교 골짜기로 데려가 모조리 학살한 사진이었다. 미 육군무관 밥 에드워드 중령이 상부에 보고한 18장의 사진이 그것이었다. 그 가운데 총살을 당한 아비규환 속에서도 용케 살아남은 한 정치범의 눈빛은 끝내 뇌리에서 지워지지 않았다. 인권이라고는 찾아볼 수 없는 학살 장면들이었다.

"그래, 또 다른 사진은?"

"1950년 12월의 흥남 철수 사진들도 여러 장 나왔다. 화물선 갑판에는 사람이 콩나물시루처럼 빼곡히 차 있더군."

지수는 그 대목은 자기도 잘 알고 있는 듯이 말했다.

"그때 유엔군들이 철수하면서 원자폭탄을 떨어뜨린다는 풍문으로 함경도 일대 주민들은 대부분 잠깐 난리를 피한다고 군함이나 화물선을 타고 고향을 무조건 떠나왔다더군. 그 잠깐이 반세기를 넘긴 셈이지."

"그럼. 내가 근무했던 학교의 목수는 부모가 한 보름 정도 피란하라고 하기에 혼자 나섰다가 이후 평생 이산가족이 됐다고 한숨을 내쉬더군. 그는 술 한잔 마시면 이렇게 오래 이산가족이 될 줄 알았다면 그때 고향을 떠나오지 않았을 거라고 울먹였어."

지수는 대답 대신에 고개만 끄덕였다.

"그런데, 참 이상한 것은 월남한 피란민들은 밥술깨나 먹게 된 뒤부터는 오히려 향수병이 돋아나서 그게 병이 된 이도 많더라."

현은 자기 고향 구미 장터마을의 '아바이상회' 부부 얘기를 했다. 함경도에서 피란 온 그들 부부는 북에 가족을 둔 채, 피란지에서 외롭게 지내다가 서로 눈이 맞아 동거케 되었다. 남자는 남의 집 농사 일을 하고, 여자는 부엌일을 하면서 제방 밑 움집에서 같이 살았다. 그러다가 부인이 임신을 하자 밥상에다가 삶은 고구마, 볶은 땅콩, 사과 등을 움집 앞의 길에다 내놓고 팔았다. 그 밥상은 이후 평상으로, 나중에는 구미 장터에서 가장 큰 옷가게인 '아바이상회'로 발전했다. 그런데 생활에 여유를 찾게 되자 남자는 북에 두고 온 처자식 생각이 났다. 그 향수병은 마침내 다른 큰 병으로 전이돼 얼마 살지 못하고 세상을 떠났다. 그 부인의 말인즉, 밥상 위에 삶은 고구마를 올려놓고 팔 때가 행복했다고.

"그런 얘기는 무척 흔해. 고향에 가려고 기를 쓰고 미국에 이민 온 사람도 숱해."

"의용군에 끌려간 아들을 찾고자 미국으로 이민 온 사람도 봤어. 소설 『상록수』 작가 심훈 선생의 부인이 그랬더군."

지수는 미국 이민자 가운데는 유독 이북에서 내려온 피란민 출신이 많다는 말을 했다. 우선 아메리칸 드림을 이룬 후 선물을 잔뜩 사들거나 속옷에 달러를 꼬불친 다음 고향 땅을 밟는 꿈에 사는 이가 많다고 했다. 실제로 그런 꿈을 이룬 이가 한두 사람이 아니었다고 했다.

"너 북한에 다녀왔다고 했지?"

"응, 2005년 7월에 작가 방북단의 일원으로."

"그 얘기 좀 해줘라."

"알았다."

현은 2005년 7월 20일, 남북작가대회에 참석코자 인천공항에서 인공기가 선명한 고려항공기를 탔다. 곧 북녘 여승무원의 안내방송이 흘러나왔다.

"우리 비행기는 서울 평양 간 우회 항로로 540킬로미터를 시속 850킬로미터 고도 7,900미터로 날아갑니다. 비행 시간은 50분입니다. 그럼, 유쾌한 여행이 되시기 바랍니다."

현은 그 방송에 새삼 서울과 평양이 매우 가까운 거리라는 것을 실감했다. 지난날 자기 집에서 학교까지 출근하는 시간에 평양에 도착했다. 기내 창으로 바깥을 바라보자 조금도 낯설지 않았다. 초록 들판의 벼, 콩, 옥수수, 소나무, 미루나무, 아카시나무…… 평양공항이 아니라 마치 원주나 여수공항으로 착각할 정도였다.

평양공항에서 '반갑습니다'라고 인사하는 북녘 동포의 손을 잡았다. 손은 거칠고, 얼굴은 햇볕에 몹시 그을렸다. 마치 고향 사람을 만나는 기분이었다. 그런데 그들의 표정에는 구김살이 전혀 없었다. 참 순박해 보였다. 평양 시가지는 한산했고, 칙칙한 고층건물, 낡은 궤도전차와 무궤도전차, 핏기 없는 사람의 얼굴로 어딘가 궁색해 보였다. 안내원은 아직도 북녘은 '고난의 행군' 중이라고 솔직히 말했다. 잠자코 듣던 지수가 말했다.

"그래, 평양 외에는 안 갔니?"

"묘향산도 가고, 백두산에도 올라갔어."

현은 그곳을 오가며 차창을 통해 바라본 북녘 산하 얘기도 했다. 북녘은 1970년대의 남한을 연상케 했다. 청천강에는 아이들이 발가벗고 멱을 감고 있었고, 미루나무가 우거진 동네 어귀에서는 소를 몰고 가는 농사꾼과 밭에서 김을 매는 수건 쓴 아낙네도 볼 수 있었다. 고속도로에는 거의 차가 다니지 않았고, 들판의 곡식조차도 비료 부족으로 제대로 자라지 못하고 있었다. 산은 온통 벌거숭이로 조금만 비가 내려도 사태가 날 것만 같았다. 그런데도 주민들은 땔감으로 쓰고자 생나무를 베어 집으로 옮기고 있었다. 백두산을 오르고자 삼지연 공항에서 버스로 이동하는데 이따금 아이들이 길가에서 손을 흔들었다. 햇볕에 그을린 그들 얼굴이 지난날 자기 모습으로 보여 차를 세우고 그들에게 다가가 얼싸안아주고 싶었다. 곧 삼지연 별장 지대가 나타났는데, 다른 곳과는 달리 지붕 색깔이 무척 화려했다. 마치 알프스의 어느 별장 지대인 양 아름답기 그지없었다.

"스위스처럼 아름답데?"

"내 보기에는 스위스보다 더 아름답더군. 그동안 나는 백두산을 중국으로 두 번, 북한으로 한 번 올랐는데, 역시 내 조국 쪽으로 오르는 백두산의 경치가 더 좋더라."

현이 백두산을 올랐던 2005년 7월 23일 새벽, 어둠 속에 천지 비경이 시나브로 드러났다. 서편 하늘에는 둥근 달이 떠 있고, 동녘 하늘에는 붉은 해가 두꺼운 구름의 장막을 헤치고 솟아올랐다. 그 장엄한 경치가 황홀했다. 해가 밝아질수록 달빛이 희미해지는 조물주의 연출이 기막힌 장관이었다.

새벽 5시 5분, 이윽고 두꺼운 검은 구름의 장막을 헤치고 시뻘건 붉은 해가 솟아올랐다. 그날 해돋이는 장관이었다. 백두산 정상에서 바라본 우리 강산은 더없이 신령스러웠다. 무엇보다 북녘 산하가 오염되지 않은 채 보전돼 있다는 사실이 무척 반가웠다. 문자 그대로 비단에 수를 놓은 금수강산이었다.

"그래, 통일의 빌미가 조금 보이던?"

"분명 보였어. 우선 북녘에서 만난 동포들을 대하자 이질감은 전혀 없었어. 우선 말이 통했어. 내가 살펴본 바, 남북 백성들의 마음속은 결코 분단되지 않았더라고."

"그래? 그게 가장 중요하다. 앞으로 어떻게 하면 좋을까?"

"남과 북은 서로 더 이상 흑백논리나 선악의 이분법으로 우리는 옳고 상대는 그르다는 아집에서 벗어나야 된다고 생각해. 만일 서로 자기만 옳고 상대는 마냥 그르다고 주장한다면, 분단의 벽은 더욱 높아지고 강고해질 수밖에 없을 거야. '마음속의 38선이 무너지고야 땅 위의 38선도 철폐될 수가 있다'는 백범의 말씀은 분단 철폐에 최고의 처방전일 거야."

지수는 계속 고개만 끄덕이다가 한마디 했다.

"역시 백범이로군."

"나는 이 세상의 사회나 제도, 이념, 사상에는 100퍼센트 진선진미

한 것은 없다고 봐. 어느 사회나 장단점이 있기 마련이고, 제도나 이념, 사상도 마찬가지일 거야. 인류의 문화와 역사가 발전하는 것은 그 사회의 단점을 극복하고, 더 나은 제도나 사상으로 진보하기 때문일 거야."

"설송, 말인즉 옳군. 근데 북녘 동포들이 그렇게 가난하게 살던?"

"글쎄다. 이즈음은 많이 좋아졌다고 하더라. 이 세상에서 가장 큰 설움이 배고픈 거라는데 남쪽에서는 쌀이 남아돌아 걱정이요, 북녘에서는 자연재해로 양식이 모자라 아우성이니, 같은 겨레로 얼마나 가슴 아픈 일이야."

원래 쌀은 남쪽에서 북쪽으로 흘러갔다. 그 대신 북쪽에서는 명태, 가자미, 송이버섯, 그리고 각종 광물들이 남쪽으로 내려왔다. 이것은 풍부한 쪽에서 부족한 쪽으로 흘러들어가는 지극히 자연스런 흐름이었다. 이런 흐름이 분단으로 끊어졌다. 다행히 이즈음 남쪽에서는 쌀이 남아도니까 아무 소리 말고 가능한 북쪽을 도와줘야 한다. 그러면 북쪽에서 풍부한 산물들이 자연히 남쪽으로 흘러오기 마련이다. 쌀 몇 됫박 퍼주면서 돕는다고 요란을 떠는 것은 동포애답지 않은 처사다. 이 세상에 일방은 없다. 세상만사 '기브 앤드 테이크(Give and Take)'다. 서로 물자를 주고받는 가운데 얻는 남북 화해 무드의 반사이익은 이루 말할 수 없이 크다.

현은 그 몇 해 전 인도네시아 보로부두르 사원에서 본 벽화 얘기를 했다. 그 벽화 부조물은 부처님 전생 설화로 몸통은 하나인데 머리가 둘인 새의 이야기였다. 즉 한 머리의 새는 날마다 맛있는 음식을 배부르게 먹으면서 신나는 노래를 흥얼거리며 살고 있었다. 그런데 또 한 머리의 새는 날마다 조악한 음식을 그것도 매우 부족하여 굶주리며 살았다. 여러 해 세월이 지나도 그 차이가 별로 개선되지 않자 조악하고 부족한 음식을 먹던 새는 더 이상 살고 싶지 않아 독약을 먹었다. 그러자 굶주린 새뿐 아니라 배부른 새도 그 독약의 기운으로 죽어버렸다.

"남의 나라 얘기 같지 않네."

"나도 그렇게 느꼈어. 그런데 남녘의 일부 사람들은 이 이야기에 담긴 진실을 아예 모르거나 외면하고 있어. 심지어는 지금도 미국이 북한에 원자폭탄 몇 방을 떨어뜨려 한다고 생각하는 거야. 하지만 그들은 하나만 알고 둘은 모르는 거지. 북한은 가만히 맞고만 있지 않을 것이며, 그들 뒤에는 중국과 러시아가 도사리고 있는 거야. 아카이브에서 찾은 사진을 보니까 장진호전투에서 세계 최강이라고 뽐내던 미 해병대조차도 공산군 측의 매복 전술에는 속수무책으로 후퇴를 거듭했더군. 솔직히 다시 한판 붙으면 누가 이길지 몰라. 그리고 전쟁은 결코 무기의 힘만으로 이길 수 없어."

현은 미국과 월남전을 예로 들었다. 지수는 현의 이야기를 잠자코 듣기만 했다.

"그런데 한심한 일은, 한국의 일부 극우 세력들은 걸핏하면 선글라스를 끼고 태극기와 성조기를 들고 거리로 뛰쳐나온다는 거야."

"그건 미국에서도 그래."

"안에서 새는 바가지 바깥에서도 새는 격이군. 걔네들이 역사를 모르는 탓이야. 아무튼 양측이 하루 빨리 총을 내려놓으면 남북 백성들의 삶은 지금보다 크게 향상될 거야. 사실 남북 양측 모두 과도한 군비를 지출하고 있는 거지. 북한에서는 미국과 맞서는 막대한 군비 때문에 인민들이 굶주리고 있고, 남한에서도 거기에 대비한 무기와 미군의 주둔비 분담 때문에 허리가 휘고 있는 거야."

"정말 네 얘기 듣고 보니까 그러네."

"그런데 참으로 다행한 것은 한때 남쪽에서는 햇볕정책이라 하여 그동안 북녘을 도왔어. 그 결과 금강산도 오갈 수 있지. 나 금강산도 두 번이나 다녀왔다."

그 말에 지수가 놀라며 말했다.

"뭐? 내가 살았더라면 너를 따라 귀국해서 달라진 서울 구경도 하고, 아주 금강산까지 구경하고 돌아올 건데."

"그랬으면 얼마나 좋겠니. 여행처럼 즐거운 인생은 없다는데. 하지만 이즈음은 갈 수가 없단다."

"누가 그 길을 막은 거니?"

"글쎄다. 곧 다시 열릴 테지. 아무튼 분단 때문에 남과 북 백성들의 고통은 말할 수 없지만 역설로 우리나라는 분단으로 자본주의와 사회주의의 두 체제를 모두 체험한 이점도 있어. 앞으로 통일된 우리나라는 두 체제의 장점이 결합된 나라가 되었으면 하는 바람이야. 그래서 우리나라가 세계에서 가장 이상적인 나라로 자유와 평등을 다함께 누릴 수 있는 나라가 되었으면 좋겠어. 만일 우리나라가 세계 초일류국이 된다면 그동안 우리가 겪었던 비극과 참상에 대해 보상일 테고, 우리를 갈라서게 한 강대국에게 멋지게 복수하는 길일 거야."

"네 결론이 아주 멋있다. 설송, 이 밤 일본 여행 얘기도 들려다오."

"알았다."

현은 그 몇 해 전에 고교 친구랑 일본 여행을 했다. 오사카에서 그리 멀지 않은 나라(奈良) 도다이지 사원에 갔을 때다. 그곳 주차장에서 내리자 가장 먼저 반기는 것은 어디선가 불쑥 나타난 사슴이었다. 그 사슴들은 사람을 두려워하기는커녕 오히려 뿔로 툭툭 관광객을 건드리고 눈을 껌뻑거리며 아는 체했다. 아마도 먹이를 달라고 그러는 모양이었다. 야성이라고는 거의 없고, 사람에게 잘 길들여진 사슴들이었다.

현은 그 사슴의 눈매에서 일제의 채찍과 당근에 길들여진 서럽고 불쌍한 식민지 백성들의 모습을 읽을 수 있었다. 대부분 백성들은 일제가 던진 은사금이나 채찍에 그만 자주성이나 주체성도 잃어버리고 그들에게 잘 길들여진 일제 신민(臣民)이 되어버렸다. 우리말도 글도 모두 일제에 빼앗기고, 조상 대대로 이어오던 성씨마저 빼앗긴 채, 그들이 일으킨 전쟁에 짐꾼이나 총알받이로, 심지어 성 노리개로 내몰렸다. 끝내 길들여지지 않았던 일부 백성들은 만주 벌판에서 총칼을 들고 투쟁하면서 자주성을 지켰다. 국내에 남은 일부 자주성을 지닌 독립지사들은 형무소에 갇히거나 지하에 숨었을 뿐, 거의 대부분 백성들은 도다이지 사슴들처럼 야성을 잃고 일제에 사육을 당했다.

지수는 현의 얘기를 골똘히 들으면서 고개를 끄덕였다. 현이 말했다.

"내가 그때 태어났다면 어떠했을까 생각해봤어. 아마 나도 잘 길들여진 사슴이 되거나 아니면 날마다 먼 산을 바라보다가 채찍에 휘갈김을 당하는 '바가야로 조센징'이 되었을 것 같아."

"나도 그랬을 것 같다. 정말 독립운동은 아무나 할 게 아니지."

"그럼, 말은 쉽지만 행동으로 옮긴다는 것은 어려운 일이지. 그런데 한국의 현대사에서 가장 어처구니없는 일은 일제에 잘 길들여진 사슴의 무리가 정치 경제 교육 경찰 검찰 등 전 사회에서 주류로 행세하고 있는 점이야. 아주 대물림까지 하고 있어."

"정말 통탄할 일이네."

"그런데도 대부분 사람들이 그런 사실을 모르는 거야."

"당근과 채찍에 잘 길들여진 탓이겠지."

현은 대답 대신 고개를 끄덕였다.

"설송, 일본 얘기 하나만 더."

"알았다."

현은 그 이듬해, 한 제자와 함께 일본 기타도호쿠(北東北) 지방인 아키타, 이와테, 아오모리 세 개 현 초청으로 그곳을 둘러봤다. 그가 아카타현 오가반도의 한 호텔로 들어서는데 로비에서 기모노를 입은 종업원 다섯이 일렬로 서서 상체를 90도로 굽힌 채 '아리가토오 고자이마스' '이랏샤이마세'를 외쳤다. 그런 뒤 그들은 일행에게 주르르 달려와서 짐을 낚아채갔다. 현은 호텔 로비 소파에 마련된 차를 마신 뒤 승강기를 타고 객실에 도착했다. 그런데 객실 문에는 엽서 크기의 두꺼운 종이에 다음과 같이 예쁘게 쓴 카드가 붙어 있었다. '歡迎 趙鉉'(환영 조현), 그리고 그 아래에는 가방이 놓여 있었다. 현이 그제까지 세계 여러 나라를 다녀봤지만 이런 일은 처음이었다. 그것이 허례허식이요, 겉과 속마음이 다른 일본인들의 이중성인 '다테마에'라고 해도, 그 순간 나그네의 마음은 감동치 않을 수 없었다.

"아무튼 걔네들의 친절성은 간도 꺼내줄 정도지."

"그럼, 그날 밤 눈 축제 행사장에 가기 위해 곧장 버스에 오르자 안내인이 장화를 건네주는데, 그걸 신자 발에 꼭 맞았어. 한국에서 출국 전 전화로 신발 사이즈를 묻더니 아마도 그 장화를 준비하려고 그랬던 모양이야. 행사장 일부는 진창길이라 그들은 그걸 미리 준비한 모양이야."

"와! 그렇게까지. ……정말 놀랄 일이다."

"아무튼 정신 바짝 차리지 않으면 일본인들의 겉 친절에 꼬박 속을 것 같더구나."

"아무튼 일본인들은 강자에게 약하고, 약자에게 강한 이중성이 매우 심하지."

"몇 차례 일본을 둘러보면서 그들이 자랑하는 교토 고류지의 미륵보살반가사유상이나 호류지의 백제관음상에서는 우리 조상의 숨결을 찾을 수 있었어. 일본 문화의 밑바탕은 한반도를 통해 들어온 대륙 문화야. 그런데 지난날 자기네 문화의 종주국에게 은혜를 원수로 갚은 셈이었지."

"어떻게 하면 한일 두 나라가 지난날의 원한에서 벗어나 이웃나라로 친하게 지낼 수 있을까?"

"참, 어려운 문제다. 일왕이나 총리가 서독 수상 빌리 브란트처럼 사죄해야 가능할 거야. 빌리 브란트는 이웃 폴란드를 방문하여 유대인 위령탑 앞에서 무릎을 꿇고 지난날의 죄과를 진정으로 사죄했지. 일왕이나 총리도 그처럼 화끈하게 우리나라 서대문형무소나 독립지사 묘지 앞에서 무릎을 꿇고 사죄를 한다면 얼어붙은 한국인들의 마음도 녹을 거야. 그런데 일본인들은 밴댕이들보다 속이 더 좁은 좁쌀이야."

그 몇 해 전, 마침 한일 '우의의 해'를 앞두고 있었기에 현은 교육방송국(EBS) 본부장과 함께 한일 간 지난 구원을 씻는 행사를 기획한 적이 있었다. 현의 고향 출신인 왕산 허위 선생은 1908년 가을, 13도 창의군 군사장으로 청량리 밖에서 문안에 있었던 일본 통감부로 쳐들어가다가 일본군에게 여지없이 패퇴당한 채 체포되었다. 당시 일본 헌병대장 아카시 모토지로(明石元二郎)는 허위 군사장의 꿋꿋한 기상에 탄복하여 간곡히 회유했다. 하지만 왕산 군사장이 끝내 그들에게 굴복지 않자 경성감옥(후 서대문형무소)에서 교수형을 집행했다. 현은 그런 역사적 사실을 알고 왕산 후손의 동의를 받아 교육방송국 본부장과 함께 두 집안 간 구원을 화해시키는 행사를 기획했다. 주한 일본문화원을 통해 아카시 후손의 도쿄 주소를 안 뒤 교육방송국의 김 아무개 피디를 현지로 보냈다. 그 피디는 도쿄 교외에 거주하는 아카시 손자를 만나 세기를 뛰어넘는 화해를 시도해보았다. 하지만 그 손자는 끝내 화해의 기획을 거절해 뜻을 이루지 못했다. 김 피디는 귀국 후 현에게 아카시 손자의 현재 의식은 아직도 자기 할아버지 시대에 머물고 있다는 견해를 전했다. 1908년 헌병대장 아카시가 왕산 군사장을 신문할 때 주고받은 말이다.

"일본이 조선을 보호한다고 부르짖는 것은 말뿐이고, 실상은 일본이 조선을 없애버릴 계획을 품었기에, 우리들은 보고만 있을 수 없어 당랑(螳螂, 사마귀)이 도끼를 들듯 힘에 벅찬 의병을 일으킨 것이다."

왕산의 웅변에 아카시가 회유했다.

"일본이 조선을 대하는 것은 병자를 안마하는 것과 같다. 지체를 쓰다듬을 때 비록 한 차례 고통은 있어도, 마침내 병자를 낫게 하는 것이다."

그 말에 왕산은 책상 위의 겉은 붉고 속은 푸른 색연필을 가리키며 말했다.

"이 연필은 언뜻 보면 겉은 붉은빛인데, 그 속은 푸른빛이 아닌가. 일본이 한국을 대하는 것이 이와 같다."

김 피디가 전하는 아카시 손자의 말과 행동으로 미루어보아, 이는 아직도 일본 주류가 여전히 우리나라를 아주 형편없이 깔보고 있다는 실증이다. 그들은 자기네들이 삼킨 한국과 만주를 미국 때문에 어쩔 수 없이 토해놓았다는 억울함을 숨기고 있다. 사실 오늘 우리나라가 분단된 직접적인 원인은 일본의 강점에 있었는데 그들은 여태 거기에 대한 진정성 있는 반성과 참회, 사죄를 전혀 보이지 않고 있다. 그들은 피해자가 화해를 청해도 거절하는 오만불손한 도저히 용서할 수 없는 족속이었다.

"설송, 어떻게 하면 우리가 일본에게 제대로 복수하고 그들을 이길 수 있을까?"

"우리나라가 하루 빨리 남북통일이 돼 그들보다 더 잘 살고, 더 높은 도덕과 정신문화를 가지면 그것은 가장 멋진 복수요, 승리의 길일 테지."

"그런데 그게 가능할까?"

"그건 이제라도 우리 마음먹기에 달려 있어. 그러기 위해서는 나라의 교육이 가장 급선무인데, 사실 우리 교육계가 진흙탕이야."

"네가 모교에서 뛰쳐나온 것도, 정년퇴직을 하지 않고 교단을 뛰쳐나온 것도 그런 까닭 때문이었나?"

"……."

현은 그 말에 시인도 부인도 하지 않고 다른 얘기를 했다.

"내가 보기에 이제 일본은 전성기를 지나 쇠퇴기를 맞고 있는 점이 엿보이더군. 역사는 돌고 돈다고 하는데, 역사의 사이클이나 정의로 볼 때, 일본은 그동안 이웃나라 침략에 대한 인과응보의 대가를 받을 날이 반드시 올 거라고 믿어. 하지만 늘 경계해야 하는 일본이지. 그들은 아주 독종으로 물러갈 때 이런 말을 퍼트렸다고 하잖아. '미국을 믿지 말고 소련에 속지 말라. 일본은 일어선다'고 말이야. 조선 총독은 제 나라로 쫓겨 가면서 '우리는 총칼보다 더 무서운 문화 무기로 조선인들을 교육시켰다. 그렇기 때문에 조선인들은 쉽게 그 굴레에서 벗어나 자주적인 민족이 되지 못할 것이다. 그러므로 우리는 100년 내에 다시 조선에 돌아올 것이다'라고."

"참, 무서운 말이다. 도대체 걔네들은 왜 대륙 침공의 야욕을 버리지 못할까?"

"내가 일본을 여행하면서 두 나라의 자연환경을 견주어보니까 그 답이 나오더군. 일본 열도를 두루 여행하면서 살펴보니까 그들의 산하는 어딘가 거무튀튀하고 걸핏하면 장마와 태풍, 쓰나미로 자기 나라에서 편안케 살 수 없는 자연환경이더군. 그런데 견주어 우리나라 자연환경은 그네들보다 얼마나 더 좋아. 그야말로 금방 지은 밥과 쉰밥의 차이더군. 그래서 그네들 가운데 일부는 수세기 전부터 대륙 침략의 야망을 품고 살아온 거야. 지금도 마찬가지야. 일본은 지금도 자기네가 삼킨 한반도를 다시 삼키겠다는 야욕을 고양이 발톱처럼 숨기고 기회만 엿보고 있는 거지. 우리가 이 점을 늘 명심치 않으면 그들에게 또다시 나라를 빼앗기는 수모를 당할 거야."

"오늘 얘기 잘 듣고 간다. 내일 밤에 또 올게."

지수는 금세 흔적도 없이 사라졌다.

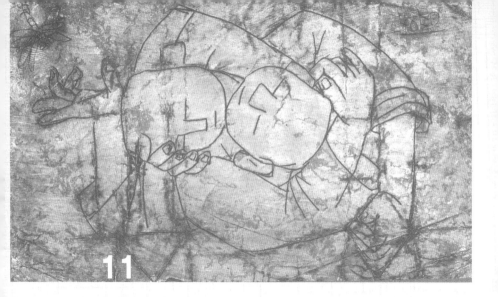

11

고백

고백

           아카이브로 가는 마지막 날이었다. 그날은 출근길 언저리 나무조차에도 친밀감이 갔다. 아카이브 자료실에 도착하자 브라운 아키비스트는 평소 곱이나 되는 문서 상자를 건네주고 갔다. 박유종이 전날 퇴근하면서 데스크에 여느 날보다 더 많은 문서 상자를 신청해뒀기 때문이다. 현과 박유종은 서둘러 문서 상자의 사진을 하나하나 검색 선별했다. 이 사진들은 대부분 미군 정보원들이나 종군기자들이 찍은 사진이기에 그들의 시각으로 촬영했다. 그래서 미군들이 한국의 고아원이나 교회, 또는 성당을 찾아가 초콜릿을 나눠주는 사진이나 피란민을 구호하는 사진들이 많았다. 이는 마치 국군이 월남에 파병했을 때와 똑같다. 월남 파병 때 극장에서 본 영화 상영 전에 보여주는 대한뉴스나 텔레비전에서 수시로 보여주는 국군 홍보 영상물에는 파월 장병들이 평화의 사도로 월남인들을 구제한다는 장면을 판에 박은 듯이 보여줬다. 그런 장면의 사진도 한두 컷은 필요하지만 그 당시 시대상을 적확히 알기 위해 전쟁의 틈바구니에서 신음하는 한국인의 모습이 더 필요했다. 그래서 현은 가능한 많은 상자에서 전쟁의 참상과 수난당하는 한국인들의 모습을 골라 부지런히 스캔했다.

이날 사진은 포화에 파괴된 도시의 모습이 많았다. 서울의 화신백화점, 중앙청, 보신각, 서울역, 굴뚝만 남은 원산 공장지대 등은 전화로 검게 그을리거나 전파, 또는 반파되었다. 그동안 사진은 대부분 흑백이었지만 이날따라 컬러 사진도 심심찮게 나왔다. 거제 포로수용소 중국군 포로들이 철조망 안에 옹기종기 몰려 따뜻한 봄볕을 쬐는 사진도, 로켓포가 불꽃놀이를 하듯 밤하늘을 가르는 사진도 있었다. 가장 감동적인 사진은 1950년 9월, 경남 김해에서 한 남정네가 지게에다 병중의 시각장애인 아내를 지고 피란하는 장면이었다. 현은 그 사진을 찾고는 한동안 숙연해졌다. 마치 한 폭의 성화(聖畵)처럼 보였다.

마침 이날은 금요일로, 밤 9시까지 문을 여는 날이었기에 시간에 쫓기지 않았다. 전날과 그날 신청한 자료 상자를 모두 다 살피자 밤 8시가 조금 넘었다. 그동안 열흘 남짓 아카이브에서 고른 사진은 모두 770여 장이었다. 한국전쟁 사진집 한 권 분량으로는 충분했다.

그날 작업을 마치자 심신이 탈진했다. 숙소로 돌아온 뒤 겉옷도 벗지 않은 채 그대로 침대에 쓰러졌다. 뭔가 스치는 예감에 잠에서 깼다. 지수가 곁에서 지켜보고 있었다.

"곤히 자는 걸 깨워 미안."

"잘 깨웠어. 하마터면 여기서 더 이상 너를 못 보고 돌아갈 뻔했네."

"그냥 떠나오려다가 오늘 밤이 마지막이기에 한참 기다렸지."

"고마워. 기다려줘서."

현은 일어나서 손목시계를 풀고는 겉옷을 벗으면서 말했다.

"그동안 너무 무리했어. 수십 년 먼지 묻은 사진을 꺼내 일일이 고르느라 그동안 미세 먼지도 엄청 마셨을 거야."

"그랬나 봐. 날마다 퇴근 때는 목이 텁텁하고 코가 막히더군."

"고생한 만큼 소득이 있었니?"

"기대 이상이야. 애초 목표보다 더 많은 양을 수집했어. 질도 좋았고."

"기록문화가 부실한 우리나라에 아주 좋은 자료가 되겠구나."

"글쎄다. 내가 펴내는 이 사진집이 한반도에서 다시는 동족상잔의 전쟁이 일어나지 않게 하는 비망록이 되었으면 좋겠다."

"아마도 그렇게 될 거다. 사진집을 보는 사람들은 지난 전쟁에서 한국인들은 강대국의 대리전쟁으로 억울하게 희생되었다는 것도 알게 될 테고."

"나도 거기에도 초점을 맞추고 사진들을 골랐다."

"왜 지성이면 감천이라는 말이 있잖니? 이번 사진집도 사람들에게 많은 감동을 줄 거다. 다시는 동족상쟁을 해서는 안 된다는 반전사상도 심어줄 거고. 그나저나 이제 네가 떠난다고 하니까 얼마나 섭섭한지……."

"나도 마찬가지야. 내일은 떠나는 날이기에 오늘 밤은 부담도 없고, 막 단잠을 자고 일어났으니까 오래도록 있다가 가."

"알았다. 설송, 우선 잠옷으로 갈아입고 욕실에 가서 몸을 닦고 와."

"알았다, 운성! 조금만 기다려."

현은 콧노래를 부르며 욕실에서 샤워를 한 뒤 와인병을 들고 탁자로 돌아왔다.

"마침 두 잔가량 남았는데 우리 이별주로 마저 마시자."

"좋아. 나는 냄새만 맡을 테니까 네가 다 마셔."

현은 남은 와인을 두 잔에 가득 채운 뒤 탁자 위에 릿츠 비스킷과 허쉬 초콜릿을 내놓았다.

"슈퍼에 갔다가 이 과자들을 보고 문득 옛날이 생각나서 사다가 안주로 쓰고 있어. 그 시절 우리 악동들에게 이 비스킷과 초콜릿은 그야말로 꿀맛이었지."

"우리 가족들의 피란지 부산에서 아버지는 미군부대에 노무자로 다녔어. 아버지가 퇴근할 때에는 이따금 이 허쉬 초콜릿과 릿츠 비스킷을 가져오곤 하였지. 그때 그 맛이란 기가 막혔지."

"그 당시 우리 꼬맹이들은 허쉬 초콜릿 맛을 못 잊어 미군 지프차나 트럭 꽁무니를 졸졸 따라다녔지. 사복 경찰관은 철부지 어린이에게 산으로 간 빨치산 삼촌의 행방을 캐는 미끼로 이 초콜릿을 썼지. 어떤 어린이는 그 유혹에 넘어가 삼촌이 마침 산에서 내려와 집 마루 밑에 숨어 있다고 일러주기도 했다지."

"뭐? 그런 끔찍한 일이⋯⋯."

현은 또 다른 일화를 얘기했다.

"우리 동네 한 누이는 아버지가 부역 혐의로 경찰서로 연행되자 미군 장교에게 접근하여 양색시가 됐지. 그런 다음 아버지를 구출하고 미군부대에서 흘러나온 피엑스 물건을 넘겨받아 집안을 일으켰어. 그 누이 덕분으로 나중에 지역 유지가 된 동생은 양색시가 된 누이를 훤한 대낮에는 집으로 오지 못하게 하더라."

"아마도 그 동생 처지에서는 '양갈보' 동생이라는 주위의 놀림이 싫어서 그랬을 거야. 우리 집도 피란 시절이 가장 행복했던 것 같아. 우리 가족은 부산역 앞 산비탈 영주동 판자촌에서 피란했는데 초롱에다 물을 받아다 그걸 아끼면서 식수로도 쓰고, 세면도, 빨래도 하고 살았지만 집 안에는 웃음꽃이 떠나지 않았어. 날마다 아버지는 미군부대에 출근하고 어머니는 미군부대 옆 세탁소로 가서 빨래를 하고, 형과 누나는 학교를 다녔어. 나는 산동네 아이들과 하루 종일 놀면서 아버지 어머니를 기다렸지."

"개인이나 가정의 행복은 오히려 조금 가난한 데 있나 봐. 하늘은 사람들에게 한꺼번에 모든 복을 주지 않는 모양이야."

"그 말은 맞는 것 같아. 사람은 모든 복을 누리면 대체로 교만해지거든. 가난했던 이들이 재벌이 된 다음 그들의 행태를 보면 아주 가관이지. 자기네 회사 아랫사람들의 인권은 안중에도 없이 온갖 행패를 일삼고 있지. 심지어 자기 차를 모는 기사에게까지 인간 이하의 대접도 일상화이고."

"그게 어리석은 인간의 한계일 테지. 한국의 재벌들 가운데는 이런 이들이 많을 거야. 게다가 인문이 죽어버린 사회니까 그 꼴불견이야……."

"설송, 오늘 밤이 마지막이니까 그동안 풀어놓지 못한 가슴에 맺힌 이야기 다 들려줄게."

"그래, 이 참에 모든 걸 다 쏟아버려. 그런 다음 하늘나라에서 편히 지내라. 내가 여기까지 온 가장 큰 목적은 네 영혼을 진혼하는 일이야. 그게 지난날 너에게 받은 목 자른 워커 값을 조금이라도 갚는 길이기도 하고."

"네가 여기까지 오다니. 금을 팔아 친구를 산다고 하더니, 정말 고맙다. 네가 이 먼 미국까지 나를 찾아온 것은 이참에 너에게 모든 걸 다 쏟으라는 하나님의 계시일 거야. 근데 그 워커 얘기는 이제 그만해."

"하지만 난 그 워커를 잊을 수 없어."

현은 이 세상이 각박하다고 하지만, 지수가 준 그 워커만 생각하면 그래도 이 세상은 살 만하다는 생각이 들었다. 그가 오늘까지 사람을 믿고, 사람을 가장 아름답게 여기면서 살아온 것도, 또 앞으로도 사람만이 대안이라는 생각을 갖게 한 데에는 그 목 자른 워커가 한 요인이었을 게다.

"오늘은 아카이브 자료 상자에서 지뢰를 밟아 찢어진 워커 한 켤레를 클로즈업한 사진이 나왔어. 그걸 보자 분단된 조국의 모습으로 비치기도 했고, 네가 준 워커도 연상되더군."

"그랬니? 그 사진 한번 보고 싶구나."

"조금만 기다려. 내가 보여줄게."

현은 노트북을 탁자로 옮겨 전원을 켰다. 현은 바탕화면에서 '한국전쟁' 폴더를 클릭하였다. 그러자 곧 그 워커 사진이 화면에 떴다.

"네 말대로 그러네. 이 사진을 찍은 이는 어느 아티스트가 아니었을까?"

"글쎄다. 유감스럽게도 촬영자의 이름은 없더구나. 종군기자 가운데는 아티스트들도 더러 있었을 거야. 자료 상자에는 아티스트들이 그린 그림들도 보였어. '사과를 파는 아이' '군장' '개성' '평화의 열차' '155미리 곡사포' 등의 스케치 작품들도 있었어."

"아무튼 우리 집도 저 워커처럼 갈기갈기 찢어졌지."

"너희 집뿐 아니라 그 당시 많은 집들이 그랬을 거야. 용케 전란을 피한 집도 있었지만 대부분 사람들의 현대사는 수난의 세월이었지."

"그런 수난에 가족들이 합심해서 슬기롭게 극복한 집이 있는가 하면, 그렇지 못하고 가족 간 서로 탓하면서 파멸한 집도 있어. 우리 집이 바로 그랬으니까."

"우리 전등 *끄고* 이야기 나눌까?"

"너 좋은 대로."

"그럼 끈다."

현은 전등 스위치를 모두 내렸다. 커튼 틈새로 푸르스레한 달빛이 빗금으로 실내에 들어왔다. 지수가 달빛을 바라보며 말했다.

"설송, 베토벤의 〈월광 소나타〉가 어디선가 들려오는 듯, 분위기가 그저 그만이다."

그러자 현은 커튼을 아예 활짝 열어젖혔다. 눈이 쌓인 지상에 비친 달빛이 실내로 확 빨려 들었다. 지수가 그 달빛에 취한 채 낭랑히 말했다.

지수 집안은 함경도에서 조상 대대로 가난한 농사꾼이었다. 그런 가운데 그의 할아버지 장영두는 글눈을 조금 뜬 탓으로 개화기 때 광산에서 서기로 일했다. 그는 광맥 하나만 찾으면 일확천금을 얻는 걸 두 눈으로 본 뒤, 서기 일을 그만두고 그날부터 광맥을 찾아 나섰다. 그렇게 수년을 돌아다니니까 그나마 있던 재산조차도 거덜이 났다. 그런 가운데도 장영두는 광맥 찾는 일을 포기치 않고 몇 해를 더 미친 듯이 조선팔도 산을 두루 헤매다가 마침내 함경남도 함주군 덕산에서 큰 광맥을 발견했다. 그 일로 장영두는 하루아침에 벼락부자가 되었다.

　장영두는 일남 사녀를 두었다. 특히 외아들 장호길은 어린 시절부터 무척 호사스럽게 자랐다. 장영두는 아들을 일본으로 유학 보내면 자주 볼 수 없다고, 서울 보성전문학교에 입학시켰다. 당시 장호길은 보성전문 피겨스케이트 선수로 정작 공부보다 기방 출입이나 운동에 더 마음을 쏟았다. 그는 평양 태생의 이화여전 출신 이강숙과 결혼하였는데, 신부에게 혼수로 피아노를 사줬을 만큼 초호화 혼례식을 치렀다. 결혼 후 장호길은 아버지의 광산을 물려받았다. 그는 함흥에서 유지 행세를 하며 한량으로 살면서 지웅, 지란, 지수, 삼남매를 두었다. 지수가 태어나던 해에 해방이 되었다. 곧 38선이 생기고, 공산정권이 들어서자 지수네 집은 자본가 계급으로 타도의 대상이 되었다.

　장호길은 공산치하에서 몇 달을 버티다가 금붙이 등 동산만 조금 챙긴 뒤 월남하여 서울에 정착했다. 장호길은 남대문 옆 회현동에 집도 한 채 산 뒤 그렁저렁 고등룸펜으로 지내던 가운데 6·25전쟁을 만났다. 가족은 용케 부산까지 피란을 갔다. 마침 장호길은 미군부대에 통역관으로 있던 보전 동창생 주선으로 노무자로 일하게 되었다.

　그때 지수는 여섯 살이었다. 아버지는 미군부대에서 퇴근할 때 초콜릿과 비스킷, 껌 등을 가져왔는데 그 맛이란 기가 막혔다. 아버지가 가족들에게 주려고 가져 나온 피엑스 물건들은 점차 동네 구멍가게로, 마침내 국제시장으로 흘러나갔다. 지수 가족은 피란지 부산에서 애초 영주동 산동네 판자촌에서 지냈는데, 아버지가 미군부대에

다닌 이듬해부터는 대신동 일본인 적산가옥으로 이사를 할 만큼 생활이 윤택해졌다.

그때부터 아버지의 퇴근은 날마다 늦어지다가 일주일에 한두 번씩은 아예 집에 오지 않았다. 그러자 그때마다 부부싸움이 잦아졌다. 아버지에게 시앗이 생긴 것이었다. 어머니와 형, 누나, 지수는 아버지를 찾아 부산 거리를 헤매었다. 어머니는 여러 날 아버지와 숨바꼭질을 하는 미행 끝에 시앗과 살림한 집을 찾아냈다.

어머니는 평안도내기인데 시앗은 함경도내기였다. 두 이북 에미네가 머리끄덩이를 잡고 대판 붙었다. 지수는 그날 누구 한 사람 죽는 줄 알았다. 결국 지수 어머니가 이겼다. 우선 명분에서 이기고 목소리에서 이기고……. 하지만 함경도 에미네도 순순히 물러나지를 않았다. 피란지에서 아버지가 가져다준 피엑스 물품이 그에게 생명줄이나 다름없었기 때문이다. 하지만 부엌칼을 들고 죽으려고 덤비는 지수 어머니에게 그는 그제야 두 손을 비비며 항복을 하고 물러났다. 그런 와중에 아버지는 미군 피엑스 물자 불법 유출로 미군 책임자의 눈 밖에 나서 부대에서 쫓겨났다. 그 얼마 후 서울이 완전히 수복되자 지수 가족은 다시 서울로 올라왔다. 아버지는 회현동 집을 팔아 새로운 사업을 시작했다. 하지만 이태 만에 홀랑 날려버렸다. 지수 가족들은 하는 수 없이 남산 기슭 해방촌 판잣집으로 이사를 갔고, 그때부터 지수 어머니가 남대문시장에서 달러 장사로 생계를 이어가고, 아버지는 다시 룸펜이 되었다. 어머니의 달러 장사 수입은 쏠쏠하여 지수가 중학교 다닐 무렵에 상도동 국민주택에 입주케 되었다.

부산서 서울로 온 아버지의 시앗인 함경도 에미네는 어느 날 지수의 집으로 찾아와 아들 지철을 떨어트려놓고 갔다. 아이가 초등학교에 갈 때가 되었는데도 그때까지 호적도 없고, 여자 홀몸으로는 도저히 아이를 키울 능력도 없다고 울먹였다. 그 말에 아버지는 지철을 묵묵히 받아들였다. 하지만 어머니는 흔쾌히 받아들이지 않았다. 어머니가 그런 까닭은 지철이가 아버지의 자식이 아닐지도 모른다는 거였다. 그땐 디엔에이 검사 같은 것도 없었던 시절로, 어머니는 어떤 놈의 자식인지도 모르는데, 왜 그 아이를 입적시키느냐고 거세게 반발했다.

그때부터 집안은 편안한 날이 드물었다. 더욱이 그런 낌새를 알게 된 지철조차 계속 말썽을 피웠다. 그는 걸핏하면 싸움질과 도벽으로, 동네나 학교에서 심하게 따돌림을 당했다. 아버지는 지철이 때문에 학교나 파출소로 자주 불려갔다. 그러다가 그 녀석이 중2 때 장기 가출을 했다. 이태 만에 그 녀석이 다시 나타났을 때는 심한 불량배였다. 그는 남산에 찾아오는 데이트족을 칼로 위협해서 돈을 뜯는 상습 불량배 생활을 했다. 어느 날, 데이트족을 위협하며 금품을 갈취하다가 상대방이 반항하자 칼부림을 했다. 그 무렵 신문과 방송에 한참 떠들썩했던 이른바 '남산 데이트족 사건'의 주범은 지철이었다.

일 년 만에 소년원에서 집으로 돌아온 지철은 성격이 더욱 거칠어졌다. 그때부터 어머니는 그만 손을 들었다. 지철은 수시로 남대문시장 어귀로 가서 어머니의 장사 밑천을 뜯어갔다. 지철은 걸핏하면 가족들이 자기 인생을 다 망쳤다고 말하면서 한밤중에도 칼을 숫돌에 쓱쓱 갈았다. 그는 가족을 모두 다 죽이겠다고 위협을 일삼았다. 지철은 집안에 태풍이었다. 엄청난 해일을 동반한.

1972년 어느 겨울밤이었다. 메밀묵 장사꾼의 목소리로 보아 밤이 무척 깊었다. 그 시각 지수는 건넌방 책상에 앉아 책을 펴놓고 있었지만 그의 귀는 줄곧 대문 쪽으로 기울이고 있었다. 어머니는 날마다 남대문시장에서 돌아올 때면 대문 앞에서 아들을 불렀다.

"애, 지수야!"

"예, 나가요. 오마니!"

지수는 대문으로 뛰어나가 어머니의 가방을 받았다. 그런데 그날은 괘종시계가 열 번을 쳐도 어머니는 돌아오지 않았다. 간혹 어머니가 늦는 날도 있었는데 대체로 그런 날은 아침 밥상에서 예고했다. 해방촌에 사는 이모나 이모부 생일이라든지, 동료 달러상 아주머니들의 손자나 손녀 돌잔치 날이라든지…….

지수는 안방으로 가서 아버지에게 물었다.

"아바지, 오늘 오마니 늦는다고 무슨 말씀 있었나요?"

지수는 그때 집 안에서는 평안도나 함경도 사투리를 두루뭉술하게 썼다.

"아니, 기런 말 없었서야."

지수네 집은 방이 세 개였는데 안방은 어머니와 지란 누나가, 건넌방은 지수와 지웅 형이, 가운데 방은 아버지와 지철이 썼다. 그런데 그 무렵 지웅 형은 장애인 복지원에서 지내고 있었기에 건넌방은 지수 혼자 쓰고 있었다. 지란이 안방에서 나와 가운데 방문을 열며 말했다.

"우리끼리 먼저 먹을까요?"

"아냐, 좀 더 기다려보자야."

"네, 알갔시오."

지란은 지수보다 평안도 사투리를 조금 더 썼다.

"이 간나새끼, 오늘도 또 늦네."

아버지는 혼잣말처럼 지철의 늦은 귀가를 탓했다. 아버지는 어머니보다 지철이 귀가치 않음에 더 안절부절못했다. 그 무렵 지철은 귀가가 늦은 날이면 늘 대문 앞에서 꼭 "아버지" 하고 자그마하게 불렀다. 그러면 아버지는 용케도 그 소리를 알아듣고 슬그머니 대문으로 가서 문을 열어주곤 집 안쪽을 향해 큰 소리쳤다.

"이 간나새끼 날래 들어오지 못해."

지철은 귀가 후 말없이 살쾡이처럼 곧장 부엌에 가서 조용히 밥을 차려 먹고 얼른 제 방으로 들어갔다. 그런 지철의 행동을 가족 누구도 간섭하거나 탓하지 않았다.

괘종시계가 땡 하고 한 번을 쳤다. 10시 30분이었다. 지란은 말없이 부엌으로 나가 밥상을 차려 세 식구가 식탁에서 늦은 저녁을 먹었다. 식사가 끝나자 아버지가 말했다.

"니들은 오마니 걱정 말고 먼저 자라."

"예, 아바지."

"알갔시오."

지수는 자기 방으로 돌아와 곧 잠자리에 들었다. 하지만 그날따라 왠지 잠이 오지 않았다.

'오늘 갑자기 해방촌 이모네에 갔나 봐.'

지수는 그렇게 마음을 편히 먹었지만 왠지 불길했다. 아버지는 한 차례 더 바깥을 서성이다가 통금 예비 사이렌을 듣고서 집 안으로 들어왔다. 그때까지 지철도 귀가치 않았다.

"이 간나새끼…… 들어오기만 하면 그냥 두지 않가서."

아버지는 헛기침과 함께 혼잣말처럼 말했다. 그새 12시 통금 사이렌이 요란하게 울렸다. 막 풋잠이 들 무렵 멀리서 경찰 순찰차의 요란한 경적이 울렸다. 그 소리가 점차 가깝게 들렸다. 곧 대문 두드리는 소리가 들렸다. 지수는 후딱 겉옷을 걸치고 대문 앞으로 뛰쳐나갔다. 순찰차에서 내린 경찰은 플래시로 문패를 비추면서 물었다.

"이강숙 씨 댁인가요?"

"그렇습니다."

그때 지란과 아버지가 후딱 대문으로 뛰쳐나왔다. 아버지가 깜짝 놀란 채 말했다.

"무신 일이야요?"

"본부에서 무전으로 이강숙 씨 가족을 곧장 중부경찰서 옆 백병원 응급실로 호송하라는 지시를 받고 출동한 겁니다."

세 사람은 동시에 놀랐다. 지란은 '어마나!' 비명을 질렀다.

"어서 병원에 갈 준비를 하고 나오세요."

세 사람은 각자 방으로 가서 겉옷을 입고 후다닥 순찰차 뒷좌석에 올랐다. 곧 순찰차는 요란한 경적을 남기며 통행금지로 텅 빈 도로를 마구 질주했다. 지수는 입술이 바짝 탔다. 옆자리 아버지는 고개를 숙인 채 주기도문을 외웠다.

"……우리가 우리에게 죄지은 자를 사하여준 것같이 우리 죄를 사하여주옵시고, ……우리 죄를 사하여주옵시고, ……우리 죄를 사하여주옵시고……."

지수도, 지란도 눈을 감고 두 손을 모은 채 아버지의 주기도문을 따라 외웠다.

그때 지수는 문득 검은 먹구름이 집안을 덮치는 불길함을 느꼈다. 세 사람이 경찰 순찰차에 실려 백병원에 도착하자 어머니는 응급실에서 산소마스크를 쓴 채 혼수상태로 누워 있었고, 지철은 이미 숨이 끊어진 상태로 응급실 한 모서리 카트에 흰 시트를 온통 덮고 있었다. 세 사람은 망연자실했다.

어머니와 지철 두 사람이 남대문 지하도에서 칼부림으로 쓰러진 얼마 후 행인의 신고로 앰뷸런스가 달려와 두 사람을 백병원으로 후송했다. 응급수술로 어머니는 목숨을 구했지만 지철은 출혈과다로 이미 숨을 거둔 뒤였다. 사흘 후 지수와 아버지는 지철의 유해를 굳이 속초 앞바다에 뿌렸다. 그날 이후 아버지는 더욱 무능력자가 되었다. 어머니는 한 달 남짓 입원 치료 겸 요양 후 가족의 생계를 위해 다시 남대문시장에 나갔다. 그런 가운데 지란 누나가 결혼하였는데 매부는 천하의 바람둥이였다. 결혼식 직전에야 이미 딴 여자와 아이까지 낳고 함께 동거했던 사실을 알았다. 그래서 결혼식장이 아수라장이 될까 봐서 현에게 도움을 청했던 것이다.

그날은 현도 기억이 났다.

"그날 정작 누이나 매부보다 네가 더 안절부절 불안해하더구나."

"그랬어. 결혼식장에 그 여자가 나타날까 봐 그랬지."

지수는 대답 대신 고개를 끄덕였다. "

"지웅 형은 자폐증이 있는 데다가 집안 분위기 탓인지 점차 그 증세가 더욱 심해져 장애인 복지기관을 여러 곳 전전하다 일찍 세상을 떠났어."

지수는 그 말을 마치고 한동안 말이 없었다. 현도 말없이 눈을 감고 고개를 숙였다. 잠시 후 지수는 다음 이야기를 담담히 이어갔다.

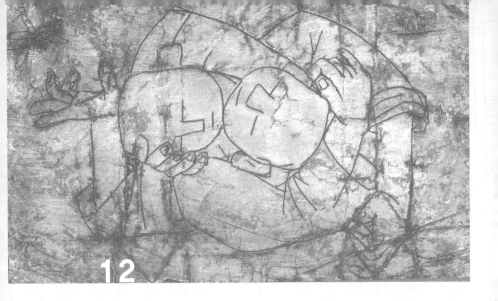

12

이민 생활

이민 생활

그 일 이후 지수는 무작정 한국을 떠나고 싶었다. 게다가 긴급조치로 인간의 기본권조차 옥죄는 한국 사회도 싫었다. 가장 좋은 방법은 해외 지점이 있는 종합무역상사에 입사하는 길이었다. 1975년 지수는 한 무역회사에 입사했다. 입사 후 인사 담당 이사에게 통사정하여 도망치듯 해외 지사로 나갔다.

애초의 발령지는 레바논의 수도 베이루트였다. 지수는 그곳으로 가고자 중간 기착지인 네덜란드 암스테르담 공항에 내렸다. 그런데 그즈음 중동 사태 악화로 현지 사정이 좋지 않아 베이루트 출장소가 철수하는 바람에 지수는 네덜란드 로테르담 지사에서 근무하게 되었다. 지수에게는 전화위복이었다. 네덜란드에서 지수의 회사 생활은 물심양면으로 안정을 가져다주었다. 그래서 지수는 그즈음 모교 교사로 있는 현에게도 엽서도 보냈다.

　지수의 로테르담 지사 파견 2년 근무 기간은 화살처럼 지나갔다. 회사에서는 즉각 본사로 발령을 냈다. 지수는 귀국이 무척 싫었다. 지수는 귀국하여 집안 문제를 자기가 앞장서 해결하기보다는 해외에서 계속 그런 집안 분위기를 외면하며 살고 싶었다. 그러면서 집안의 불화가 언젠가 저절로 해결되기를 바랐다. 지수는 그때 한국으로 돌아가지만 않는다면 아프리카 사막이라도 가려고 발버둥을 쳤다. 지수는 현지 지사장에게 하소연했으나 본사에는 해외 파견 대기자가 엄청 밀려 있다고 안 된다고 거절했다. 그 무렵 한국 회사원들이나 노동자들은 해외에 나가는 게 꿈이었다.

　지수는 낙담하던 가운데 문득 미국 뉴욕에 있는 김윤호가 불쑥 떠올랐다. 지수는 구원의 밧줄이라도 잡는 심정으로 그에게 국제전화로 미국 이민을 요청했다. 다행히 윤호는 자기가 사는 뉴욕으로 오라고 지수의 밧줄을 잡아 주었다. 그 말이 지수에게는 복음처럼 들렸다. 지수는 곧장 네덜란드 지사에다 사표를 낸 뒤 그 길로 뉴욕행 비행기에 올랐다.

　그 대목에서 현이 물었다.

　"이민 생활은 어땠어?"

　"이민 사회에서는 이런 말이 있어. 미국 땅에 내릴 때 마중 오는 사람의 직업을 따르기 마련이라고."

지수가 뉴욕 케네디 공항에 내리자 윤호가 마중을 나왔다. 지수는 우선 윤호가 살고 있는 퀸즈 잭슨하이츠의 한 아파트에다 짐을 풀었다. 그때까지 윤호는 한 동포의 야채가게에서 일하고 있었다. 지수도 그 옆 야채가게에서 일자리를 얻었다. 미국 이민자들은 대부분 한국에서의 직업이나 학벌, 전공은 무시해야 했다. 영문학을 전공한 지수도, 무역학을 공부한 윤호도 그즈음에는 야채가게에서 채소를 다듬어 팔았다. 지수는 윤호 아파트에서 3개월 남짓 지내다가 나왔다. 미국에서는 친한 사이일수록 서로 프라이버시를 침해해서는 안 된다는 것도 그때 알았다.

"좀 더 구체적으로 얘기하면?"

"나와 같이 지내니까 윤호가 여자친구를 마음대로 데려올 수 없잖니?"

"그래서……."

지수는 어느 일요일 날 교회에 갔다가 그 몇 해 전에 미국으로 이민 온 고교 동창 정용배를 만났다. 그에게 숙소를 걱정했더니 대뜸 자기 아파트로 오라고 했다. 지수는 거기로 옮겼다. 용배는 지수가 조금 돈이 있다는 걸 눈치채고는 자기가 하던 옷가게를 인수받으라고 자꾸 꼬드겼다. 지수는 네덜란드에서 저축한 돈과 회사에서 받은 퇴직금, 그리고 그때까지 야채가게에서 번 돈을 용배에게 몽땅 주고 그 옷가게를 인수했다. 그런데 알고 보니 그 옷가게는 빈껍데기였다. 지수가 용배에게 심하게 따졌다. 그러자 그는 지수를 이민국에다가 불법체류자로 신고했다. 지수는 곧장 이민국 직원에게 체포됐다. 다행히 윤호가 달려오고, 뉴욕 일대에 거주하는 고교 대학 친구들의 도움을 받아 지수는 보석금을 내고 풀려났다.

미국에서 자유롭게 살려면 영주권이 필요했다. 가장 쉬운 방법은 영주권을 가진 여인과 결혼하는 거였다. 그런데 현지에서 정식 결혼은 엄청 어려우니까 지수는 편법으로 5천 달러를 주고 쿠바 출신의 글로리아라는 여성과 서류상 위장결혼을 했다. 그 뒤 지수는 그 옷가게를 아예 접고 자동차를 산 뒤 짐칸을 개조했다. 거기다가 옷을 가득 싣고 뉴욕 구석구석뿐 아니라, 멀리 보스턴, 필라델피아까지 누비며 뜨내기 옷장사를 시작했다. 처음에는 그 옷장사가 무척 힘들었는데, 차차 장사 이력이 나자 요령이 생겼다. 그때부터 어디를 가면 옷이 더 잘 팔리는지를 알게 되었다. 마침 서울 평화시장 이모 옷가게에서 한국 옷을 왕창 수입해다가 팔자 수익이 아주 짭짤했다.

1980년대 후반 지수는 뉴욕 한인의류연합회장에 추대될 만큼 잘나갔다. 그래서 그는 플러싱에다 아파트도 한 채 샀다. 그러자 언저리 친구들은 지수에게 한국 여인과 결혼하라고 신붓감까지 여럿 소개해줬다. 하지만 지수는 결정적인 순간에는 언제나 한 발 물러섰다. 그가 결혼하지 않았던 한결같은 변은 가정을 갖는 것이 두렵다는 것과 자기도 나중에 아버지와 같은 무능한 가장이 될지 모른다는 두려움 때문이었다. 아울러 지수는 이복동생을 낳은 아버지의 죄와 그런 동생을 푸대접하고 학대한 어머니를 비롯한 자기 가족들의 죄의식에

사로잡혀 괴로워했다. 지수는 가족 중 누군가는 속죄해야 한다는 강박관념에 사로잡혔다. 그래서 지수는 속죄양의 자세로 이국에서 외롭고도 깔끔하게 살았다.

그 몇 해 후 어느 날 용배가 지수 아파트로 찾아왔다. 그는 지난날 지수를 속인 것은 백혈병을 앓는 아들 때문이었다고 무릎을 꿇은 채 눈물을 주룩주룩 흘리며 빌었다. 지수는 용배를 흔쾌히 용서해줬다. 그때부터 두 사람의 우정은 다시 회복되었다.

어느 하루 두 친구는 〈바람과 함께 사라지다〉의 배경도시인 애틀랜타에 놀러갔다. 이튿날 돌아오는 길이었다. 그날 저녁 용배는 뉴저지의 한 도박장 앞에다가 차를 세웠다. 그는 기분 전환 겸 슬롯머신을 잠깐 당겨본다고 했다. 지수도 용배를 따라 입장하여 줄곧 구경하다가 재미로 20달러를 넣었는데 1천 달러짜리 잭팟이 터졌다. 그게 지수를 파멸로 몰아넣는 실마리였다. 이후 지수는 시간이 나는 대로, 나중에는 장사도 아예 집어치우고 도박장에 달려가 블랙잭, 바카라, 룰렛과 같은 게임에 빠졌다. 그동안 장사로 모은 꽤 큰 돈을 도박장에서 거의 다 날렸다. 지수의 주머니에서 돈이 나가는 동시에 주량은 비례했고, 담배까지 피웠다. 성공하는 과정은 매우 길고 험난했지만 추락의 길은 잠깐이었다.

어느 날 지수는 각혈로 쓰러졌다. 병원에 가니까 의사는 식도암이 몹시 심하다고 그 자리에서 입원시켰다. 이철우 목사가 그 소식을 듣고 달려갔다. 그 이후 지수는 이 목사의 인도로 얼마 남지 않은 생을 산 것이다.

현은 지수의 이야기를 듣는 내도록 주룩주룩 눈물을 쏟았다. 그 얼굴을 바라보며 지수가 말했다.

"설송, 괜히 얘기를 꺼냈나 보다."

"아니야, 죄다 얘기해줘. 그 누구에게 이런 속 깊은 얘기를 하겠니?"

"내가 살았을 때에는 알량한 자존심 때문인지 아무에게도 말하기가 싫더라."

현은 고개를 끄덕이며 말했다.

"넌 그 아픈 사연들을 마음속에 간직한 채 한 번도 시원하게 쏟아내지 못했기 때문에 그 몹쓸 병에 걸렸던 거야. 가슴 아프고 답답한 사연은 누구에게 하다 보면 저절로 풀어지고, 뜻밖에 해결책도 나올수 있는 건데."

"내 심장을 꼭 찌르는 말이다. 우리 가족 누구도 불행의 싹을 정면으로나 선의로 풀려고 노력하지 않았어. 각자 마음속에 담은 채 서로원망하면서 그때그때 위기만 모면하려고만 했지. 그랬기 때문에 그싹은 무성하게 자라 마침내 온 집안을 덮쳐버린 거야. 마치 아무도돌보지 않고 내팽개친 밭이 곧 쑥대밭이 된 것처럼. 가족들이 합심하여 지철이도 우리 집을 찾아온 귀한 인연으로 보듬었으면 화목했을텐데. 어쩌면 화가 복이 되고, 복이 화가 되는 게 인생사인데."

현은 고개를 끄덕이며 말했다.

"이 세상에서 아프게 산 네 얘긴 뭔가 다르군."

현은 지수의 말을 듣자 가정이나 사회뿐 아니라, 우리나라도 마찬가지라는 생각이 들었다. 강대국 이해에 따라 분단된 남과 북은 서로 한 나라가 될 생각은 않고, 서로 치고받고 헐뜯으며 상대를 원수로 여기며 살아왔다. 그게 어리석고 못난 짓이라는 생각이 들었다. 그런 동족상잔의 싸움을 일으키게 한 강대국에게는 치받을 줄 모른 채 자기네끼리만 코피 터지게 싸운 바보 멍청이들이었다.

"근데 내가 먼저 남을 용서치 않거나, 상대에 대한 원한을 내려놓지 않고는, 내 죄를 용서받을 수 없어. 특히 가족 간은 서로의 잘못을 용서해야 집안이 화목하고, 가족 간의 증오를 단절시킬 수 있는 거야."

현은 크게 고개를 끄덕였다.

"그리고, ……내가 살아 있을 때 남을 용서한 것만큼 하늘나라에서 내 죄를 용서받을 수 있어. 하늘의 법칙은 아주 공평하고 공정해. 그야말로 뿌린 대로 거두고, 베푼 만큼 받는 '기브 앤드 테이크'야."

그 말에 현은 깜짝 놀라며 물었다.

"뭐? 내가 먼저 남을 용서한 만큼 나중에 하늘나라에서 내 죄를 용서를 받을 수 있다고?"

지수는 말없이 고개만 끄덕였다.

"하늘의 그물은 성글지만 결코 놓치는 법은 없다고 했지."

현은 노자의 도덕경에 나오는 말을 했다. 한참 동안 침묵이 흘렀다. 지수가 그 침묵을 깨트리며 말했다.

"용서한다는 것은 결코 쉽지는 않아. 대단한 용기가 필요해. 그리고 잘못을 저지른 자가 먼저 진정으로 참회하고 회개할 때만 그 용서가 가능한 거야."

"그럼, 그렇게 하지 않을 때는 어떻게 해야 하니?"

지수는 다시 한참 뜸을 들인 후 대답했다.

"……내가 살아 있을 때는 그런 경우 절대 용서를 하면 안 된다고 생각했을 거야. 하지만 지금은 달라졌어. 그래도 용서해야 세상에 평화가 온다고 생각해. 특히 힘이 있고, 조금 더 많이 가지거나 조금 더 배운 사람부터 먼저 그 용서를 실천해야 할 거야."

"그런다면 세상 사람들은 값싸고 정의감 없는 용서라고 매도하고, 그런 용서는 오히려 잘못을 반복케 한다고 말할 텐데."

그 말에 지수는 단호히 말했다.

"사람의 잘못에 대한 응징은 뒷날 역사에 맡겨야 해. 만일 사람끼리 서로 간의 잘못을 응징한다면 보복의 악순환으로 이 세상에는 좀처럼 평화가 오지 않아. 그리고 하늘에 계신 분은 자기희생적인 용서를 더 높이 평가하시지."

"……"

"그리고 죄를 지은 사람은 언젠가 자기 죄를 깨닫는 날이 오기 마련이야. 이 세상에서 미처 깨닫지 못하면 저세상에 가서 가혹한 벌을 받은 뒤에 비로소 깨닫게 되지. 나와 어머니는 아직도 하늘나라에서 이 세상에서 지은 죄에 대한 벌을 받고 있어."

현은 고개를 끄덕이며 말했다.

"네가 들려준 말은 이번 미국 방문에 가장 귀한 선물이다. 특히 '내가 먼저 남을 용서한 만큼 하늘나라에서 내 죄를 용서를 받을 수 있다'는 말은 내가 미처 몰랐던 말이다."

"……아무튼 나는 이 세상에서 무척 옹졸하게 살며 많은 죄를 지었다. 내 아버지와 동생을 그토록 미워했거든."

"그건 다 그럴 만한 까닭이 있었잖아?"

"그건 속 좁은 사람의 눈으로 보니까 그랬던 거야. 어쨌든 아버지가 어머니를 두고 다른 여자와 살림을 차린 것은 잘못이었어. 가족들에게 비난을 받아도 마땅하지. 하지만 아버지의 잘못을 어머니나 내가 용서치 않고, 두고두고 그 잘못을 탓하고 원망한 것은 결코 잘한 일은 아니었어. 게다가 아무 죄도 없는 이복동생 지철이를 형제애로 따뜻하게 감싸주지 못하고 괄시하고 미워한 것은."

"왜 그토록 그를 미워했니?"

"아무래도 아버지가 남의 자식을 데리고 온 것 같다는 어머니의 말에 나도 묵시적으로 동조했기 때문이야."

지수 어머니는 부부싸움 때마다 '누구 씨인지 모르는 술집 에미네 새끼를 바보 멍청이처럼 받아줬다'고 아버지를 마구 윽박질렀다. 그때마다 아버지는 그 에미네는 술 따르던 에미네가 아니라 부엌데기

엿다고 강변했다. 하지만 어머니는 아버지의 말을 곧이듣지 않았다. 지철은 그런 이야기를 죄다 듣고 자랐다. 지철은 곧 10대의 반항기로 튀었다. 그러자 집안은 하루도 편한 날이 없었다. 지철은 밤마다 칼을 갈며 지내다가 끝내 끔찍한 일을 저질렀다.

"너로서는 어머니 말을 그대로 좇을 수밖에."

"물론 어려서는 그럴 수 있지. 하지만 철이 들고 난 다음에는 이성적으로 판단해야 옳았는데 그렇지 못했어."

지수도 지철이가 집안에 재앙을 가져온 녀석이라고 계속 미워했다. 아버지를 제외한 나머지 가족들은 솔직히 마음속으로는 지철이가 조용히 집안에서 사라져주기를 바랐다. 나중에 지수가 몹쓸 병이 든 뒤 병상에서 곰곰이 지난날을 되씹어보니까 그제야 지철이에 대한 자기의 생각과 행동은 큰 잘못임을 깨달았다. 하지만 그때는 이미 아버지, 어머니, 지웅 형, 지철이도 모두 세상을 뜬 뒤였다.

"뒤늦게라도 생전에 깨달았으니까 다행이다. 그런 잘못을 깨닫지도 못하고 세상을 떠난 사람이 얼마나 많아?"

"그럴지도. 아무튼 내 죄가 무척 크고, 내 인생이, 우리 가족들의 삶이 불쌍했어. 우리 집을 찾아온 가여운 한 생명을 껴안아주지 못하고 속 좁게 서로 미워하다가 세상을 떠났으니까. 그리고 자폐증을 앓았던 지웅 형에게도……. 나는 네덜란드에서 미국으로 건너온 뒤 불법체류자로 이민국에 체포되었어. 여러 친구들의 도움으로 간신히 영주권을 얻었지만 그 이전에는 미국 땅에서 인종차별로 얼마나 불이익과 서러움을 당했는지 몰라."

지수는 간디 얘기를 했다. 간디는 인도에서보다 아프리카에 간 뒤에 더 반영주의자가 되었다고 했다. 그는 아프리카로 갈 때 유색인이라 하여 침대권도 살 수 없었고, 1등 차표를 가졌음에도 백인들이 타는 차칸에서 쫓겨났다. 아무튼 사람 차별과 편애는 가장 속상하다. 사실 따지고 보면, 아메리카는 지금의 미국인 조상들이 원주민을 무참히 살육하고 거의 강제로 빼앗은 땅인데 마치 자기들이 이 땅의 주인인 양 군림하면서 가난한 나라에서 먹고살기 위해 찾아온 사람들을 걸핏하면 불법이민자라고 체포하고 추방했다. 입바른 말로 지금 미국인 조상들은 모두 불법이민자라고 지수는 다소 흥분하면서 말했다. 아마도 그는 그동안 받았던 이런저런 서러움이 한꺼번에 폭발한 모양이었다, 그 말에 현이 말했다.

"인류 최초의 살인 사건도 형제간의 차별과 편애에서 일어났잖아."

"구약 창세기에 나오지. 여호와께서 형 카인의 제물은 거들떠보지도 않고, 동생 아벨의 제물만 받아들이자 카인이 아벨을 시기하여 아우를 돌로 쳐 죽였다고."

지수는 한참 침묵하다가 그 말을 이었다.

"이곳에 오래 살다 보니까, 미국인 가운데는 고개가 숙여지는 사람도 많았어. 한국에서 부모들이 버린 지체장애아나 자폐증 아이들을 입양한 뒤 제 자식처럼 지극정성으로 키우는 것을 보고, 나는 몹시 부끄러워서 얼굴을 들 수가 없었어. 그리고 자신이 모은 재산을 생전에 과감히 사회에 환원하는 걸 보고도. 그것이 바로 거대한 미국을 지탱하는 힘이요, 양심이라고 생각해."

그 말에 현이 말했다.

"사실 이 세상에 자기 것은 없지. 그런데도 사람들은 내 것이라고 아등바등 움켜쥐고 가난한 이들을 울리고 동식물들의 삶의 보금자리를 빼앗지."

"내가 살았을 때 네가 그런 말을 했다면 아마도 경계했을 거야. 이 세상을 떠난 지금은 그 말이 옳다고 여겨져. 한국 사람들은 보다 넓은 세상을 보지 못하고 사는 거야."

"이철우 목사도 그와 비슷한 얘기를 하더군."

"서양인들은 남의 나라 장애아도 입양해서 기르는데, 우리 가족은 남도 아닌 아버지가 데려온 자식을 이복동생이라고, 내 동생이 아닐 거라고, 무시하고 미워한 것은 너무나 큰 죄였어. 그리고 지웅 형을 진심으로 끌어안아주지 못한 것도."

현은 앉은 채로 묵도를 드렸다. 지수는 그런 현을 향해 계속 이야기를 이어갔다.

"참 세상은 넓고도 좁더군. 뉴욕에서 아버지의 친구를 만났어."

지수는 죽기 몇 해 전, 모처럼 뉴욕 한인회 연말 모임에 나갔다. 거기서 함경도 사투리를 쓰는 한 노인을 만나 이런저런 이야기를 나누었다. 그런데 공교롭게도 그분은 아버지의 중학교 동창생이었다. 그 노인은 아버지의 한평생을 거의 꿰뚫고 있었다. 지수는 그날 모임이 끝난 뒤에 그 노인을 별도 장소로 모신 뒤 아버지가 이복동생을 얻게 된 자세한 이야기를 들었다.

한국전쟁 피란 시절 부산 국제시장은 북에서 피란 내려온 사람들로 북적거렸다. 대부분 1950년 12월 흥남철수 때 상선 메러디스 빅토리호를 타고 내려온 피란민들이었다. 당국에서는 그들을 거제도에 내려놓았다. 하지만 피란민들은 좁은 섬에서는 먹고살 것도, 일감도 없어 그나마 사람과 물자가 많은 대도시 부산으로 꾸역꾸역 몰려들었다. 그때 지수 아버지는 부산 미군부대 노무자였다. 그래서 막노동이나 장사를 하는 다른 피란민들보다는 한결 여유가 있었다. 지수 아버지는 이따금 고향 사람들은 만나면 남포동 부둣가 선술집으로 데리고 가서 순대국밥이나 대포를 샀다. 어느 하루 비 오는 날 남포동 선창가 대폿집에서 젓가락을 두들기며 향수를 달래는데 부엌에서 일하는 여인이 낯이 익었다. 자세히 살펴보자 옛날 함흥 자기 집 마름의 딸이었다. 그 마름은 지수 아버지가 어린 시절 강에서 멱감다가 다리에 쥐가 나서 떠내려갈 때 뛰어들어 살려준 생명의 은인이었다.

지수 아버지는 그날 이후 퇴근길에 그곳에 자주 들러 그 여인에게 미제 피엑스 물건을 떨어트리고 갔다. 두 사람은 내일을 알 수 없는, 삶과 죽음이 한순간에 뒤바뀌는 현실에서 그만 쉽게 가까워졌다. 지수 아버지와 그 여인은 부산 초량동 한 문간방에다 살림을 차렸다. 그러다가 그 사실이 어머니에게 발각되어 그 여인은 머리끄덩이가

까치집이 되는 난리를 치렀다. 그 여인은 다시는 아버지 앞에 나타나지 않기로 약속을 했다. 하지만 그는 약속을 저버리고 서울 수복 뒤 상도동 집으로 아이를 안고 찾아왔다. 아버지는 그 여인에게서 아이를 데리고는 도저히 세상을 살아가기가 힘들다는 하소연을 듣자 깊이 생각지 않고서 덥석 식구로 받아들였다. 그것이 두고두고 집안에 큰 화근이 될 줄은 그의 가족 아무도 몰랐다.

그 대목에서 현이 물었다.

"그래서 그 여인의 뒷이야기는?"

"아버지에게 지철이를 맡긴 뒤 곧 다른 남자와 결혼했다고 하더군."

"분단과 전쟁이 남긴 상흔이군. 내가 아카이브에 드나들며 숱한 한국전쟁 사진을 살펴보았는데, 그야말로 전쟁 때문에 온 나라가 쑥대밭이 되었어. 특히 북한의 평양, 신의주, 원산, 함흥, 흥남 등의 지역은 폭격이 무척 심했어. 좀 과장된 말일는지 모르나 그때 북한 전역은 석기시대로 돌아갔다고 하더라."

"아무튼 그때 미군의 폭격은 엄청 심했나 봐. 함경도 사람 대부분은 흥남철수 때 미국이 원자폭탄을 떨어뜨린다는 소문으로 많이 내려왔다고 하더군. 어떤 이는 만삭의 아내와 같이 올 수 없어 한 보름 피란 후 돌아온다는 게 반백년이 넘었다고 한숨을 짓더군."

"이번에 아카이브에서 발굴한 사진 가운데는 함흥 덕산 광산갱도에서 학살된 300여 구의 시신 사진도 있었어. 그 시신을 들것으로 꺼내놓았는데 유족들이 울부짖으며 혈육을 찾더군."

"아버지 고향 사람들 말로는 한국전쟁 중, 함경도 원산 함흥 흥남 일대의 피해가 가장 심했다고 하더군."

"거기는 공장지대인 데다가 흥남철수작전 때 유엔군들이 철수 후 군사장비와 유류탱크를 공산 측에 넘기지 않으려고 맹렬히 폭격했기 때문일 거야."

"아무튼 그 폭격은 한마디로 땅 위의 지옥이었다더군."

"내가 어느 책에서 보니까 미 해군 소장은 이런 말을 했더군. '원산에서는 길거리를 걸어 다닐 수 없다. 24시간 내 어느 곳에서도 잠을 잘 수가 없다. 잠은 죽음을 의미했다'."

"이번에 네가 발굴한 사진들은 그때를 모두 다 말해주고 있으니까 좋은 전쟁 비망록이 될 거야. 아마도 백 마디 말보다 오히려 더 호소력이 있을 테지."

"글쎄다. 그런데 왜 네 아버지는 그런 이야기를 가족들에게 자세히 하지 않았을까?"

"우리 아버지가 좀 그런 분이야. 게다가 우리 어머니가 평안도내기로 억세기에 앞뒤 이야기를 자세히 해봤자 동정받을 수도 없었을 테니까…… 그냥 잠자코 지낸 거지."

"두 분 언제 돌아가셨니?"

"아버지가 먼저 돌아가셨는데, 내가 미국 온 지 얼마 되지 않았을 때야. 그때는 영주권이 없어서 가보지도 못했어. 불효막심한 놈이지. 아버지가 돌아가신 뒤 지웅 형도 곧 따라……."

"……."

지수 어머니는 유별나게 지수를 거뒀다. 아마도 남편에게서 받은 실망감에다, 지수가 형이나 누나보다 공부를 조금 더 잘했기 때문이었다. 지수 어머니는 남대문시장에서 달러 장사를 한 탓인지 극렬한 친미주의자였다. 그에게 미국은 젖과 꿀이 흔전만전한 꿈의 나라였다. 그는 아들에게 날마다 영어 공부를 많이 하라고 입버릇처럼 일렀다. 그러면서 당신도 아들 덕에 미국에 가서 사는 걸 평생 꿈으로 여겼다.

지수가 연세대 영문학과에 입학하자 어머니의 사랑은 더욱 극성스러워졌다. 집안에, 동네에, 남대문시장 골목에도 아들 자랑만 하고 다녔다. 자식 자랑, 그것이 후일 그 자식에게는 크나큰 독인 줄은 그때 그는 몰랐다. 어머니는 지수 옷차림까지도 일일이 챙겨줬다. 남대문시장에 흘러나오는 미군부대 피엑스 옷을 줄곧 사다 입혔다. 지수는 대학 다닐 때 또래 대학생 가운데 가장 옷을 잘 입고 다니는 축에 끼었다. 지수는 그것을 위대한 모성애로 착각하면서 살았다. 지수가 그것이 잘못임을 깨달은 것은 지철의 사건 후였다. 어머니가 지수에게 깊은 관심과 사랑을 가지는 것은 다른 형제들에게는 비수였다. 특히 이복동생 지철에게는.

그 뒤 지수가 미국에서 영주권을 얻게 되자 지수 어머니는 당신 소원이 다 이루어진 양 아들과 함께 살고자 뉴욕으로 건너왔다. 그때부터 지수는 어머니와 함께 살면서 집안의 불행은 모두 어머니에게 그 원인이 있었다고 자주 쏘아붙였다. 지수 어머니는 아들의 핀잔과 막상 미국 생활에도 적응치 못해 이태를 산 뒤 서울로 돌아갔다. 어머니는 귀국 후 홀로 된 누나와 살다가 세상을 떴다. 그때 지수는 식도암으로 투병 중이라 어머니의 장례식에도 참석지 못했다.

"설송, 행복이니 불행이니 하는 것도 마음먹기에 달렸고, 역경에서 벗어나는 것도 마찬가지인 것 같아."

"그럼, 불가에서는 그것을 '일체유심조(一切唯心造)'라고 해. '모든 것은 마음이 근본이다. 모든 것은 마음이 만들어낸 것이고, 모든 것은 마음에서 생겨난 것이다'라고 말하지."

"그런 말도 있니?"

현은 대답 대신 고개를 끄덕인 후 말했다.

"이역의 감옥에서 죽어가면서도 '겨울은 강철로 된 무지갠가 보다'고 노래한 시인이 있는가 하면, 누가 봐도 남부러울 것 없는 한국 제일의 재벌 딸도 미국 유학 생활 중 목숨을 끊는 것을 보면 행복이나 불행의 정의는 쉽사리 내릴 수 없는 거야."

"설송, 그래서 인생길은 힘든가 봐. 사람은 만물 중 가장 똑똑한 것 같지만 가장 어리석기도 해. 많은 사람들이 '용서'를 가장 아름다운 덕목이라고 말하면서도, 정작 자기 남편이나 시집 식구에게는 그렇지 않는 걸 보면.”

지수는 어렸을 때 다녔던 상도동 교회의 한 신자 얘기를 했다. 그는 몇 날 며칠 신구약 성경을 대학 노트에 깨알같이 손수 써서 목사님에게 바쳤다. 그러면서도 남편의 실수나 시집 식구의 눈에 거슬리는 행동은 절대로 용서치 못하던 얘기를 했다. 그리스도를 믿고 열심히 기도하면서 ‘용서’란 말을 수없이 뇌면서도 그걸 행동으로 옮기는 사람은 매우 드물었다고 말했다.

“용서는 먼저 자기 자신으로부터 자유로워지며, 나와 다른 이의 관계를 회복하고, 나에게 기쁨과 희망, 그리고 밝은 미래를 주는데도, 사람들은 이 좋은 덕목을 실천하지 못해. ……하긴 나도 생전에 그랬으니까.”

지수는 그 말을 마친 뒤 긴 한숨을 내뱉으며 자탄했다. 아마도 이 세상에서의 삶에 대한 회한의 한숨 같았다.

“대체로 사람들은 자기는 예외라고 착각하기 때문일 거야. 부정부패 비리도 그래. 그래서 한국에서는 ‘내로남불’이란 말이 유행어로 쓰이고 있어. 곧 ‘내가 하면 로맨스요, 남이 하면 불륜’이라는 말이야. 사실은 나도 전혀 예외가 아닌, 남들과 똑같이 때가 잔뜩 낀 교사요, 그리고 불효자였어.”

“네 심중의 이야기도 들려줘.”

“나는 너보다 더 불효자야.”

“그럴 리가?”

"……."

"……."

"난 여태 어머니의 생사도 모른 채 살고 있어."

"뭐? ……네게도 그런 아픔이."

"……네가 네덜란드 로테르담에서 보낸 엽서를 받고도 마음이 편치 않아 답장도 못했다. 그 무렵이 나에게는 가장 힘들 때였어. 그래서 너에게 답장을 할 만큼 마음의 여유가 없었어. 그렇다고 그 뒤로도 편치 않지만."

"넌 아직도 진행 중이구나."

"……."

현은 대답 대신 고개를 끄덕였다.

"네 사연을 들려줄 수 있니?"

"아직은 좀 그래. 언제 따로 날 받아서 할게."

"설송, 미루지 마. 그대로 두면 너도 나처럼 몹쓸 병이 돼. 지금이라도 나한테 말하면 가슴에 맺힌 게 조금은 풀어질 거야. 또 내가 그걸 풀어주는 것이 네가 멀리서 나를 찾아온 우정에 대한 되갚음도 되고. 나도 너에게 뭔가를 갚아야지."

"……."

"벌써 얘기도 하기 전에 눈물이 솟아나는 걸 보니까 무척 아픈 상처였나 보구나."

"……."

"……."

"잠깐 실례할게."

현은 욕실로 가서 얼굴을 닦고 자리로 돌아왔다.

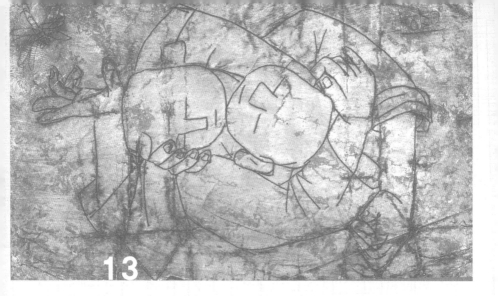

13

신원(伸寃)

신원(伸冤)

1967년 가을이었다. 그때 현은 대학교 3학
년으로 동생과 함께 서울 사직동에서 자취 생활을 하고 있었다. 어느
하루 학교에서 돌아오니까 쪽마루에 편지가 놓여 있었다. 부산 아버
지가 보냈다. 현은 예사 때처럼 무심코 편지를 뜯었다. 그런데 편지
내용은 천만뜻밖에도 어머니가 집을 나간 지 사흘 되었는데, 여태 들
어오지 않는다는 사연이었다. 그러면서 너희 집에 가지 않았느냐는
말과 함께, 만일 너희 집에 없다면 즉시 외가로 가서 찾아본 뒤 곧장
부산으로 내려오라고 했다. 그 순간 현은 마치 절벽에서 떨어지는 느
낌이었다.

현은 이튿날 이른 아침 외가로 갔다. 그날 오후 느지막이 김천 외
가에 도착하자 외삼촌 내외는 마당에서 벼를 말리고 있었다. 갑자기

주중에 현이 불쑥 나타나자 예사 때와는 달리 두 분은 무척 놀랐다. 외삼촌은 현의 얘기를 듣고는, 그 자리에서 대뜸 '네 엄마는 죽었다'고 단정했다. 그러면서 어머니는 성격이 아주 곧기에 구질구질하게 목숨을 연명할 사람이 아니라고 말했다. 외가에서는 어머니 소식을 전혀 몰랐다.

현은 그길로 부산 집으로 내려갔다. 아버지는 매우 실망한 빛이었고 동생들은 훌쩍이기만 했다. 아버지의 얘기로는 그날 어머니와 사소한 문제로 다툰 뒤 동생과 시장에 간다고 하기에 그런 줄로만 알았는데, 나중에는 동생 혼자 집에 돌아오더라고 했다. 동생은 어머니가 시장을 본 뒤 장바구니를 주면서 먼저 집에 가라고 하면서 당신은 바람 좀 쐬고 뒤따라가겠다고 하기에 별 의심 없이 집에 왔다고 했다. 동생도 그날 그게 생이별이 될 줄 몰랐다고 흐느꼈다.

현은 부산에서 어머니가 갈 만한 곳을 다 찾아다니며 수소문해보았지만 가는 곳마다 꿩 구워 먹은 소식이었다. 현은 부산시 경찰청에 가서 그 무렵에 발견한 변사자를 확인했으나 거기에도 없었다. 방송국에 가서 사람 찾는 방송을 부탁하니까 한 번은 거저 해주는데, 더 이상은 안 된다고 했다. 신문사에 갔더니 사람을 찾는다는 광고를 내라고 했다. 하지만 현에게는 그럴 돈이 없어 돌아섰다.

그때 아버지도 그럴 돈이 없었다. 현은 광고비를 얻고자 다시 외가로 갔다. 그날 밤 사랑에서 외삼촌과 현은 저녁밥도 먹지 않고, 호롱불도 켜지 않은 채 혀를 깨물고 흐느끼기만 했다. 이튿날 아침 외가를 떠나오는데 외삼촌은 현이 몰랐던 이야기를 들려주었다. 외할머니가 살아 계실 때였다. 어머니가 몇 차례 외가에 돈을 얻으러 오면서 동네 들머리 덤벙에 빠져 죽고 싶었다는 말을 외할머니에게 한 적이 있었다는 이야기를 그제야 전했다. 외삼촌은 그 얘기와 함께 신문에 광고 내느라 헛돈을 쓰지 말라고 딱 잘랐다. 현은 뒤돌아보지 않고 눈물을 흘리면서 외가를 떠나 서울로 돌아왔다. 그날 이후 현은 이때까지 어머니 행방을 모른 채 살고 있다.

"설송, 마른하늘에 날벼락이었구나. 어머니가 집을 나간 까닭은 뭐였니?"

"글쎄다. 어머니가 오남매를 두고서 집을 떠날 때는 그럴 만한 가슴 아픈 사연이 있었을 테지. 추측건대 아버지로부터 받은 모멸감이 가장 컸을 거다. 외할아버지는 매우 완고한 분으로, 여자가 배우면 못쓴다는 고정관념으로 어머니를 학교에 보내지 않았거든. 어머니는 그나마 외할아버지 몰래 야학에만 조금 다녔을 뿐, 한글도 떠듬거릴 정도였어."

"지난 시대 그런 집안은 많았지. 특히 경상도 지방은 더욱 심했을 거야. 그에 견주면 평안도 쪽은 그래도 많이 개화한 편이었지. 그래서 우리 어머니는 서울로 와서 이화여전에 다니기까지도 했고."

현은 지수의 말에 고개를 끄덕이며 그의 가족사를 전했다.

현의 아버지가 도쿄에서 중학교 다닐 때는 태평양전쟁 막바지였다. 할아버지는 2대 독자인 아들이 곧 학병으로 끌려갈지 모른다는 우려로 우선 집안의 대를 잇고자 결혼을 서둘렀다. 또 현의 외가에서는 막내딸이 일제 정신대로 끌려 나갈까 노심초사했다. 그런 시국에 양가 사정이 맞물려 맞선조차 보지도 않고 혼사를 밀어붙였다. 중학교 4학년인 아들이 여름방학을 맞아 일본에서 귀국한 지 일주일 만에 혼례를 치렀다. 그런데 현의 아버지와 어머니는 성격이 매우 달랐다. 아버지는 현실 문제에 대단히 민감했고, 어머니는 둔감한 채, 그저 조용히 살기를 원했다. 그런데 당시 해방 공간은 배운 사람이 조용히 살기가 매우 어려운 격동의 세월이었다. 해방 후 좌우익의 대립, 한국전쟁, 4·19, 5·16 이런 역사적 사건에 아버지는 늘 부딪쳤다. 게다가 현의 아버지는 집안 종손에다가 독자였기에 과보호로 자란 데다가 가부장제 인습으로 여성, 특히 부인을 무시하는 면이 매우 강했다. 해방 후 아버지는 고향 구미에서 초등학교 교사로 지내면서 박상희 선산군 인민위원회 간부가 주도한 10·1 항쟁 때 청년 행동대로 앞장섰다. 그 일로 선산경찰서 유치장에 연행된 뒤 교직에서 해직됐다. 그러자 아버지는 분단된 나라에서 살기 싫다고 제3국으로 도피하고자 부산으로 내려갔다. 하지만 뜻을 이루지 못하고 거기서 정착했다. 전후 혼란기에 아버지는 상당한 돈을 모았다. 그러자 고향 친구들의 부추김에 당시 야당인 민주당 공천으로 국회의원 선거에 출마했다. 아버지는 국회의원 낙선과 그 뒤 사업 실패로 그동안 모은 살림을 한순간에 다 날렸다. 그때부터는 당신의 잘못을 자책하기 이

전에 어머니가 무식 무능하다고 원망하기 시작했다. 아버지는 몇 차례 어머니를 앞세워 처가에 도움을 청했다. 하지만 매번 거절당하자 더욱 어머니를 무시했다. 어머니는 그 무렵 오남매가 한참 먹고 자랄 때요, 학비가 드는 때로 매우 힘겨운 데다가 남편의 무시와 구박을 감당할 수 없어 당신이 가출하는 극단적인 방법을 선택한 것으로 보였다.

묵묵히 듣던 지수가 말했다.

"설송, 그게 어리석고 나약한 인간의 한계야."

"나에게 그런 일이 일어날 줄은 전혀 생각지도 못했어. 그런 불행은 영화나 소설에서나 나오는 일로만 여겼지."

"나도 그랬어. 지철이가 어머니에게 칼부림까지 할 줄은."

"이듬해 봄, 아버지가 불러 부산 집으로 내려갔더니 새 어머니에게 인사를 하라고 하더군."

"……"

"……"

현은 그런저런 일로 아버지가 돌아가실 때까지 부자간이 편치 않았다. 자연히 대인관계도 닫혀버렸다.

"이제야 그동안 네 행동이 이해된다. 사실 나도 집안일로 고뇌에 빠져 허우적거릴 때는 모든 게 싫더라. 더욱이 몹쓸 병이 들고 나서부터는 사람을 만나는 일도, 전화 오는 것조차도."

"나도 그랬어. 마음이 찢어지도록 아플 때는 다른 사람들이 위로하는 말조차도 듣기 싫었어."

"설송, 그런데 수십 년 동안, 이 문명 세상에서 어쩌면 그렇게 어머니 생사의 행방을 모를 수가 있니?"

"글쎄 말이야. 세상에는 내가 상상치도 못할 일도 있다는 걸 그때 체득하게 되었어. 마치 캄캄한 밤길을 가다가 갑자기 맨홀에 빠진 것처럼. 언저리 사람들은 어머니가 이 세상 사람 아니라고 해도, 나는 그 말을 도무지 믿을 수가 없었어. 아직도 이 세상 어디엔가 어머니가 살아 있다는, 다시 만날 수 있다는 그런 환상에 살고 있어."

"그럴 테지. 자식으로 그럴 수밖에. 네 가슴에는 피멍이 들었겠구나."

"그동안 살아오면서 단 하루라도 잊은 적은 없으니까 그럴지도."

"네게도 그런 아픔이 있을 줄이야. 나는 네가 단지 가난 때문에 고통을 받는 줄로만 알았는데."

"지나고 보니까 가난은 아무것도 아니야. 가난은 일시적이더군. 내가 대학교를 졸업한 이후에는 육군 장교로, 교사로 다달이 꼬박꼬박 봉급을 받자 극심했던 가난의 굴레에서 헤어날 수 있었어. 하지만 집안의 불행이라는 늪에서는 속수무책이었어. '인간 세상이 고해'라는 부처님의 말씀을 절감했어."

"그런 아픔 속에서도 용케 살아왔다."

"문학의 힘으로 살았을 거야. 아마 그게 없었다면 여태까지 버티지 못했을 거야."

"위대한 예술가 가운데는 가정적으로 불행한 이가 많지. 내가 대학 시절 심취했던 영국의 낭만파 시인 존 키츠는 8세 때 아버지를, 14세에 어머니를 잃었고, 그 자신도 26세의 나이로 요절했지. 그리고 『폭풍의 언덕』의 작가 에밀리 브론테도 고향 호워드 황야를 좋아하며 거기서 단 한 편의 작품을 남기고 31세로 외롭게 병사했지."

"나도 언젠가 『토지』를 쓴 박경리 선생의 말씀을 들어보니까 만일 당신이 행복한 여자였다면 결코 작가가 되지 않았을 거라고 말하더군."

"그 말 명언이다. 배부른 자나 행복한 이는 인생을 고뇌하지 않거든."

"글쎄다. 아무튼 내가 작품을 잘 써서 성공하면 어머니를 만날 수 있다는 그런 바람이 있었어. 마치 대중적으로 성공한 가수가 어느 날 무대 뒤에서 어머니를 만난 것처럼 나도 그러고 싶었던 거야. 그런 소망은 아직도 나에게 계속 붓을 들게 하는 힘이었어."

"그런 집념은 위대한 거지. 그런 게 없는 사람은 쉬이 포기하고 말아. 평탄한 삶을 산 사람은 아무래도 감동적인 작품을 쓰기가 어려워."

"내가 처음 소설집을 냈을 때 무척 흥분했지. 출판사에서 신문 하단 광고란 전체에다가 내 사진을 싣고 책을 광고해줄 때는 마치 그동안의 꿈을 이룬 듯 가슴이 벅찼어."

"그랬을 테지."

현의 작품은 중앙 일간지에 두 번이나 전면 광고로 나갔다. 하지만 고대하던 어머니에게 연락은 없었다. 이후 자녀 교육에 관한 책을 펴낼 때였다. 출판사 측에서는 책 표지에다가 작가의 사진을 크게 싣겠다고 양해를 구하기에 조현은 내심 쾌재를 부르며 승낙했다. 그 책 반응이 괜찮으니까 출판사 측에서 서너 번이나 더 주요 중앙 일간지 신문 하단 전면에 광고를 냈다. 그때마다 현은 어머니의 소식을 목을 뽑고 기다렸다.

"그래, 소식이 있었니?"

"……."

현은 고개를 흔들었다. 그러자 지수가 말했다.

"설송, 네 어머니는 이 세상 사람이 아닌가 보다."

"그렇게 생각이 들다가도 다시 새로운 집념이 생기는 거야. 우리 어머니는 신문이나 책을 볼 수 없기에 그럴 거라고. 어머니는 영화나 텔레비전 드라마를 무척 좋아하셨는데, 내 작품을 영화나 텔레비전 드라마로 만들든지, 내가 직접 텔레비전에 출연하고픈 그런 욕망이 생기더군."

"그래, 그랬니?"

"내 작품을 몇몇 영화 제작자와 텔레비전 드라마 제작자에게 부탁했지만 성공하진 못했어. 그런데 텔레비전 출연은 전혀 엉뚱한 데서 이루어졌어. 〈TV는 사랑을 싣고〉라는 프로에서 한 유명 아나운서가 모교 선생님을 찾는 장면에 잠깐 출연했는데, 그 반응은 즉각적이었고, 그 전파력은 대단하여 경향 각지 많은 사람들에게서 전화를 받았어. 하지만 정작 기다리던 어머니의 전화는 끝내 없더군. 그 뒤로도 꾸준히, 심지어는 문화관광부 출판 담당자가 조현 씨 또 책을 냈다고 할 만큼 여러 권의 책을 냈지. 그럴 때마다 신문에 신간 안내나 서평이 나가고 텔레비전에서도 신간 소개가 나가곤 했지. 하지만 그 정도로는 성이 차지 않더군. 그런데 몇 해 전에는 뜻밖에 사건이 터졌어."

"사건이라니. 무슨?"

"1999년에, 중국 대륙에 흩어진 항일 유적지를 답사하고 쓴『민족 반역이 죄가 되지 않는 나라』라는 책으로 한 항일 전문 기자를 알게 되었지. 그 기자가 한 인터넷신문 편집국장으로 자리를 옮기면서 나에게 시민기자가 되기를 권유하더군. 그래 자의반 타의반 시민기자가 됐지."

"너 학교 다닐 때 학생기자였잖니?"

"그랬지. 신문 배달을 할 때도 나중에 기자가 되고픈 꿈도 가졌고. 그래서 나에게 물려고 덤비는 개들에게 큰소리도 쳤던 거야. 쌍놈의 개새끼들, 사람을 몰라본다고. 그때의 꿈이 쉰 세대에 이루어졌다고 할까, 그래서 부지런히 취재하고 열심히 기사를 쓴 결과 몇 해 전에는 이곳 메릴랜드주 내셔널 아카이브에까지 오게 되었던 거야."

"그래서."

"그러자 교육방송국 피디가 카메라를 메고 이곳으로 날아와 일주

일간 같은 숙소에서 머물면서 밀착 취재를 하고 돌아갔어. 그러고는 그해 3·1절 특집 프로로 〈마지막 추적자〉라는 다큐멘터리를 방송했어. 그날 낮과 밤에 그 프로를 두 차례나 방영했는데 시청률이 대단했나 봐."

"그래서 무슨 연락을 받았니?"

현은 고개를 저었다.

"방영 후 숱한 격려 메일을 받았고, 이미 마감한 계좌에도 성금이 추가로 꽤 많이 들어왔어. 귀국할 때도 기자회견도 하고. 그 모든 게 신문이나 텔레비전 뉴스로 보도되었지만…… 그 뒤 아카이브에서 발굴한 사진을 모아 한국전쟁 사진첩『지울 수 없는 이미지』를 펴내자 여러 매스컴에서 크게 보도해주고, 각 방송국에서 다투어 불러줬어. 나는 강원도 산골에 살았지만 먼 거리에도 사양치 않고, 텔레비전이나 라디오 가리지 않고 달려가서 이런저런 프로그램에 출연했지. 하지만 끝내 어머니의 행적은 오리무중이었어."

"그럴 수가……."

"그러자 곁에서 묵묵히 지켜보던 아내는 나에게 그만 단념하라고 충고하더군. 이승에서 어머니와 나의 인연은 이미 끊어진 거라고. 이 문제로 우리 부부는 상당히 심각한 갈등도 빚었어. 아내는 내가 아버지를 미워하면서 닮아간다고, 어머니의 가출 원인을 자신의 내면에서 찾으려 하지 않고, 밖에서 찾으려 한다고 내 행동들을 서슴지 않고 비판했어."

"네 정신을 온통 어머니 찾는 데에만 쏟으니까 가족들의 불만은 커질 수밖에."

"아무튼 내가 아버지를 닮아간다는 아내의 그 말이 가장 싫었어."

"왜 미워하면서 닮아간다는 말이 있잖니."

"그럴지도 모르지. 아버지는 나이가 들수록 당신의 삶을 후회하는 빛이 역력했어. 나중에는 당신은 인생을, 세상을 너무 몰랐다고, 무지무명한 세월이었다고 많이 후회하고 자탄하셨어. 게다가 1980년 정치군인들이 쿠데타로 또 정권을 잡자 아버지는 그들을 신랄히 비판했지. 그러다가 경찰에 불법 연행되어 국가보안법이란 올가미를 썼지. 2년 6개월 언도받고 대구 화원교도소에서 복역하셨지. 나는 남은 가족을 보호해야 한다는 책임감과 학교에 그 사실이 알려질까 하는 두려움 때문에 아버지의 재판을 한 번도 방청하지 않았어. 출소 후 이따금 내 집을 찾아온 아버지를 진심으로 껴안지 않았고, 당신은 침묵하고자 그림을 그리셨는데 나는 그 작품에 대해 한 번도 찬사를 보내지 않은 채……."

"남은 가족들이 살기 위해선 너로서는 어쩔 수 없었잖니?"

"글쎄다. ……막상 두 분 다 내 곁을 떠나보낸 뒤, 곰곰 생각해보니까 잘못은 나에게 많았다는 걸 점차 깨닫기 시작했어. 내가 정말 괜찮은 자식이었다면, 어머니가 나에게 말 한마디 없이 떠났을까 하는, 그런 죄의식에 사로잡히더군. 그리고 나도 가부장제의 인습과 봉건적 유교 관습에 찌들어 있다는 것을 깨달았고. 늘 못 배워서 열등감에 빠진 어머니를 자식으로서 변호하는 역할을 제대로 하지 못했고, 나도 모르는 사이 은연중 어머니를 무시했을 거라는 그런 생각도 들더군."

"……."

"대학교 3학년 때 학훈단 하기 병영 훈련을 충북 증평의 한 예비사단으로 갔는데 주말이면 대부분 동기생들은 어머니가 먹을 걸 싸들고 면회를 왔지. 그때는 그게 대단히 부럽더군. 병영 훈련이 끝난 후 부산으로 가서 어머니에게 그 이야기를 했지. 그러자 어머니는 당신은 열차를 탈 수도 없을뿐더러 그럴 돈도 없었다고 말씀하시더군. 그러자 곁에서 듣던 아버지가 이웃에 가서 돈을 꿔서라도 아들 면회는 가야 할 것 아니냐고 어머니를 공박하더군. 결국은 내가 어머니에게 큰 상처를 준 셈이었지. 그때 부모님은 부산 아미동 산동네서 살고 있었는데."

"뉘 집 없이 자식들은 모두 청개구리인가 보다. 나도 미국에 온 어머니에게 걸핏하면 집안 비극의 책임이 전적으로 어머니에게 있다고 자주 쏴줬거든. 사실은 우리 가족 모두에게 있었는데."

현은 대답 대신 고개를 끄덕였다. 그러면서 담담히 말했다.

"우리 어머니는 결혼 전에도, 결혼 후에도 남존여비의 사회에서 천대를 받은 분이었어. 여자는 배우면 못쓴다는 완고한 부모 밑에 자랐고, 결혼 뒤에는 못 배워서 무식하다고 남편에게 무시당했던 불쌍한 분이야. 어머니는 휘발유 냄새만 맡으면 머리가 아프다고 자동차를 타지 못하셨으니 당신도 불편했지만 다른 가족도 힘들었어. 게다가 어머니는 성격이 어찌나 여리고 보드라운지 남에게는 쌀 한 되 꿔달라는 말을 못 하는, 제 것 없으면 굶는 사람이었으니까. 집안이 기울어진 뒤 아버지도 참 힘드셨어. 아버지는 그런 어머니에게 걸핏하면 친정에 가서 사업자금이나 생활비를 좀 구해오라고 집 밖으로 내몰았으니까. 심약한 어머니는 감히 남편에게 맞서지를 못하고 마지못해 친정으로 가면서 도중에 덤벙에 빠지고 싶었을 테지.”

“설송, 아마도 지난 시대 한국 여성 대다수가 받았던 고통이었을 거야. 사실 한국사회의 남존여비 사상이나 가부장적 봉건 사상은 여성의 인권을 무참히 유린했지. 그런 전근대 사고방식으로 살다가 결국은 나라조차 빼앗겼잖아. 서양에서는 일찍이 양성평등으로 여성도 사회 발전에 한몫을 담당했는데, 우리는 암탉이 울면 집안이 망한다는 사고로 인구의 절반인 여성을 가정이란 올무에 옭아매었으니 결국 국력이 뒤질 수밖에.”

“아버지는 자칭 진보주의자이면서도 그랬으니 할 말이 없는 거지. 당신 스스로 선거 때 ‘사람 위에 사람 없고, 사람 밑에 사람 없다’는 표어를 내걸고 인간 평등, 양성 평등을 주장하면서도 가장 가까운 아내와 가족에게는 그 표어를 적용치 않았으니 진리나 양심에 대한 무지요, 무명한 탓일 거야. 그야말로 제 눈의 들보는 보지 못하고 남의 눈의 티만 보는 어리석음이지.”

“대부분 사람들은 그렇지.”

"그런가 봐. 내가 현직에 있을 때 쉬는 시간 동료 교사들은 신문을 보면서 정의의 사도인 양 국회의원이나 지자체 의원들이 나라 예산으로 외유를 하는 걸 신랄하게 비판했어. 그런데 그들은 막상 자신들은 예외라고 떳떳지 못한 돈으로 해외 연수라는 허울 좋은 이름으로 해외여행을 떠났어. 그 순간 나는 자신을 새로이 바라본 거야. 나도 그들과 똑같이 살아왔다는 것을 비로소 깨닫게 되었어. 내가 교사로서 사명감을 잃고 방황하는 걸 보고, 아내가 먼저 용단을 내려 강원도 산골로 떠나더군. 그래서 나는 한 학기를 더 머뭇거리다가 아내를 따라 내려갔지."

"잘했다. 우리 사회에서 누군가는 그런 잘못을 지적하고 일깨워줘야 해. 그래야 사회가, 나라가 발전할 거야."

"하지만 대부분 사람들은 나를 모난 사람으로 치부하더군."

"그런 말에 조금도 개의치 마. 하늘에 계신 분은 그 모든 것을 다 알고 계셔."

"강원도 산골로 내려온 뒤에 글이 잘 써지지 않았어. 나 자신을 곰곰이 반성해 보니까 전생의 업도, 이생에서 내가 저지른 업도 많았어. 그래서 차라리 수행의 길을 걷고자 어느 날 출가를 결심하고 산문을 찾았지. 그런데 산문에서는 내 나이가 너무 많다고 받아주지를 않더군. 내가 크게 낙담하니까 스님은 이런 말씀을 하더군. 출가에는 두 가지가 있는데 그 하나는 마음의 출가인 심출가(心出家)요, 나머지 하나가 몸의 출가인 신출가(身出家)라고."

"그런 일도 있었군."

"스님은 나에게 마음 출가를 권하면서 이제까지 가졌던 인생관이나 생활 습관을 확 뜯어고치라고 조언하더군. 그래서 그날부터 내 손으로 삭발했어. 앞으로는 삶의 문제를 골똘히 생각하면서 근원적으로 해결하는 길을 찾아보려고 해. 다행히 죽기 전에 깨우치면 내가 깨달은 진리를 글로 남기고 싶은데, 아마 이것도 허욕이 아닐는지."

"설송, 그런 욕심은 많이 가질수록 좋아. 사실은 나도 설송이 왜 삭발했는지 몹시 궁금했거든. …… 아무튼 자신의 전생 및 이생의 업을 깨닫고 속죄하려는 네 결론이 오늘 나를 기쁘게 하는구나. 네가 삶의 문제를 근원적으로 깨우쳐 네 언저리의 무지한 많은 사람들을 깨우치게 한다면 글쓴이로 그보다 보람된 삶이 어디 있겠니. 나는 예수님을 믿었지만, 모든 종교가 지향하는 삶의 근원 문제는 같거나 비슷하다고 생각해. 다만 그 방법과 해석이 조금 다를 뿐일 거야. 나에게 모든 걸 다 고백한 네 표정이 한결 밝아 보이는구나. 어때? 좀 시원하지."

"그런 것 같아. 아직 얘기 다 끝나지 않았는데도."

"그게 일전에 설송이 말한 신원이야. 왜 옛날 사람들은 무당을 데려다가 살풀이굿을 하잖아. 그게 다 가슴에 맺힌 원한을 풀어버리는 일이지."

"하지만 한편으로는 찝찝해. 자식이 아버지의 허물을 쏟아놨기에. 아버지는 누가 뭐래도 나에게 생명을 주신 분이신데. ……나의 아버

지는 일제강점기와 해방, 그리고 한국전쟁의 거센 소용돌이 속에서
도 대의명분과 신념을 꿋꿋이 지키면서 용감하게 살아오신 분이었거
든. 그래서 집안에도 풍파가 많았던 거야. 아무튼 자식들은 저 잘난
척하지만 죄다 부모의 희생 위에 자라난 거지."

지수는 고개를 끄덕인 뒤 말했다.

"말인즉 옳군. 네 얘기 듣고 보니 나도 많이 찔린다. 너는 작가니까
앞으로 우리 현대사의 아픈 가족 간 문제들을 드러내는 작품을 많이
남겨라. 그래서 사람들에게 감동을 많이 주고, 아버지 세대에 대한
이해와 가족 간의 갈등도 해소시킬 수 있도록."

"글쎄다. 글이 써지지 않아. 내 지난 삶이 그런 글을 쓸 만큼 바르
게 살지도 못했고, 또 인생에 대한 혜안과 수양도 매우 부족해."

"그런 자세는 바람직해. 오만한 사람은 하나님도 외면해. 그래, 그
동안 결혼 생활은 어땠니?"

"나에게는 쉬운 일이 하나도 없더라. 요즘 한국에서도 부부간에 이
혼이 부쩍 늘어나고 있어. 심지어는 퇴직 후 황혼 이혼까지도. 그동
안 다행히 우리 부부는 티격태격하면서도 잘 견뎌왔지만, 앞으로 어
떨지는 솔직히 장담할 수 없구나. 끝까지 완주하도록 근신하면서 하
늘에 빌 뿐이지. 집안을 꾸려가는 일이 사회생활보다 더 힘들어. 곧
'수신제가(修身齊家)'가 무척 힘들어."

"그럼, 그게 여간 어려운 일이 아니지."

"프랑스의 어떤 황제가 시골길을 가다가 먼지 쌓인 모자를 쓰고 일

하는 다정한 부부를 보고는 '그대의 모자가 나의 이 왕관보다 더 값지다'라고 말했다고 하더군. 아무튼 원만하고 단란한 가정생활은 참 힘든 것 같아."

"그래, 맞아. 사실 나도 가정을 꾸려갈 자신과 용기가 없었기에 끝내 혼자 살았던 거야. 그리고 우리 가족들의 죄를 누군가 참회하고 회개해야 한다는 생각, 그리고 인간의 원죄 의식도 작용했고."

"가족들과 네 죄를 참회하고 회개하면서 혼자 산 이 세상에서의 네 모습이 참 아름답다. 운성이야말로 이 세상에서 삶이 수도 생활이었네."

"남자가 늙도록 혼자 사는 건 궁상맞지 뭐가 아름다워. 성직자로 살았다면 몰라도. 만일 다시 태어난다면 신부나 스님이 되고 싶어."

"그래 우리 다시 태어나면 너는 신부님이 되고, 나는 스님이 되어 우리 때때로 만나 함께 삶의 근원 문제를 토론하자."

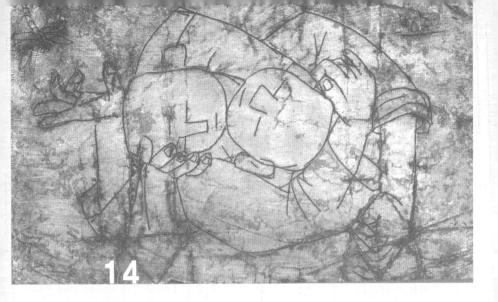

14

합장

합장

       현과 지수가 이야기를 시작할 무렵에는 달빛이 실내로 들어왔는데 어느새 그 달은 졌는지 바깥조차 컴컴했다. 현은 머리맡의 시계를 보며 말했다.

"새벽 3시가 지났네."

"벌써?"

"운성, 우리 헤어지기 전 한 가지만 더 얘기해줘. 너 그때 미국까지 찾아온 숙자 씨를 왜 그대로 돌려보냈냐?"

"난 그럴 수밖에 없었어. 그때는 경제적으로도 매우 힘든 데다가 지란 누나가 매부와 별거 중이었고, 어린 조카는 심장병을 앓고 있었어. 누나가 국제전화로 아들을 살려달라고 울부짖는데, 그 청을 차마 거절할 수가 없더군. 그래서 조금 모아둔 돈은 물론 친구들에게 빌려

서까지 보내줬어. 나중에 알고 보니 어머니도 누나를 돌봐주느라고 모아둔 재산 모두 다 날리고 빚까지 졌더군. 아무튼 누나 때문에 집안은 더욱 힘들어졌어. 결혼도 가족들의 반대를 무릅쓰고 하더니.”

“무척 힘들었겠다.”

“그런 소용돌이 속에서 정말 결혼할 용기가 나지 않더라. 결혼하면 내 가정에도 뭔가 좋지 않는 일들이 연쇄적으로 일어날 것 같은 그런 불길한 예감에.”

현은 고개만 끄덕였다.

“그래서 그때 나는 숙자 씨를 돌려보내는 게 진정으로 사랑하는 길이라고 생각했지. 사실 나도 그를 돌려보낸 뒤 얼마나 후회했는지 몰라. 한동안 매일 밤마다 수화기를 들었다가 놓곤 했지. 지금도 그를 돌려보내길 잘했다는 생각과 잘못했다는 생각이 반반이야.”

“순간의 선택이 평생 간 셈이군.”

“그런 셈이지.”

그 말을 하는 지수가 침울해 보였다. 현은 분위기를 바꾸고자 화제를 돌렸다.

“숙자 씨와 지난 러브스토리를 들려다오.”

“뭘, 새삼스럽게…….”

지수는 잠시 뜸을 들인 후 쏟기 시작했다. 중2 때라고 했다. 지수가 143번 상도동 버스 종점에서 맨 뒤 구석진 자리에 앉아 장승배기 고개를 오를 때면 강숙자는 무거운 가방을 들고서 버스에 올랐다. 강숙자가 지수 자리 가까이로 올 때면 가방을 받아주거나 자리를 양보해줬다. 중학교를 졸업하고 지수도, 강숙자도 각자 같은 재단의 고등학교에 진학했다. 그래서 그들은 고등학생이 된 뒤에도 같은 버스에서 자주 만날 수 있었다. 그러다가 고1 때 어느 날 버스 안에서 강숙자에게 치근대는 한 녀석을 지수가 잡아 목덜미를 잡고 흔들어준 뒤부터 눈인사는 하며 지냈다.

지수는 어느 날 하굣길에 강숙자가 내리는 장승배기 정류장에서 따라 내려 뒤를 따랐다. 지수는 그날 그의 어머니를 만나 그제부터는 남자친구로 당당히 인정받으려고 그랬다. 그런데 강숙자는 그런 낌새를 눈치챘는지 골목길에서 숨거나 남의 집에 들어가기도 하더니, 나중에는 파출소에 들어갔다.

지수는 파출소 정문 앞에서 무작정 기다렸다. 한 5분 기다리자 강숙자가 슬그머니 나타났다. 그는 그제야 지수를 따돌리는 것을 포기하고는 자기 집으로 간 뒤 대문을 쾅 닫고는 빗장을 질렀다. 지수는 대문 앞에서 또 무작정 기다렸다. 아마도 한 시간은 더 기다렸다. 이윽고 대문이 열리더니 그의 어머니가 활짝 웃으며 나타났다. 어머니 안내로 대청마루에 올라가자 다과상이 놓여 있었다. 지수는 용기백배하여 그의 어머니에게 큰절을 하며 따님을 좋아한다고 말했다. 그러자 어머니는 싱긋 웃으시며 당신 딸을 예쁘게 봐줘 고맙다는 말을 했다. 그래서 지수가 심호흡을 한 뒤 앞으로 서로 사귈 수 있게 허락해달라고 대청마루 위에서 무릎을 꿇고 청했다.

"그랬더니?"

현은 그 대목에서 조급증이 나서 물었다.

"안 된다는 거야. 지금은 서로 공부해야 될 때라고."

"그래서 물러났냐?"

"그렇게 쉽게 물러나려면 애초부터 그의 집까지 쫓아가지를 않았을 테지. 그래서 바로 그 말씀을 들으려고 왔다고 아주 능청을 떨고는, 대학생이 된 뒤에 다시 찾아오겠다고 다시 넙죽이 큰절을 하고 물러났지."

"그래 대학 입학 후 다시 찾아갔냐?"

"그럼, 마침 숙자 씨도 자기가 원했던 홍대 미대에 합격했다는 얘기를 듣고 그날 곧장 그의 집 대문을 두드렸지. 그날은 어머니가 아주 반겨 맞아주시더군. 그날 이후부터 우리는 본격 연인 사이가 된 거지. 그가 주말 야외 스케치 갈 때는 매번 같이 간 뒤 그림 그리는 일보다 이야기를 더 많이 하기도 했고."

"그래 첫 키스는 언제 했냐?"

"그건 말할 수 없어."

"왜?"

"그는 여태 살아 있잖아. 사회적인 지위도 있을 테고."

"이제는 할머니일 텐데."

"그래도 그 친구 남편이 알면 기분 나쁘잖아."

"나만 알고 있을게."

"세상의 비밀은 '나만 알고 있을게'라는 말 때문에 더 빨리 번져나가. 더욱이 넌 작가가 아니니? 행여 네 글에다 그 얘기를 쓰면."

"친구끼리 그런 얘기도 안 하고 뭔 얘기를 하니? 혹 그 얘기를 쓰더라도 돌려 쓰거나 가명으로 쓸게."

"알았다. 작가는 체험이 가장 중요하고, 간접 체험도 매우 중요하니까."

지수는 잠시 뜸을 들인 후 곧장 시작했다.

"아마 대학교 1학년 제비꽃 필 무렵이었을 거야. 그가 북한산 송추 계곡으로 야외 스케치를 간다고 하기에 따라갔지. 그가 스케치하는데 나는 잔디밭을 뒹굴었지. 그런데 잔디밭 한편에 제비꽃이 활짝 핀게 보였어. 그 보랏빛 제비꽃이 어찌나 예쁜지. 그때부터 숙자 씨를 제비꽃으로 비유했지. 그런 나를 숙자 씨도 무척 좋아하더라. 자기도 제비꽃을 무척 좋아한다고. 아마 그날 그 잔디밭 제비꽃 곁에서 첫 키스를 했을 거야."

"그래서 너도 유독 제비꽃을 좋아했나 보다."

"그런 셈이야. 보랏빛 제비꽃은 아주 요염하고 깜찍하게 예쁘거든. 그때 내 눈에 비친 숙자 씨가 바로 그랬어."

"그래서 이 목사에게 네가 죽으면 허드슨강 언덕 소나무 옆 제비꽃이 핀 곳에다가 유해를 뿌려달라는 유언을 남겼군."

"그런 셈이었지. 그는 나에게 제비꽃이었어."

지수는 혼잣말처럼 말했다.

"서울에 돌아간 뒤 숙자 씨를 만나면 제비꽃 이야기를 해야겠다."

"그가 아직 그것을 기억할까?"

"그에게도 첫사랑일 텐데 그 제비꽃 얘기를 잊을 리야."

지수는 대학 2학년을 마치고 군에 입대하였다. 애초에는 학사장교로 입대하려 했지만, 그 무렵 동생 지철이 말썽을 부리고 갓 결혼한 누나마저 가정 분란을 일으켰다. 지수는 그런 집안 분위기가 무척 싫어 현실을 도피하는 심정으로 입대했다. 어머니는 그 시절 가장 인기 보직인 미군부대 카투사로 가라고 손을 쓰려고 하는데 지수가 극구 말렸다. 그랬더니 중부전선 최전방부대 소총수로 보직을 받았다. 밤마다 철책선 초소에서 잠복 근무를 하는 고달픈 생활이었는데도 그에게는 그게 오히려 마음 편했다. 그런데 같은 근무조인 분대장 김 하사가 동성 간 성추행으로 걸핏하면 지수를 괴롭혔다.

어느 날 밤 경계 근무를 서고 있는데 분대장 김 하사가 자꾸만 치근거려 참다못해 지수는 개머리판으로 김 하사를 짓이겨준 뒤, 덜컥 겁이 나 초소에서 탈영을 했다. 그는 서울로 가다가 검문소에서 붙들렸다. 곧장 상관폭행죄 및 근무지이탈죄로 사단 영창에 유치되었다. 그때 지수는 숙자 생일에 맞춰 첫 휴가를 받아놓고 기다리던 중에 그런 불상사가 났다. 숙자는 기다리던 지수가 오지 않자 불길한 예감에 전방부대로 면회를 갔다. 그는 그제야 지수가 사단 영창에 유치된 걸 알았다. 숙자는 사건의 전말을 전해 듣고는 백방으로 탄원을 하여 다행히 지수는 실형을 받지 않고 사단 영창 생활 15일 만에 풀려났다. 영창에서 풀려난 뒤 지수는 다른 부대로 전출 명령을 받았다. 배치된 곳은 동부전선 ○○여단으로 거기서는 행정병 보직을 받았다.

지수가 그 보직을 받은 지 한 달 후, 숙자가 부대로 면회를 왔다. 그 부대는 전방부대 향로봉 아래 고성군 간성읍 진부령에 있었다. 그날은 크리스마스를 앞둔 날로 함박눈이 펑펑 쏟아졌다. 숙자가 면회를 마치고 돌아가려는데, 서울로 돌아가는 버스가 폭설로 끊어져버렸다. 지수는 숙자가 돌아가지 못한 사정을 중대장에게 말하자 그는 싱긋 웃으며 특별 외박을 허락해주었다. 갑자기 폭설이 내린 탓에 그들은 멀리 갈 수도 없었다. 그들이 묵을 집은 진부리 어느 산골 너와집으로 전깃불도 들어오지 않았다. 내무반 동료들은 양초를 선물했다. 진부리 이장댁 건넌방에 그들은 묵었다. 그 밤이 그들에게는 첫날밤이었다. 그 방 윗목에는 추수한 곡식들이 차곡차곡 쌓였고, 벽에는 낡은 사진틀에 퇴색된 사진들이 촘촘히 배열되어 걸려 있었다. 아궁이에서는 장작불이 탔다. 연기가 장판지 틈으로 새어 나와 코가 매웠다.

"오늘 귀한 손님이 오신 것 같아 새로 꾸민 거라오."

이장 부인은 이불 홑청에서 풀 먹인 냄새가 물씬 나는 이불을 가지고 왔다. 밖에는 계속 함박눈이 소록소록 내렸다.

"산골이라 먹을 건 이것밖에 없다오."

이장 부인은 구운 감자를 담은 바가지를 방 안으로 들여보냈다. 그들은 촛불을 가운데 두고 마주 앉아 구운 감자의 껍질을 벗겨 서로의 입에 넣어주었다. 지수가 숙자를 포옹하며 말했다.

"무서워?"

숙자는 대답 대신 고개를 흔들었다. 문틈으로 들어오는 바람에 촛불이 너울거렸다. 지수는 숙자를 꼭 껴안았다. 그들은 촛불이 저절로 꺼질 때까지 아무 말 없이 쌔근거리면서 서로의 입술을 더듬었다. 이윽고 불이 꺼졌다. 그들은 소꿉놀이를 하는 소년 소녀처럼 그때부터 손을 잡고 멧부리도 오르고, 솔밭도 헤매다가 덤벙에서 서툴게 자맥질도 하면서 긴 겨울밤을 지새웠다. 새벽닭이 울 때까지.

"잘 들었다. 중2 때 만나 대학 졸업 후까지 만났으니 10년을 넘게 사귄 거 아냐?"

"정확히 14년 11개월 14일이야."

"사랑은 궁지에 몰린 상대를 구해주고, 실수한 상대를 용서해주며, 자기를 버리는 거라는데, 숙자 씨 편에서는 네 사연을 이제라도 알면 얼마나 섭섭하겠냐."

"난 살아서는 그런 사랑의 진정한 의미를 몰랐다. 아마도 나는 사랑의 본질은 모른 채 그 껍데기만을 사랑한 것 같아. 그래서 네가 숙자 씨를 만나 나 대신 사죄해달라고 부탁했잖니."

"알았다. 꼭 만나서 네 말을 그대로 전할게. 그런데, 너 독신으로 살면서 섹스는 어떻게 해결했냐?"

"그게 그렇게 궁금해?"

"우리는 친구니까."

"우리 고등학교 때 이혜철 선생님 생물 시간에 라마르크의 '용불용설'을 배운 거 기억하니?"

"응, 기억이 나. 모든 생물은 자주 사용하는 기관은 발달하고 그렇지 않은 기관은 퇴화한다는."

"그럼, 왜 고기도 먹어본 사람이 잘 먹는다고, 섹스도 마찬가지야. 섹스는 쾌락도 주지만 화근도 주지."

"한 스님의 말씀에 이런 말도 있더군. '차라리 남근을 독사의 입에 넣을지언정, 여자의 자궁에 넣지 말라'고. 아마도 부부간 정당치 않은 섹스는 나중에 화근의 원인이 된다는 경구로 한 말 같아."

"피임법이 발달치 않은 옛날에는 가정 파탄 등 그 화근은 더욱 심했을 거야."

"나도 전방 사단 보충대에서 군사교육을 받을 때, 헌병참모가 군법은 팽개치고 한 시간 내도록 섹스 욕구 처리 방법만 강의했어. 그의 지론은 부부간 섹스가 아닐 땐, '사전에 반드시 장화를 착용하라'고 교육하더군. 그렇게 해야 나중에 더 큰 비극도, 몹쓸 질병도 예방할 수 있다고."

"그 교관 강의 내용은 일리 있구먼. 우리 아버지가 그때그때 장화를 신었더라면, 아마 우리 집과 같은 가정 파탄의 비극은 없었을 테지."

"대개 수컷들은 앞뒤 가리지 않고 일을 벌이는 게 동물의 세계일 거야. 그러다가 목숨까지 잃는 경우도 많았지. 아마 그걸 미인계라고도 하지."

"그럼, 영화 007 시리즈 같은 데서도 자주 그런 게 나오잖아."

"근데, 너 그동안 금욕 생활 힘들지 않았냐?"

"그냥 혼자 지내면 그런대로 지낼 수 있었어. 한때는 힘들었지만…… 서구에서는 독신자들이 사는 방법도 있어. 거리마다 널려 있는 게 여자들 아니니. 남자도 마찬가지지만. 유럽이나 미국에서는 독신 남녀 간의 섹스 욕구 처리에 대한 매너가 좋아. 더 이상의 이야기는 네 마음대로 상상해."

"그래, 알았다. 형이하학적인 얘기를 해서 미안하다."

"친구 간에 무슨 소리야. 사람은 때로는 형이상학적이기도, 형이하학적이기도 한 거야. 그나저나 네가 오늘 떠난다고 하니까 내 마음이 벌써 울적해지는구나. 언제 다시 와주라."

"알았다. 이번에 펴낼 한국전쟁 사진집 반응이 좋으면 아카이브에 다시 오게 될 거야. 그때 다시 너의 유해가 묻힌 뉴욕 허드슨 강변 록펠로 전망대를 다시 찾을게."

"아무튼 내가 그 일이 잘되기를 빌어야겠다. 그래야 우리는 뉴욕에서 다시 만날 테니까."

"운성, 고맙다. 정말 너는 언제나 나를 감싸주고 진정으로 도와주는 친구야. 목숨도 아깝지 않은."

"설송, 그렇게 생각해줘서 고맙다."

"이번 방미에 너를 만나 마음속에 맺힌 것 훌훌 털고 가니까 어쩐지 가뿐하다. 오래됐지만 조금도 변치 않은 네 우정을 확인하고 떠나게 되어 정말 이번 여행은 보람 있네."

"나도 그래. 내 마음에 맺힌 걸 너에게 모두 털어놓으니까 아주 상쾌하다. 내 영혼도 이제 하늘나라에서 편히 지낼 수 있을 것 같다."

"네가 그렇다면 내가 너를 찾은 보람이 있군."

"설송, 이런 걸 카타르시스라고 하지."

"운성, 나도 그래. 이런 게 진정한 우정의 힘인가 보다."

"아무튼 고마워, ……잘 가. 설송, 조현!"

"그래. 잘 있어. 운성, 장지수!"

현은 커튼을 마저 열어젖히고 지수가 사라진 하늘을 향해 고개 숙여 묵도를 드렸다.

조현이 귀국하는 날이었다. 그동안 아카이브에서 강행군한 피로를 풀고자 늦잠을 자기로 작정했다. 하지만 눈을 뜨자 여느 날과 다름없는 6시 30분이었다. 현은 다른 날보다 시간 여유가 많아 눈이 내리는데도 아침 산책을 평소보다 좀 더 먼 곳까지 갔다. 그날은 메릴랜드 주립대학 교회를 둘러보는 주말 코스로, 한 시간 남짓 산책을 끝낸 뒤 숙소로 돌아와 노트북을 켰다. 곧장 인터넷을 연결하여 이번 여행에 신세진 몇 곳에다가 메일로 출국 인사를 했다. 현은 워싱턴에서 뉴욕까지는 이도영이 주고 간 고속버스표를 이용키로 했다.

　현은 이도영에게 전화로 출국 인사 겸 버스표에 대한 감사말을 전했다. 그러자 로스앤젤레스에 머물고 있는 이도영은 현이 버스 승차 후 뉴욕 도착 시간을 확인하여 토머스 정에게 꼭 알려주라고 일렀다. 그러면서 그 친구 전화번호는 버스표 뒷면에 사인펜으로 적어두었다는 말도 빠트리지 않았다. 현은 통화를 다 마친 뒤 천천히 가방을 꾸리면서 외출복으로 갈아입었다.

　10시 55분, 박유종은 약속 시간보다 5분 일찍 왔다. 그는 곧장 현의 숙소 체크아웃을 도와준 뒤 휴대용 가방을 자기 차에 실었다. 도중에 이른 점심을 먹었다. 그들 승용차가 워싱턴 D.C. 버스터미널에 이르자 뉴욕행 버스는 시동을 건 채 손님을 기다리고 있었다. 박유종은 현의 가방을 짐칸에 넣은 뒤 기사에게 맨해튼 미드타운 도착 시간과 장소를 확인했다. 그런 뒤 손전화로 뉴욕 토머스 정 택시기사에게 오후 6시 도착 예정 시간을 알려주며 임시정거장인 미드타운 브로드웨이 32번가 신문 가판대 옆에서 대기하기를 부탁했다. 박유종은 그 모든 일을 마친 뒤 현에게 다가와 포옹을 했다.

　"조 선생님! 또 만나요."

　"감사합니다, 박 선생님!"

　조현과 강숙자는 산중다원에서 찻잔을 앞에 두고 날이 저무는 줄도 모른 채 줄곧 이야기를 나눴다. 이윽고 조계사 경내 범종루에서 저녁 예불을 알리는 범종과 목어, 운판 소리에 이어 법고 소리가 울렸다. 산중다원의 벽시계는 막 6시를 지나고 있었다.

"어머, 그새 저녁 예불 시간이네요."

강숙자는 시계를 보고 멈칫 놀라면서 찻잔을 한편으로 옮겼다.

"오늘 얘기 잘 들었습니다."

현도 찻잔을 그쪽으로 옮기면서 말했다.

"잔잔한 호수에 돌을 던지지 않았는지요?"

"이제 그럴 나이는 아니잖아요. 오늘 들려주신 얘기는 두고두고 좋은 추억으로 간직하겠습니다."

"그런데 그때 강 교수님이 미국까지 가서 그냥 돌아온 것은 이해가 되지 않네요."

"부부가 될 인연이 아니었나 봐요."

강숙자는 그때 지수가 그렇게 집안일로 고뇌에 빠진 줄은 까맣게 몰랐다고 했다. 하기는 현도 지수의 집안이 그런 줄은 전혀 눈치를 채지 못했다. 강숙자는 미국에 갔을 때 지수가 쿠바 출신의 글로리아라는 여성과 진짜로 결혼 생활을 한 줄 알았다고 했다.

"지수 씨는 저와 사귀면서도 집안 얘기는 잘 하지 않았어요. 아마도 결혼과 연애는 다른 건가 봅니다."

현은 가방에서 가죽 지갑과 만년필을 꺼냈다.

"이거 윤호가 지수의 유품이라고 저에게 주었습니다. 특히 이 지갑은 지수가 끝까지 쓰면서 무척 아꼈답니다. 그러면서 윤호가 이 지갑을 숙자 씨에게 전해주라고 하더군요."

숙자는 현이 전해준 가죽 지갑을 유심히 살폈다.

"이 지갑, 제가 지수 씨의 스물한 번째 생일 기념 선물로 준 겁니다. 지금도 기억이 또렷해요. 이제는 사라져버린 화신백화점에서 샀어요."

"그럼, 이제 돌려받으세요. 저는 그 친구의 만년필을 기념으로 간직하겠습니다."

"아니에요. 저, 그것 가지면 깊은 상심에 빠질지 몰라요. 그냥 가벼운 추억으로…… 어쩌다가 한 번씩 지난 추억을 반추하며 미소 짓는 옛 사랑의 그림자 정도로 기억하겠습니다. 조 선생님이 만년필과 함께 이 지갑도 함께 잘 보관해주세요. 좀 더 세월이 흐른 뒤 제가 불쑥 그 지갑이 갖고 싶은 생각이 나면 돌려받을게요."

숙자는 가죽 지갑을 현에게 돌려주었다.

"그러십시오. 저는 그 친구가 로테르담에서 보내준 엽서와 함께 이 지갑도 잘 보관하겠습니다. 그런데 실례가 아니라면 강 교수님의 뒷이야기와 근황 좀 들려주세요."

"그냥 남들처럼 살았어요. 오늘은 지수 씨 이야기만 해요."

"알겠습니다. 좀 더 세월이 흐른 뒤 오늘처럼 날을 잡아 다음 이야기를 듣겠습니다."

"사양하겠습니다. 저는 작가에게 들려줄 만큼 아름다운 삶을 살지 못했어요. 그저 내 집 아파트 값이 오르면 좋아하고, 친구가 산 땅이 대박 났다면 괜히 배 아파하며 살았어요."

"대부분 사람들은 그렇게 살지요."

"그래요. 대체로 사람들은 그렇게 하수도처럼 흘러가면서 이 세상을 살아가지요."

"이런 세상에서 깔끔한 그 친구를 만난 것은 행운이었습니다."

"저도 그렇게 생각해요. 지수 씨는 다정다감하고 젠틀한 분으로 기억에 남네요."

"그랬습니다, 그 친구는."

"아마도 지수 씨는 저에게 좋은 추억만 남기려고 매정하게 돌려보냈나 봐요."

"가보지 못한 곳이 그립듯이, 이루어지지 않은 사랑이 더 아름답지요."

"글쎄요. 그건 제3자의 얘기겠지요. 당사자들의 아픔이란······. 아까 말씀 중 '사랑은 궁지에 몰린 상대를 구해주고, 실수한 상대를 용서해주며, 자기를 버리는' 거라는 말씀을 들을 때 솔직히 찔리는 데가 많더군요. 하지만 지수 씨의 이야기를 통해서 새삼 인생을 배웠어요. '용서하라'는······. 누구나 '용서하라'는 말은 쉽게 하지만, 실천은 잘 안 되지요. 그리고 '내가 살아서 남을 용서한 것만큼 하늘나라에서 내 죄를 용서받을 수 있다'는 말도 감동이네요."

"저도 그랬습니다. 용서는 자비를 베푸는 것이요, 현실을 정직하게 받아들이는 것이지만, 대부분 사람들은 실천하기는 어렵나 봅니다."

"법구경에도 '원망으로써 원망을 갚으면 끝내 원망은 계속된다'는 말씀도 있고요. 오늘 정말 귀한 시간이었습니다. 이제 그만 일어날까요?"

"그럽시다. 너무 늦었지요. 저녁식사라도."

"죄송해요. 이미 딸네 가족과 선약이 돼 있어요."

그는 자리에서 일어나 옷걸이에 걸어둔 트렌치코트를 입고 창이 넓은 굴빛 모자를 썼다. 그러고는 바이올렛 빛깔의 스카프를 목에 둘렀다.

"오늘 오랜만에 지수 씨가 좋아하는 차림을 해봤지요. 나이에 맞지 않은 차림이지요."

"아닙니다. 아직도 잘 어울립니다."

"잘 봐주셔서 감사합니다. ……그때 미국에서 돌아올 때는 무척 섭섭했는데, 오늘 말씀 듣고 보니 지수 씨의 처사가 조금은 이해가 되네요. 사랑하면서도 결혼하지 않는다는 것도 나이가 들면서 알게 되었고요."

두 사람은 밖으로 나왔다. 그새 땅거미가 졌다. 강숙자는 산중다원을 나와 옛 숙명학교 교문 자리에 섰다.

"바로 이 자리에 우리 학교 교문이 있었어요. 이따금 하교 시간에 지수 씨가 저 건너편 골목에서 기다렸지요. 제가 교문에서 나오면 10미터 정도 뒤쳐져 따라오다가 지금은 사라진 국제극장 옆 광화문 버스 정류장에서 슬쩍 합류했어요. 그러고는 같은 버스를 타고 가다가 저는 장승배기에서 내렸지요. 그게 그때 우리들의 데이트였나 봐요."

"따님과 약속 장소가 어디입니까?"

"신촌 쪽이에요. 조 선생님은 어디로 가세요?"

"독립문 쪽입니다. 아이들이 거기서 살지요. 안국역에서 3호선을 탈 겁니다."

"저는 여기서 택시를 탈까 봐요. 조 선생님, 오늘 즐거웠습니다."

"저도요."

"지난겨울, 갑자기 지수 씨가 불쑥 생각나서 요즘 그를 화제로 산고를 치르고 있어요. 반추상으로 그리고 있는데 '환(幻)'이라고, 벌써 제목도 정해뒀어요. 우연의 일치인지 작품 제작 중에 지수 씨 이야기를 오늘 들었습니다. 그동안 이미지가 잘 떠오르지 않아 지지부진했는데, 조 선생님 얘기 덕분에 마무리가 잘 되겠습니다."

"그러셨다면 무척 다행입니다."

"곧 작품 전시회를 열게 되면 초대장을 보내드리겠습니다. 제 핸드폰에 주소 좀 입력해주세요."

"그러지요. 초대장 받으면 꼭 가겠습니다."

"그런데, 그날 오셔서 작품 해설을 하시면 곤란합니다."

숙자는 그 말을 마치고는 살포시 웃었다.

"하지 말라고 하니 오히려 더 해야겠습니다. '환(幻)'의 실체는, 강숙자 화백 첫사랑의 주인공 장지수라고."

"초대장 보내드리겠다는 말 취소합니다."

"강 교수님이 그렇게 속 좁은 분은 아니실 테지요."

"조 선생님이 그렇게 속 얕은 분은 아니실 테지요."

"대체로 여성들은 첫사랑의 추억을 빨리 잊어버린다고 하는데……."

"아니에요, 저도 거의 잊고 살았어요. 그런데 지난겨울 갑자기…… 나이가 들수록 새록새록 지난 추억이 돋아났습니다."

"그래서 청춘은 희망에 살고, 노년은 추억에 산다는 말이 생겨났나 봅니다."

"조 선생님이 그 추억을 일깨워주셔서 고마워요. 나이가 들어 추억이 없으면 남은 인생은 더 삭막하지요."

두 사람이 산중다원 앞에서 막 헤어지려는데 조계사에서 저녁 예불 목탁 소리가 크게 들렸다.

"법당에 잠깐 들러 갈래요."

"그러십시오. 저는 법당 밖에서 합장만 하겠습니다."

산중다원 옆길로 들어서자 곧 조계사 대웅전이었다. 강숙자가 옆문을 통해 법당에 들어가서 본존불을 향해 깊이 삼배를 드렸다. 현은 대웅전 앞 회화나무 곁에서 그 광경을 멀찍이 지켜보면서 본존불상을 향해 합장했다. 숙자는 슬그머니 법당을 빠져나왔다. 그들은 조계사 일주문 쪽으로 천천히 걸었다.

"문득 어느 책에서 본 '용서는 사람의 덕성 가운데 가장 아름답다'라는 말이 떠오르네요."

조현은 그 말에 화답했다.

"한 스님은 법문에서 '용서는 가장 큰 수행'이라고도 하셨지요. 그러시면서 '원망으로써 원망을 갚으면 끝내 원망은 사라지지 않는다. 오직 참고 용서함으로써 원망은 사라질 것이다'라는 말씀도 들려주시더군요."

"오늘 정말 귀한 시간이었어요. 사실…… 저…… 별거 중이거든요. 오늘 지수 씨의 이야기를 들으면서 곰곰 저 자신을 돌아보니까 아이 아빠보다 제 허물이 더 큰 것 같아요. 곰곰이 따져보니까 아빠를 그렇게 만든 단초는 저에게 있었네요."

"왜 바깥양반과 무슨 일이 있었나요?"

"요즘 황혼 부부간에 흔히 있을 수 있는…… 하찮은 일이에요. 그냥 미루어 짐작하세요."

"알겠습니다. 하찮은 일이 쌓이면 더 큰 일이 되지요."

"그 말씀도 명심하겠습니다. 아이들을 위해 곧 제가 그이를 찾아가겠습니다."

"잘 생각하셨습니다. 바깥분도 대단히 반가워할 겁니다."

"그럴까요?"

"그럼요. 늘그막에 서로 상처를 줘서는 안 되지요. 그리고 아이들에게도."

"오늘 말씀 고맙습니다. 오랜 시간 조 선생님 말씀을 들은 보람이 있네요."

"감사합니다. 비 온 뒤에 땅이 굳어진다는 말도 있지요. 아마 지수도 하늘에서 이 소식 들으면 무척 좋아할 겁니다."

그 말에 강숙자는 조계사 마당에서 하늘을 쳐다보면서 말했다.

"그러고 보니 지수 씨가 제게 준 가장 귀한 선물이네요."

"저도 무척 기쁩니다. 애써 강 교수님을 만난 보람도 있고요."

"……."

어느 새 두 사람은 조계사 일주문에 이르렀다. 강숙자가 아주 밝은 표정으로 말했다.

"그럼, 여기서 헤어져야겠습니다."

"따님 가족과 즐거운 시간 되세요."

"네, 감사합니다. 조 선생님도."

거기서 두 사람은 깊이 고개 숙여 인사를 나누고는 헤어졌다. 강숙자는 조계사 앞에서 택시에 올랐고, 현은 지하철 3호선 안국역 쪽으로 향했다.

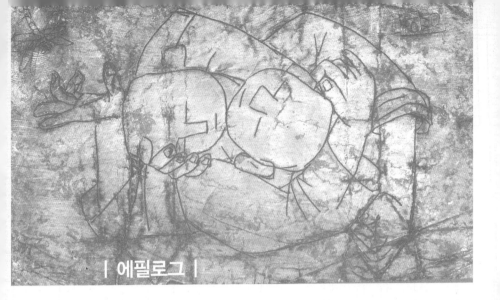

안국동 로터리

안국동 로터리

현은 안국동 로터리에서 인사동 쪽으로 길을 건넜다. 그런데 옛 학창서림이었던 한 편의점 앞에서 지수가 활짝 웃으면서 손을 흔들고 있었다. 그는 고교 시절 교복차림이었다. 마치 지난날 현이 학교를 휴학하고 신문 배달을 하다가 지수와 마주 칠 때 그 모습대로였다. 그의 교복 명찰에는 까만 바탕에 노란 글씨로 '張智洙(장지수)'라고 새겨져 있었다. 현은 재빨리 횡단보도를 건넌 뒤 지수에게로 달려갔다. 그러자 지수는 현을 와락 껴안으면서 말했다.

"설송! 고마워."

"이깟것 가지고 뭘 그러냐? 넌 나에게 그 귀한 목 자른 워커도 구해줬는데."

"어찌 그 워커랑 견줄 수 있니? 넌, 이승에서 내가 사랑했던 여인에게 진 빚도 말끔히 갚아주고, 한 가정도 구해줬는데."

"그건 어디까지나 네 몫이야."

"아니야. 그 모두가 네 덕이다. 그 친구 남편은 늘그막에 헤어졌던 부인이 돌아올 테니 얼마나 감격하겠니?"

"글쎄다. 상상만 해도 느껍네."

"이제 됐어. 그만 집에 가봐. 아이들이 기다리겠다."

"알았어. 그럼, 잘 가 하늘나라로. 운성, 장지수!"

"굿나잇! 설송, 조현! 네 가정의 화목을 빈다."

지수는 계속 손을 흔들면서 안국동 상공으로 연기처럼 솟아오르더니 청와대 쪽 북악산 위로 까마득히 사라졌다. 현은 지수가 흔적도 없이 사라질 때까지 고개를 끄덕이면서 손을 흔들었다. 그의 눈에는 눈물이 이슬방울처럼 어리고 있었다. 한참 후 지수의 모습은 더 이상 보이지 않았다. 그제야 현은 안국동 지하철역 출구로 내려갔다. 곧 그 일대는 세모의 인파와 어둠으로 덮였다.

눈물로 쓴 글

그의 우정에 드리는 헌사

이즈음 내 손전화에는 부고 문자가 자주 뜬다. 특히 또래 친구가 세상을 떠났다는 부고를 받을 때는 한동안 먹 먹하다가 다음은 '내 차례가 아닐까' 하는 생각을 지울 수 없다. 아무 튼 이제는 살아온 날보다 살아갈 날이 더 적게 남은 것만은 분명하다. 그 누구도 한 치 앞을 모르는 게 인생이다. 그래서 이 작품은 첫 문장 부터는 옷깃을 여미며 누에가 실을 뽑듯이 온 정성을 다해 참회하는 마음으로 썼다.

이 작품을 기필하는데 문득 한 스님의 말씀이 떠올랐다. 몇 해 전에 만난 그 스님은 이따금 교도소에 법문 강론을 간다고 했다. 강론을 시 작하려 할 때면 교도소 측에서 강당에 일방으로 데려온 죄수들은 당 신의 법문을 아예 듣지 않고자 돌아앉거나 딴청만 부린다고 한다. 그 때 스님이 하신다는 말씀이다.

"사실은 나도 죄인이다. 그런데 나는 그동안 현실의 법망을 요리조 리 메기처럼 잘도 헤집고 나왔기에 지금은 교도소 밖에 있다. 곰곰 생각해보면, 나는 여러분보다 훨씬 더 큰 죄를 지은 채 이 세상을 살고 있다. 그래서 내 스스로 그 죄를 깨닫고 부처님 앞에 속죄하고자 여러분처럼 머리를 박박 깎았다. 그리고 여러분이 입고 있는 옷과 비슷한 빛깔의 먹장삼을 입고 지낸다. 또 여러분과 같은 신발을 신고 다니며, 매끼마다 거친 밥을 먹으면서 살아간다."

그 말이 떨어지면 애초부터 돌아앉았던 이들이 슬그머니 정좌하거나 딴청을 부리던 이들도 하나둘 귀담아 듣기 시작한다는 말씀이다.

나는 죄인이다. 돌이켜보면 내 젊은 날은 인생에 대한 깊은 이해와 바른 삶이 뭔지도 모른 채 무명 무지한 탐욕의 세월을 살아온 느낌이다. 온통 얼룩들이다. 성능 좋은 지우개나 세탁기로 그 얼룩들을 모조리 지우고 싶다. 하지만 그 누구나 한 번만 사는 인생으로 그 얼룩을 쉽사리 지울 수 없다. 이제 남은 인생은 그 얼룩에 대한 참회의 마음으로 살아가고자 한다.

이 작품은 내가 교단에서 물러나 강원도 산골로 내려온 뒤 첫 번째로 쓴 장편소설이다. 원래『제비꽃』이란 제목으로 책을 낸 바, 내 역량 부족으로 오류와 오자들이 많았다. 그리고 작품의 얼개와 문장도 탄탄치 못했다. 그런데도 재일동포 원로시인 김두권 선생은 장문의 편지로 격려해주셨다.

"주인공이 옛 친구를 찾아 미국에까지 간 여정은 감동적이었습니다. 특히 영혼과 대화 장면은 특이한 설정으로 소설을 흥미롭게, 깊이 있게 하는데 좋은 착상이라고 생각했습니다."

"형님, 명작은 그리 쉽게 탄생치 않습니다."

강 건너 여강마을 홍일선 농사꾼 시인은 여러 차례 간곡한 말로 다시 쓰기를 권했다. 그래서 나는 용기백배하여 오랫동안 이 원고를 곁에 두고 다듬어 다시 세상에 내보낸다. 첫 작품에서는 '우정'에 방점을 찍고 썼다면, 이 작품에서는 '용서'에 방점을 찍고, 지난 내 삶을 참회하는 마음으로 자판을 두들겼다.

이 작품을 쓰는 데 이대부고 제자인 찰스 리의 도움을 많이 받았다. 그가 들려준 미국 이민 생활 이야기는 이 글을 쓰는 데 막힘이 없게 했다. 이 작품 취재길에 뉴욕에서 만난 이철우(이용호), 김윤호(이동호) 두 고교 동창생과 그때 길안내를 해준 이도영 박사에게도 고마움을 전한다. 그새 이 박사는 소천하셨다. 삼가 이 자리를 빌려 그분의 명복을 빈다. 그리고 장지수의 소식을 알 수 있게 실마리를 마련해 준 '동준아빠'(제자 신유철)에게도 감사의 말을 전한다. 본문의 기도문은 서광선 이대 명예교수의 설교집 『계절따라 성령따라』를 참고했다. 그리고 이 작품을 읽고 조언해주신 김원일 선생과 마지막 원고 교정을 알뜰히 봐준 강승모(유동물산교역) 대표에게도 고마움을 전한다. 나는 그의 고교 시절 교정하는 법을 가르쳤는데 이제는 청출어람으로 그가 내 작품의 오류와 오자를 잡아주었다.

독일의 철학자 니체의 말이다.

"독자는 저자가 피와 눈물로써 쓴 글만을 좋아한다."

나는 이 작품을 구상하고, 취재하고, 집필하는 동안 내내 행복했다. 아울러 이 작품을 쓰고 가다듬는 동안 나이에 걸맞지 않게 여러 차례 눈물을 쏟았다. 장지수, 그 친구를 오랜만에 만났기 때문이다. 그는 고교 시절 가난한 친구를 감싸주었던, 그야말로 목숨이 아깝지 않은 문경지우(刎頸之友)다. 하지만 나는 이승에서 그에게 빚만 잔뜩 졌다. 그래서 이 작품은 그의 영혼 앞에 생전의 빚을 갚는 헌사다.

먼 미국 땅에서 그의 영혼을 만나, 피차 그 누구에게도 하지 못한 심중에 담긴 말을 여러 날 밤이 이슥도록 실컷 쏟아놓았다. 아마도 작가는 쓰는 기쁨에 사나 보다. 나는 이 후기를 쓰면서 문득 죽고 싶은 생각이 든다. 왜냐하면 저세상에서 장지수 그 친구를 다시 만나고 싶기 때문이다.

이런저런 흠이 많은데도, 이 작품을 펴내준 푸른사상사에게 고마운 마음을 전한다. 조금 쉬었다가 건강에 무리가 없다면 다시 새 이야기를 시작해야겠다. 작가는 쓰는 시간이 가장 기쁘기 때문이다.

글쓰기는 나에게 구원이요, 삶의 의의다.

2018년 가을
원주 치악산 아래 '박도글방'에서

박도

용 서

박 도 장편소설